人がつなぐ源氏物語

藤原定家の写本からたどる物語の千年

朝日新聞出版

目次

図版作成　鳥元真生

人がつなぐ源氏物語
藤原定家の写本からたどる物語の千年

伊井春樹

はじめに――『源氏物語』写本への招待

『源氏物語』本文の校訂

私たちが現在読んでいる『源氏物語』は、「桐壺(きりつぼ)」巻から「夢浮橋(ゆめのうきはし)」巻までの五四巻、四〇〇字詰め原稿用紙にするとおよそ二三〇〇枚余、現代では三〇〇枚から五〇〇枚以上が長編小説といわれるので、大長編小説となる。

夏目漱石の『坊っちゃん』はおよそ二一三枚、書き入れや訂正を見ると、書斎でペンを走らせていた姿やなまなましい息遣いまで聞こえてきそうである。

坊っちゃんは学校を卒業した後、校長の呼び出しがあり、「四国辺のある中学校で数学の教師が入(い)る」といわれ、月給四〇円で赴任する。漱石は松山中学校に英語教師として赴任していただけに、松山が舞台であることは疑いようがない。坊っちゃんが泳いだのは道後温泉であり、今では「坊っちゃんの間」があり、「坊っちゃん列車」が走り、「坊っちゃん団子」が売られる。原稿(図版参照)を見ると「中国辺」の「中」が消されて横に「四」とあるため、漱石は当初「中国地方」が念頭にあったようで、そのままなら広島か岡山あたりになっていたはずである。松山市からすれば、重要な観光資源だけに、よくぞ「四国」に訂正してくれたとの思いであろう。わず

漱石の『坊っちゃん』原稿。2行目、中国辺の「中」を「四」に変更している（『直筆で読む「坊っちゃん」』集英社新書、2007より）

かに一文字の違いで、作品のイメージが大きく変わってくる。

印刷技術のない時代だと、おもしろい作品との評判を耳にしても、所有者を探すまでが大変で、借りて読むのも落ち着かないとなれば、何日かかっても自分で書写せざるをえない。『坊っちゃん』がそんな時代の作品だったら、写本によって「中国」と「四国」に分かれ、実の場所はどこだったのか、後代の人びとはかまびすしく議論をしたかもしれない。

『源氏物語』は『坊っちゃん』の十倍以上の分量だけに、書写の作業にはかなりの時間を要し、訂正などの少ない原稿であっても、作者の意図を汲んで忠実に再現するのは容易ではない。原本の上に薄い紙を置いて敷き写しにするのでない限り、左右のどちらかに置いた原本の文字を確認し、一行ばかり記憶して筆を走らせることになる。自分の感覚によってはうっかり「あはれ」を「かなし」とし、目移りによって一行ばかり飛ばしてしまうかもしれない。

五四巻の書写というのは、想像を絶する作業というほかなく、まして作者の紫式部には、その前に創作という途方もない構想力と筆記していく労力が必要であった。想念をそのままことばにして書き写すと物語ができあがるわけではなく、内容の展開、人物の登場から相互のかかわり、一人ひとりの運命、性格描写や思念に至るまで、現実味を帯びた描き分けをしなければならない。五四巻の構想を整えた上で書き始めたとは考えられず、書きながら人物像を変更し、成長もさせて運命の試練に立ち向かわせたことであろう。

『坊っちゃん』のように原稿が残されているわけではないため、『源氏物語』が書き進められた方法も、訂正がどのように繰り返されたのかも判断のしようがない。貴重だった料紙は大量に必要だったはずで、筆、硯（すずり）を含めて、草稿のころからどのように調達してきたのであろうか。寛弘五年（一〇〇八）一一月には、中宮彰子（しょうし）のもとで書写作業がなされているので、少なくともそのころにはまとまりのある物語としてできあがっていたのは確かである。

寛弘五年に生まれた『更級日記』（さらしなにっき）の作者菅原孝標女（たかすえのむすめ）が、一四歳の年に『源氏物語』を読んでいるので、読者は受領（ずりょう）層にまで広がり、書写本が世に流布していた。紫式部はまだ生きていたはずで、同時代の貴族たちが愛読し、多くの人びとによって『源氏物語』は写されていた。時間のかかる五四巻の書写であっても、『源氏物語』の魅力の前に、人びとは厭うことなく筆を走らせ続けていく。一二世紀の平安時代末期までには数多くの『源氏物語』の書写本が出現し、転写を重ねるにつれて本文の違いもつぎつぎと生じてくる。中には情緒深いことばを加え、あるいは逆に簡素にし、意味不明と判断して平易な表現に改め、誤写したまま見過ごしてしまうなど、忠実に書写するとは限らず、二〇〇年ばかりの間に原本とはいささかの乖離も生じてしまう。

「青表紙本」の流布

鎌倉時代になると、『源氏物語』は古典の規範と仰がれ、とりわけ物語中の和歌が重視され、歌人必読の書として受容されてくる。それに伴い、伝来する写本に異なりが多いのを一本化し、標準の物語本文（テキスト）を作成しようとしたのが、源光行・親行の親子の「河内本」であり、藤原定家の「青表紙本」であった。現在では、この二本以外の諸本を、系統に分類できないまま「別本」と仮称する。

鎌倉時代から室町時代にかけては「河内本」が主要な本文として用いられ、室町時代中期以降には「青表紙本」が中心を占めてくる。「河内本」が再発見されたのは、近代の大正時代になってからであった。

数百年ぶりの「河内本」の出現により、『源氏物語』の本文に注目が集まり、池田亀鑑による諸本の調査研究が大々的に進められた。「青表紙本」を復元する本文として評価されたのが「大島本」で、今日のテキストの基本となる。

その過程で、定家本『源氏物語』（「花散里」「行幸」「柏木」「早蕨」の四巻）の発見という貴重な収穫もあった。書き入れや訂正は少なく、全体は丁寧に書写された鎌倉時代の伝本である。

池田亀鑑は「大島本」を底本にして「河内本」「別本」との違いを詳細に校異で示した『源氏物語大成』を公刊する。これにより本文研究も一段落したと評された。ただ、太平洋戦争後の落ち着きと経済の発展のなかで、新しい写本の出現が相次ぎ、あらためて「大島本」の本文に人びとの関心が向けられていく。またそれまで貴重本として公開されなかった各種の伝本が、写真版や複製本として世に出され、人びとは容易に本文の比較ができるようになっていく。とりわけ、これまでとは異なる表現世界をもつ「別本」に注目が集まるなど、「河内本」を含め、定家本に固執しない本文への広い視野が開けてきた。

二〇一九年の後半、全国紙、地方紙を含めて大々的なニュースとして、「源氏物語「若紫」」、定家筆の写本」「定家本発見」「最古の源氏物語」などといった見出しで「若紫」巻の出現が報じられた。池田亀鑑が発掘した四巻に加え、八十数年ぶりに五巻目が発見されただけに、人びとは驚きをもってニュースを迎えた。この事実から、さらにまだ定家本が存在するのではないかと、期待と夢が膨らみもする。

古典文学の作品が今日も多く残され、豊富な日本の文化の姿を知ることができるのは、定家の

源氏物語「若紫」定家筆の写本

最古の「青表紙本」5冊目

平安時代中期の長編物語で、紫式部作の「源氏物語」の写本のうち、最古とされる鎌倉時代の藤原定家（1162～1241）筆の「若紫」の巻の写本がみ

今年2月、三河吉田藩（愛知県豊橋市）の大河内家の当主、大河内元冬さん(72)の東京の自宅でみつかった。縦21・9㌢、横14・3㌢で、納戸の長持の中に保管されていた。1743（寛保3）年に福岡藩の黒田家から伝わったと記録され、4月に冷泉家に調査を依頼し、同文庫が定家筆と確認した。

源氏物語は紫式部の自筆が伝わっておらず、鎌倉前期の歌人だった藤原定家が書写した「青表紙本」が最古とされる。現存する定家筆の青表紙本は「花散里」「行幸」「柏木」「早蕨」の4帖（いずれも国重要文化財）とされてきたが、表紙が同じ青表紙で、題名を記した「題簽」や本文の筆跡も同筆だったことなどから定家筆と判断した。

その内容をめぐっては、大きくストーリーが変わることはないが、細部に違う部分もあるとみられる。

山本淳子・京都先端科学大教授（平安朝文学）は「『若紫』の研究は定家本より約250年後の写本に頼ってきたが、今回、定家が校訂した写本による研究ができることは大変意義深い。若紫は高校の古文の教科書に採用され、研究と教育に大きな影響を与える画期的な発見だ」と話す。

（小林正典、大村治郎）

新たにみつかった「若紫」の写本の冒頭部分。「わらはやみにわづらひたまひて」で始まる＝いずれも京都市上京区、佐藤慈子撮影

藤原定家筆の写本の表紙（青表紙本）。「わかむらさき」と記されている

定家本「若紫」巻発見を伝える新聞記事（「朝日新聞」2019年10月9日付大阪版朝刊）

功績によるところが大きい。定家は自らの和歌の詠作や歌学書の著作とともに、『古今和歌集』などの勅撰集、『伊勢集』『実方集』などの大量の私家集、『土左日記』（紀貫之の自筆本には「土左」と記されていた）、『更級日記』『伊勢物語』の書写をするなど、生涯にわたり執念ともいうべき古典作品の校訂と収集を続けた。

定家は『源氏物語』を一度書写しただけではなく、複数回は手がけたはずで、そのうちの五帖が残されているのは、本文研究において大きな意味をもつ。『源氏物語』が現代まで伝えられ、千年以上にわたって人びとに読み継がれてきた意義を確認するためにも、物語本文の検証が必要であろう。今後も長く信頼のおける『源氏物語』を読む上において、作品が生み出された時点から、時を経て今日まで伝えられてきた実態をたどり、今後の課題を提起してみたく思う。

一章　新発見『源氏物語』「若紫」

『源氏物語団扇画帖』「若紫」
（『日本古典籍データセット』国文学研究資料館蔵より）

一　本文の異なり

尼君の持仏

『源氏物語』第五巻「若紫」のあらすじを紹介しよう。光源氏は一八歳の三月末、発熱を繰り返す「瘧病（わらはやみ）」を患い、人の勧めにより北山の高名な僧のもとを訪れることにした。人に知られて大騒ぎされたくないため、数人の供を連れ、朝まだ暗いうちに都を出て、日がさし昇るころにたどり着く。すぐさま加持祈禱を受け、気分も落ち着き、気晴らしにと背後の小高い山に登って景色を眺める。供の者は「東の方には富士山などの高い山々があり、この近くでは何といっても播磨（はりま）の明石（あかし）の浦がすばらしい所です」などと説明する。九年後の第一三巻「明石」で、源氏が須磨（すま）に身を流し、翌年には明石の地に迎えられるという物語の構想が、すでに作者の念頭にはあったようだ。

見下ろすと、ここかしこに僧房が目に入る。一つの建物には女性もいるようで、女童が庭に出て仏に供える花を手折っているようだ。女童がいるからにはお仕えしている身分の高い女性がいるに違いなく、さっそく降りてのぞく供人もいた。源氏も夕暮れの霞のまぎれに、従者の惟光一人を伴って瀟洒な僧房をのぞき見する。昔の物語では、思いがけなくも美しい女性を発見するシーンが描かれるだけに、源氏もなかば期待しないわけではなかった。

かの小柴垣のもとに立ち出でたまふ。人々は帰したまひて、惟光朝臣とのぞきたまへば、ただこの西面にしも、持仏据ゑたてまつりて行ふ、尼なりけり。（若紫）

いささか楽しみにしていた源氏だが、最初に目にしたのは「尼なりけり」と慨嘆するように普通の女性ではなかった。谷崎潤一郎の訳では、

惟光ばかりをお供に召されて、覗いて御覧になると、つい眼の前の西面に、持仏をお据ゑ申して、お勤めをする尼が、簾を少し上げながら、（『潤一郎訳源氏物語』昭和一四年中央公論社）

とする。「美しい女性」とはほど遠い、「四十余ばかり」の尼君が目に入ってくる。

高等学校「国語」の教科書にも、しばしば引かれる場面である。源氏が小柴垣の隙間から目に

したのは、西側に位置する部屋だったようで、尼が「持仏」を前にしてお勤めをしていた。「持仏」のことばから一般にイメージとして浮かぶのは、広く知られる「若紫」のこの場面である。もっとも詳細な『角川古語大辞典』によると、

念持仏の略。身辺に安置したり、身につけたりして、自己の信仰する仏像。

と説明し、「若紫」巻を例文とする。『古語大辞典』（小学館）でも、

身辺に安置して常に信仰している仏。念持仏。

として、やはり同じ「若紫」の本文を引用する。「持仏」といえば、すぐさま尼君の姿が連想されるほどであった。

少しずつ説明されてくるところによると、尼君は病気となり、兄僧都（そうず）の住む北山の僧房を訪れていた。千日籠もりなのか、二年ばかりも山から下りていないため、平癒祈願を求めて自ら兄のもとに足を運んだのであった。尼君は身につけるほどの小さな「持仏」を、山寺に持参していたのであろう。源氏が目にしたとき、尼君は夕暮れの祈りを捧げていた。しかし続く本文には、身辺に置くか身につけるほどの小さな仏を「据ゑたてまつりて」とあるのだ。いささか大仰な表現

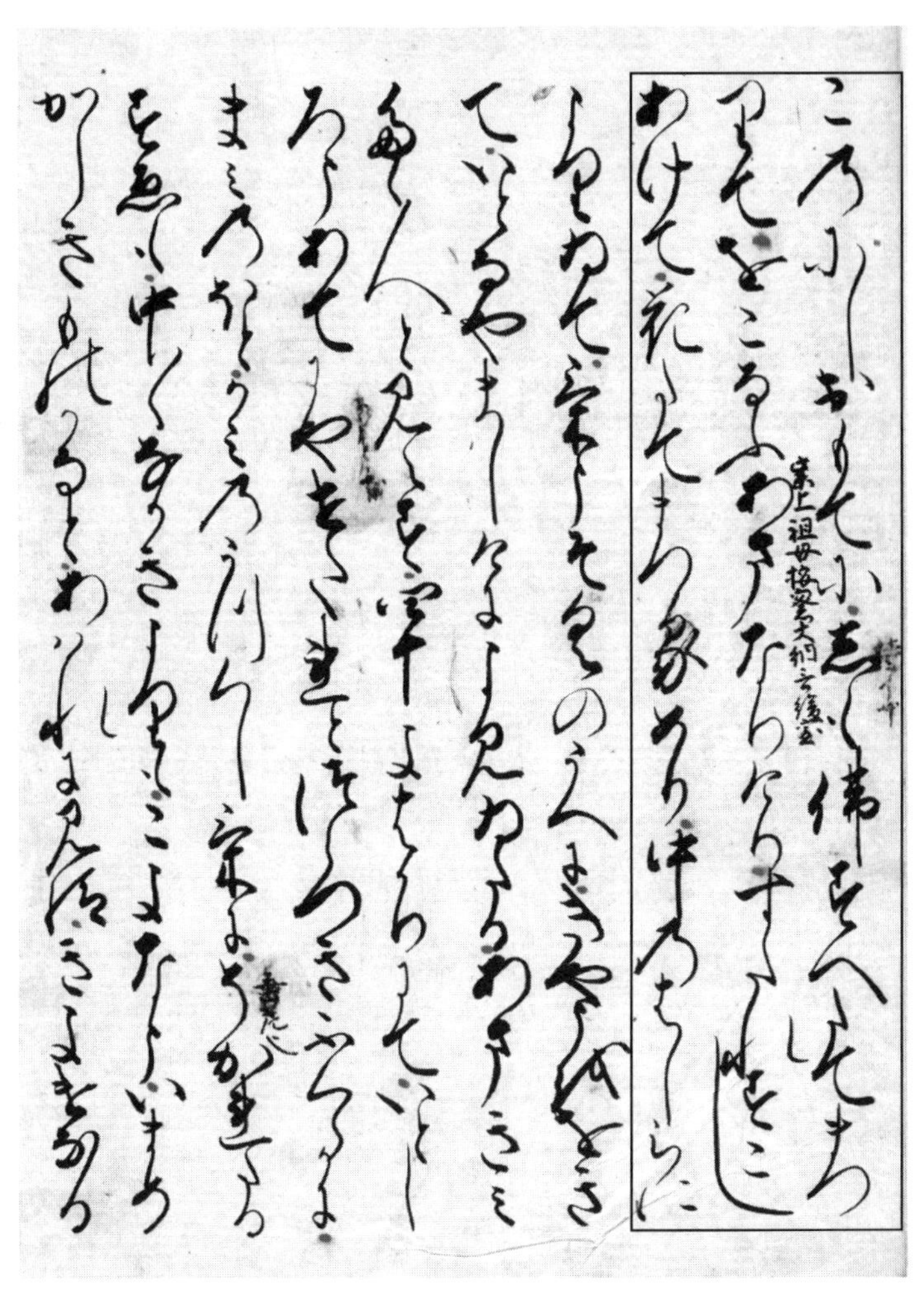

大島本「若紫」巻。1行目、下方に「仏すへたてまつりて」と見える（〈公財〉古代学協会蔵）

と思いたくもなる。「据ゑ」は、「物を安定するようにある位置に置く」「建物などをつくり設ける」「設置する」(『角川古語大辞典』)の説明を引くまでもなく、現代語と同じく「しっかりとそこに置く」とか「位置を定めて置く」の意で、かなり固定した意味をもつ。手軽に持ち歩ける小さな仏像であっても、尊崇の強い思いによって「据える」のことばを用いたのであろうか。

注釈書のテキストでは「持仏」とするため、底本の「大島本」も同じだろうと思っていたところ、原本は図版で示したように「仏」でしかない。「大島本」を用いたと注記しながら、多くの写本に「持仏」とあるため、注釈書の校訂者は「大島本」が誤りと判断して訂正したのである。その結果、辞書にまで代表的な用例として引かれることになってしまった。

具体的に注釈書の説明を見ると、

守り本尊として身近に置き朝夕礼拝する仏像。底本「仏」とのみ。誤写か。(『新編日本古典文学全集』)

として「大島本」は誤写と判断する。ほかにも、

持仏　常に自分の居間に安置し、または身に添え持って信仰する仏。底本「仏」、諸本によって改めた。(玉上琢也『源氏物語評釈』角川書店)

と、解釈に際して「大島本」では不都合と判断し、諸本に「持仏」とあるため、いわば多数決によって「仏」の語を排除してしまった。

たしかに大島本は誤脱や誤写が多いとはいえ、古典文学を厳密に読む立場としてはいささか違和感を覚える。多数に従うのは、ご都合主義というほかない。古くから伝来した本文でありながら、現代人の判断によってことばの入れ替えをしていくと、不純な本文ができあがってしまう。

ところが新発見の定家本「若紫」巻には、「このにしおもて（西面）にしも、仏すへたてまつりてをこなふあま（尼）なりけり」と「仏」とあり、「大島本」はむしろ定家本と重なりを示す。「大島本」の本文は、定家本「若紫」巻とすべて共通しているわけではないが、「仏」のことばはそのまま継承されていた。これまで「大島本」の「仏」は誤写で、「持仏」が正しいとし、注釈書では訂正し、辞書も具体的な例文として引くほどであった。定家本が出現したとなると、今

新出の定家本でも2行目、下方に「仏すへたてまつりて」と見える（『定家本源氏物語若紫』八木書店より）

後はどのように対処すればよいのか、大きな問題にもなってくる。

源氏がのぞき見した「西面」の部屋は、兄僧都のもとに身を寄せる尼君の居間ではなく、西に面した浄土を願う仏間であり、厨子棚（ずしだな）に安置した仏を祈っていたことになる。そこに「十ばかりやあらむ」する少女が、泣きべそをかいて走って入って来たと、物語は意想外な展開をしていく。「何だ、供の者たちが女性の姿を見たと騒いでいたが、尼君ではないか」と、いささかがっかりしていた源氏の目に、美しい少女が登場するという思いがけない転換がはかられる。恋しく慕う藤壺中宮の面影にあまりにも似通っているため、源氏は「涙ぞ落つる」と、夢中になって見つめてしまう。

「持仏」と「仏」という一語の違いだが、これだけで源氏が北山で目にした情景が大きく変わってくる。『源氏物語』を読むというのは、本文を大切にすることであり、安易に改変して読み手の都合に合わせるのは邪道だと痛感する。『源氏物語』の伝本は鎌倉から江戸時代にかけて何百本も存在するため、現代の人が読むために、もっとも紫式部の時代に近いとされる一本を取り上げ、活字に起こして漢字、かな交じり文に改め、句読点を付し、ことばの解釈、現代語訳などをして提供してきた。古い写本だからといって正しいとは限らず、校訂者が諸本を見比べて語句の取捨選択をし、新しい本文をつくり上げて読みやすくしたとしても、それは現代版『源氏物語』にすぎなく、原作に近い本文になったとはいえない。

人なくてつれづれなれば

さて、もう一つ気になる箇所がある。話は少女若紫との出会いからややさかのぼるが、源氏は大徳（だいとこ）の祈禱を受けた後、仏前での勤めをし、後ろの山では供人から興味深い明石の入道の話などを聞く。源氏の「瘧病（わらはやみ）」は治（おさ）まったようで、「暮れかかりぬれど、おこらせたまはずなりぬるにこそはあめれ。はや帰らせたまひなん」と供人の勧めで下山しようとする。ところが大徳は物の怪（け）も憑（つ）いているようなので「今宵はなほ静かに加持などまゐりて」との忠告により、その夜は北山泊まりとなった。

このあとに記されるのが、「凡例」では「大島本」を用いたと注記する、

日もいと長きにつれづれなれば、夕暮のいたう霞みたるにまぎれて、（『新編日本古典文学全集』小学館・『新潮日本古典集成』新潮社・『源氏物語評釈』角川書店）

とする本文である。頭注に「晩春の暮れなずむ様子。源氏は加持の後の時間を持て余している」と説明する。訪れたのは「三月のつごもり」なので日は長く、すぐに暗くなるわけではない。源氏は所在なさに、夕暮れ時とはいえ、まだほのかに明るく、しかも霞がかかって目立つことはないと、昼間見た小柴垣の庵のあたりへ惟光一人を伴って出かけて行く。これに続けて、先に見た、

源氏が尼君を目にする場面となる。高等学校「国語」の教科書でも、「日もいと長きにつれづれなれば」とする。

「大島本」を確認すると「人なくてつれ〳〵なれは」とあり、本文は明らかに異なる。それにもかかわらずあえて変更したのは、大半の「青表紙本」の写本が「日もいとながきに」とあるためで、「大島本」は誤写と判断する。ここでも多数決の原理に従っている。

ところが新出の「若紫」巻は「人なくてつれ〳〵なれは」とあり、「大島本」とまったく一致する。「仏」で見たように、「大島本」は孤立した本文ではなく、定家本と共通していたのである。

二 『源氏物語』写本の伝来と系統

「青表紙本」への収斂を問い直す

このように現在私たちが読んでいる『源氏物語』は、紫式部の原本でも、平安時代の写本でもなく、鎌倉時代に藤原定家が書写にかかわった本文（定家本）に依拠している。しかも、定家本といっても、現存するのは最近発見された「若紫」巻を含めて五帖にしかすぎなく、江戸時代まではその本文を書写したとする伝本を用いて読むしかない。

紫式部の自筆本が伝えられていれば、本文をどうするかなどといった問題は悩まなくてもよかったはずだが、現実はそういうわけにはいかない。長い時代を経て転写が繰り返された結果、『源氏物語』の本文は複雑な状況になってしまった。

世の中に『源氏物語』の写本は一〇〇点や二〇〇点はあるだろうし、揃い本でなければ数千点以上は残されている。残念だが、古くても数帖の鎌倉時代の写本、それもきわめて数は限られ、多くは室町時代から江戸時代の書写本である。江戸時代になると出版という形態が生じ、版本によって広く読まれ、注釈が付され、絵入り本も登場してくる。本文の正統性にこだわることなく、『源氏物語』は時代を通じて、人びとの心を魅惑する作品として享受されてきた証左といえる。

平安や鎌倉時代の物語は厳密に本文を判別する意識などなく、写されるたびに誤写とか脱文、他本との接触による混態、時には書き換えなども生じ、それがまた転写されていくため、古い姿

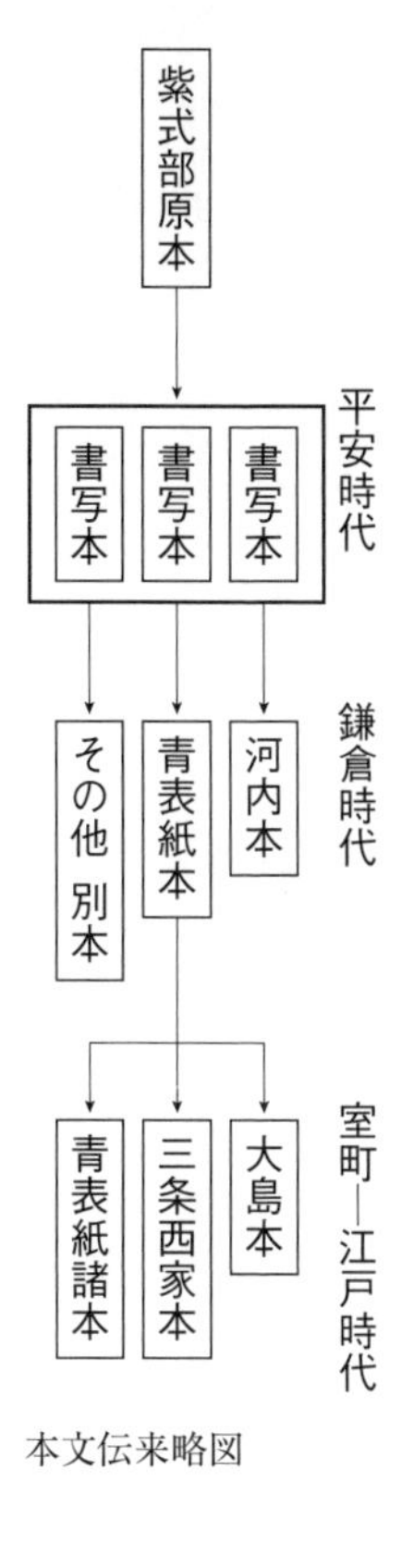

本文伝来略図

をそのまま保つ例は稀なことであろう。定家本が写されて伝来した、といっても百年もの間、純粋さを保つことはむずかしく、本文の乱れが生じるのは仕方のないことでもある。

戦前までは、定家の「青表紙本」を用いたとする、北村季吟の『湖月抄』や、かつての「岩波文庫」の底本となった一竿斎の『首書源氏物語』がもっぱらテキストとして利用されてきた。池田亀鑑の調査結果を受け、今日では一般の市販本はすべてといってよいほど「大島本」に一新された。「青表紙本」を写したという伝本は、ほかにも三条西家本とか、それを転写した中院本などと多数残されている。

『源氏物語』には人間としての生き方、悩み、喜び、願いなどがさまざまな方法によって描かれているだけに、千年余にわたって人びとは魅了され、今日まで読み伝えてきた。定家本「若紫」巻の発見により、『源氏物語』のもとの姿に関心が向けられるようになった今、改めて現状を振り返り、一つの本文だけに固執してよいのか、本文はどうあるべきなのかを問い直す時期にあると思う。

『源氏物語』を正しく読む上には、さまざまな本文の問題を解き明かしていかなければならない。そのために、まずは『源氏物語』が書かれた当時の状況までさかのぼり、時代とともに本文の変遷、流動してきた背景を知る必要がある。「人がつなぐ源氏物語」の実態を、現代に至るまでたどっていきたい。

二章　『源氏物語』執筆の背景

『源氏物語団扇画帖』「松風」
（『日本古典籍データセット』国文学研究資料館蔵より）

一　中宮彰子の若宮誕生

女房としての紫式部

紫式部の手から、『源氏物語』がどのように世の中に巣立っていったのか、『紫式部日記』などから、当時の状況を復元してみよう。道長の屋敷土御門殿での、中宮彰子の御子誕生後の場面から始まる。

このところ紫式部は忙しく、夜が明けるとすぐさま中宮彰子の御前に参上し、指示を仰いで『源氏物語』の書写作業に向かわなければならなかった。中宮の陣頭指揮のもと、女房たちを総動員しての〈御冊子つくり〉で、物語の冊子とそれを書写する枚数の料紙を人びとに送り、返されてくると、つぎつぎと製本していくというあわただしさである。皇子が誕生した後の祝賀の行事も続く忙しさ、女房たちはゆっくりとくつろぐこともできず、また新しい仕事が生じたと、紫式部を恨んで陰でぶつくさ口にする。

中宮彰子は、生まれて三カ月足らずの敦成（あつひら）親王（のちの後一条天皇）を伴い、寛弘五年（一〇〇八）一一月一七日に内裏へと還啓する予定である。『紫式部日記』によると、藤原道長邸ではその直前まで、中宮主導のもとで本づくりの作業が進められていた。

道長の長女彰子は長保元年（九九九）一一月に一条天皇に入内（一二歳）し、翌年には中宮となる。それまでの中宮だった定子（道長兄、藤原道隆女（みちたかのむすめ））は皇后の称号に変更され、一代の天皇のもとに二人の后が立つという異例の事態が起こった。彰子に皇子が誕生したのは、寛弘五年九月一一日、道長にとっては待望の初孫であった。出産を前にし、宮中から父道長邸へ下がったのは七月一六日、紫式部ら女房たちも供奉する。『紫式部日記』の書き出しは、このあたりからである。

紫式部がいつ女房として中宮彰子に仕える身となったのか、またその年齢も不詳というしかない。紫式部は父藤原為時（ためとき）が赴任する越前国に従い、一冬過ごしたのちの長徳四年（九九八）春には帰京しているので、結婚話が具体化したためであろうか。ほどなく年の差のあった藤原宣孝（のぶたか）と結婚し、賢子（けんし）が生まれ、夫は長保三年（一〇〇一）四月二九日に四九歳で亡くなってしまう。三年足らずの結婚生活だったようで、女房として仕えたのはその後のこと、三〇歳ばかりにはなっていたはずである。紫式部が宣孝と結婚した事情とか、女房の身となった背景などはわからない。ただ、早くから才女として知られ、それなりの評判があったのであろう。

彰子が宮中に入内するにあたって、道長は「女房四十人、童六人、下仕六人」(『栄花物語』巻六)を雇用したというのだから、そのにぎわいぶりが想像される。はじめての娘の宮中入りというはなやかさもあり、輿入れの盛大さは道長の権勢を世に誇示する狙いもあった。女房は人数をそろえただけではなく、道長も関与したのであろうか、「四位、五位の女」のうちでも容姿、気立てのよさなど厳選した。女房は受領階級という地方役人の娘たちが中心だっただろうが、四位、五位となると、父親の赴任地は大国や上国といった国々になる。

当時の日本はおよそ六十数カ国からなり、それぞれの財政基盤によって大国、上国、中国、下国と分類され、赴任する役人も官位によって決まっていた。受領という地方役人の身分の者にとっては、四年に一度の人事は何よりも大切で、できるだけ裕福な国に赴きたいと渴望する。大国の守(長官)になるには従五位上という位階が必要で、大和、近江、河内などの国々が相当し、紫式部の父も大国の越前守であった。受領階層の子女が女房としての供給源だったようで、家庭教育は厳格なだけに、必然的にすぐれた女房が輩出される。

女房のはたらき

女房の中には、時間を分けて身辺の世話をする者もいれば、教養を担当する者もいたはずで、紫式部もその一人だったのであろう。女房の数をそろえるといっても、宮中から費用が出るわけではなく、季節ごとの衣替えを含め、すべては雇用主の負担となる。

彰子が入内して一一年後の寛弘七年（一〇一〇）二月に、妹の妍子（けんし）が春宮居貞（いやさだ）に入内する。翌八年六月に一条天皇が崩御し、春宮だった三条天皇の即位に伴い、妍子は中宮となる。

妍子は、姉に続いての入内となるのだが、そのはなやかなさまについて、『栄花物語』（巻八）の描写を引いておく。

> 年頃の人の妻子（めこ）なども、皆参りて、大人四十人、童六人、下仕へ四人。督（かん）の殿（妍子）の御ありさま聞こえ続くるも、例のことめきて同じことなれども、またいかがは少しにてもほの聞こえさせぬやうはあらん。御年十六にぞおはしましける。

道長の土御門殿から、春宮御所となった一条邸までそれほど離れていないが、道中は壮麗な牛車を連ねた行列が続いたはずである。道長家に仕えていた既婚者の女房も、新たな主人の妍子に仕える身として参列する。女房の数は彰子の場合と同じく四〇人、女童、下仕えの者たちも加わる。若い女房から、ベテランの子持ちの女性もいたと知られる。

女房の数についてもう少し触れておくと、具平（ともひら）親王女（むすめ）が敦康（あつやす）親王（母は皇后定子）へ輿入れした折には、「大人二十人、童四人、下仕同じ数なり」とし、道長と同じ年の権大納言藤原公任（きんとう）の結婚に際しては、「恥なきほどの女房十人、童二人、下仕二人して」とある。入内では女房は四〇人、親王の場合は二〇人、貴族階級になると一〇人ばかりの女房が集められ、主人に仕える身

- 実頼—頼忠—公任
- 師輔—兼家
  - 道隆—定子
    - 定子＝一条天皇
      - 脩子内親王
      - 敦康親王（第一御子）
      - 媄子内親王
  - 道長＝倫子
    - 彰子
      - 彰子＝一条天皇
        - 敦成親王（後一条、第二御子）
        - 敦良親王（後朱雀、第三御子）
    - 妍子
      - 妍子＝三条天皇
        - 禎子内親王
          - 禎子内親王＝後朱雀天皇
            - 良子内親王
            - 尊仁（後三条）
    - 威子（後一条中宮）
    - 嬉子（後朱雀尚侍）
    - 頼通

物語が書かれたころの藤原氏関係系図

となったようだ。容姿や教養が求められるだけに、集団の中にあっての女房生活はかなり厳しさもあったに違いない。

「今の世のこととて、いみじき御門の御むすめや、太政大臣のむすめといへど、みな宮仕へに出で立ちぬめり」（『栄花物語』巻八）と、時代が下ると天皇の姫君であっても、女房となって出仕する者も出てくる。小野宮右大臣藤原実資の日記『小右記』にも、「近代、太政大臣及び大納言已下の息女、父薨し後、皆もって宦に仕ふ。世もって嗟となす」（長和二年〈一〇一三〉七月一二日）と、高貴な身分の姫君とて、父親の没後は宮仕えに出るありさまで、世の人びとはこの実情を嘆いていると記す。『源氏物語』に登場する常陸宮家の末摘花ではないが、親王家とて貧窮に陥ることもあった。

宮中だけではなく、親王家、公任クラスの貴族の屋敷にも女房が仕えていた。月に六、七日は主人のもとから、休みを得て親元に帰ると、他家の女房との交流もあり、中には勤め先を替える者もいたようで、おのずからさまざまな情報が飛び交う。都の内だけでも二、三百人以上の女房が存在し、それぞれがまた情報交換をするなど、想像以上に事件や人の噂話は世の中をかけめぐっていたであろう。

紫式部は夫の没後、乳飲み子を抱えて鬱々とした思いの日々を過ごし、子どものころから読みなれた漢籍などをふと手にすると、女房たちが「ご主人様は女の身で、このような本を読むので、不幸せなのですよ。昔は、お経を読むのでさえためらわれたものですのに」とぐちをいう。父為時は健在でもあり、紫式部は貧窮のせいで女房になったわけではなく、才能が認められての出仕だったのであろう。

空想をめぐらすのが許されるなら、娘賢子の将来の成長を願い、ふとしたことで少女と貴公子とが出会う物語を書き、それが世の女房たちの話題となり、道長の耳にも入ったのではと考えてみたくなる。一二歳で入内した彰子の教育係にと、道長は父為時に懇望したか、あるいは厳命したのであろうか。

為時は淡路国守に任じられたが、下国であるのを嘆き、女房を通じて天皇へ中文(もうしぶみ)（任官の申請書）を提出する。そこに書かれた漢詩に天皇は感涙し、それを知った道長が為時を越前守に遣わすことにしたという（『今昔物語集』『古事談』など）。説話にしかすぎないとはいえ、彼らのあいだに何らかの交流があったと想像されてくる。

二　敦成親王誕生

若宮五十日の祝い

中宮彰子が宮中からお産のために父道長邸に里下がりしたのは、寛弘五年七月一六日であった。七日の予定だったが、その日は方角が悪いと、急遽(きゅうきょ)、延引となった。彰子が入内して九年目、道長にとって懐妊の知らせは無上の喜びであっただろう。この邸宅で彰子は生まれ育ち、同じく妹たち妍子（三条天皇中宮）・威子(いし)（後一条天皇中宮）・嬉子(きし)（後朱雀天皇尚侍(ないしのかみ)）、および敦成（後一条）・敦良(あつなが)（後朱雀(すざく)）・親仁(ちかひと)（後冷泉(ごれいぜい)、母は嬉子）の三人の天皇が生まれるという、道長の栄華を象徴する場所でもある。

九月一一日に、今か今かと待ち望む人びとの不安な思いを払拭し、男皇子の誕生となった。『紫式部日記』には、

午の刻（昼一二時ごろ）に、空晴れて、朝日さし出でたるここちす。たひらかにおはします
うれしさの、たぐひもなきに、男にさへおはしましけるよろこび、いかがはなのめならむ。

と、晴れやかな安堵した思いを記す。母子ともに平安であっただけではなく、「男にさへ」と、いずれ天皇になるはずの孫をもつという、道長の運の強さと祝意が込められているのであろう。誕生して後は、祝宴の産養が、三日目、五日目、七日目、九日目と盛大に催され、大勢の人びとが道長邸を訪れる。

道長の主催による五日目などは、白い装束を身につけた配膳係の女房たち八人、中宮が休む御帳台の東側の部屋には着飾った女房たち三〇人ばかりがひしめき座っていたようで、全体の女房の数は入内当時と変わらなかった。紫式部は混雑する人びとの中に身を置いていなかったようで、「東の対の局より、まうのぼる人びとを見れば」「くはしくは見はべらず」「えぞ書き続けはべらぬ」などと、集団から離れた場所で、記録者としての立場に徹していた。

道長邸でのさまざまな祝宴や人の振る舞い、参加者、衣装の色を含めた詳細な描写を、「かな日記」として書くことが求められていたのではないかと思う。男性の手による公的な漢文による「御産部類記」ではなく、女性の目から見た「皇子誕生記」である。紫式部はそのために、儀式を逐一見届けようと努力をしても、おのずから限界があり、「そなたのことは見ず」「奥にゐて、くはしうは見はべらず」「くはしく見知らぬ人びとなれば、ひがごともはべらむかし」「うちやす

み過ぐして、見ずなりにけり」「柱がくれにて、まほにも見えず」などと、言い訳を記す必要もあった。

晴れやかな産養が終わり、一〇月一六日には、一条天皇が道長邸を訪れるという行幸があった。殿上人(てんじょうびと)の参列、宮中からも上臈(じょうろう)女房が訪れ、池には龍頭鷁首(りょうとうげきす)の舟を浮かべ管弦の音楽が奏されるなど、美々しい晴れの状況を紫式部は目にした限り詳述していく。

一一月一日は若宮誕生五十日(いか)の祝い、大臣から大納言など大半の殿上人が訪れての饗宴となり、中宮の衣装のすばらしさ、酒宴となっての人びとの変貌する姿など、紫式部は静かなまなざしで描写していく。小野宮実資の日記によると、この日戌(いぬ)の刻（午後八時ごろ）に「皇子初めて餅をきこしめす」と、現代と同じく「食い初(ぞ)め」の儀式がなされる。宴の終わったのは子(ね)の刻ばかり（夜中の一二時ごろ）、階層に応じてそれぞれに引き出物が渡される。

饗もたけなわになると、歌を朗詠する者、女房たちにふざけかかる者など、座もかなり乱れてしまっているようだ。そこに少し酔いもあるのか、

左衛門の督、「あなかしこ、このわたりに、わかむらさきやさぶらふ」と、うかがひたまふ。

と、左衛門督(さえもんのかみ)公任が紫式部を探して声をかけてくる。「あなかしこ」は、もともと「恐れ多い」とか「もったいない」の意味をもつ。公任は呼びかけのことばとして用い、「まことに恐縮です

が」と、からかいの思いもあるのか、女房の紫式部に卑屈なまでに近づいてくる。

公任の「若紫や」の呼びかけ

公任はこの年、道長と同じく四三歳、従二位中納言、皇太后宮で左衛門の督、翌年の春に権大納言となり、四条大納言と称された。

物語では、源氏が北山で見た少女は、あまりにも藤壺中宮に「いとよう似たてまつれるが、まもらるるなりけり」と、目は吸い寄せられ、涙がこぼれるありさまだった。藤壺の身代わりとして、何としてでも自分の手もとに置きたいと、源氏は夢中になってしまう。祖母の尼君に、

初草の若葉のうへを見つるより旅寝の袖もつゆぞかわかぬ

と歌を詠みかけ、少女を「初草」「若葉」にたとえはするが、物語に「若紫」の呼称はない。源氏は恋しいあまり、

手に摘みていつしかも見む紫のねにかよひける野辺の若草

と口にするのは、藤壺の藤は紫色、そこから「紫草」とし、その根に通う血縁関係の「幼い紫の

君」としたのだろう。これと「若草」が重なり、少女を「若紫」と呼び、巻の名も「若紫」と呼ばれる。

『伊勢物語』の序段に、元服したばかりの「むかし男」が、奈良の旧都を訪れる話がある。都とは異なる辺鄙な地で、思いがけなくも美しい姉妹を目にし、気も動転して詠んだのが、

　春日野の若紫の摺衣(すりごろも)しのぶの乱れ限り知られず

の歌だった。このあたりのシーンの連想もあり、「若紫」のことばが少女の姿と重ねられたのであろう。

公任は、源氏が思いがけなくも北山で美しい少女を見いだしたのを念頭にし、「ひょっとして、このあたりに若紫さんはいませんかね」と、酔いの勢いもあり、紫式部に話しかけようと、うろうろと探しまわっていた。公任は、それほど若くない紫式部を「若い紫さん」と呼びかける皮肉な意味も込めていたに違いない。中宮の〈御冊子つくり〉が始められるのを知っており、今や評判の紫式部と物語の話をしたいとの思いがあったのかもしれない。

紫式部は、平常ならともかく、酔態の公任と真面目に話す気などなく、

源氏に似るべき人も見えたまはぬに、かの上は、まいていかでものしたまはむと、聞きゐた

り。

と、御簾の内にいて、黙ったままやり過ごす。公任は、もう少し先の部屋にいるのではと、通り過ぎたはずだが、ほどなく大勢の酔客と一つになり、話もその場かぎりになってしまう。現実の世には、物語に登場する源氏ほどの人とていないのに、まして紫上のような方が、どうしていらっしゃるでしょうかと、紫式部は返事もしないままおし黙っていた。

「上」は身分の高い北の方を指すのだが、「紫上」と呼ばれるのは、源氏が須磨・明石から帰京した「蓬生(よもぎゆう)」巻が初見である。「かの上」と紫式部が心のうちでつぶやいたのは、源氏が栄華の地歩を築き、紫上の心も平穏になって以降の物語世界と重なってくる。

敦成親王誕生の五十日の日、歌人でもあり文化人としても高名な公任が「若紫」のことばを口にし、紫式部も「源氏」とか「かの上」とすぐさま反応したことは、『源氏物語』の歴史にとっては重要な意味をもつ。寛弘五年(一〇〇八)一一月一日に、道長の屋敷で初めて『源氏物語』の名が記録にとどめられ、公任のような人物が物語の存在を認めていた点である。『源氏物語』は少なくともこの年以前には成立しており、貴族の間でも評判となって読まれていた事実が明らかだといえよう。

当時の男性官人にとって漢籍による儒教の学問は必須で、紫式部の兄(弟とも)藤原惟規(のぶのり)も、父の為時に早くから教育を受けていた。傍らに座って聞いていた紫式部がすぐに記憶してしまう鋭敏な才知をもつのを知り、「口惜しう、男子(をのこご)にて持たらぬこそ幸(さいは)ひなかりけれ」と、親が慨嘆したという。出自による限度はあるが、男であれば才能次第では出世も可能であった。

同世代の若者と同じく、惟規も一二歳ばかりで元服し、藤原氏の教育機関であった勧学院に入学したはずで、その後どのような官僚組織で勤めたのか不明だが、紫式部が日記で「式部の丞(じょう)」と呼んでいるため、式部省の三等官にはなっていた。大丞であれば正六位下、少丞であれば従六位上相当の官職で、式部省は大学寮も管轄しており、それなりの能力があったのであろう。父の為時は大国の越前守となり、従五位上の位階（五位以上が貴族）をもっていた。『更級日記』作者の父菅原孝標は、大国の上総介(かずさのすけ)・常陸介(ひたちのすけ)を歴任するが、介は正六位下であった。それでも都に広大な屋敷をもち、裕福な生活だったことからすれば、紫式部の一家はそれ以上の暮らしぶりだったはずである。

紫式部は寡婦となってのち、子持ちで年齢も高い女房として仕える身となる。主人の身のまわりの世話をする勤めだけではなく、皇子誕生前後の詳細な記録を残すため、かな文字による記録を担う立場でもあった。該博な知識と表現力をもつ女房として、紫式部は不可欠な存在だった。中宮彰子の信頼も厚く、評判の『源氏物語』を、皇子誕生後の内裏還啓にともない、一条天皇への献上本とすることにした。公任はその話を聞き、すぐさま物語を読み、内容の面白さに、宴会の酔いにまぎれて紫式部に「あなかしこ」と呼びかけたのであろう。道長一族による重用と、紫式部の教養の高さにも引かれた公任の接近だった。

物語に耽溺する少女たち

『紫式部日記』は中宮彰子の皇子誕生記録が中心をなすが、それ以上に興味深いのは〈御冊子つくり〉の具体的な作業手順が記録されていることである。一一月一日の五十日の祝いという大宴会が道長邸で催された後は、一七日の内裏還啓という一大行事が控えている。このような道長の栄華の前には、兄道隆一家の悲しい歴史があった。

花山天皇の突然の出家により、一条天皇は寛和二年（九八六）に即位するが、まだ七歳の幼さであった。正暦元年（九九〇）春に、一四歳の定子が、三つ年下の一条天皇のもとに入内する。定子の父関白道隆は、政務を嫡男内大臣伊周（これちか）に譲って一家の安泰をはかり、長徳元年（九九五）四月に亡くなってしまう。

後を託された二二歳の伊周は、叔父道長の野心を目にしながら、不用意な行動を引き起こす。花山院が密かに通っている女性は、自分が通っている女性ではないかと勘違いし、弟隆家（たかいえ）に相談する。隆家は花山院の一行を脅すつもりで弓を射たところ、花山院の袖に矢が通ってしまう。これが発覚して一大事件となり、その他の罪名も加わり、長徳二年四月に伊周、隆家ともに流罪に処せられ、たちどころに権勢を失う悲劇に見舞われる。中宮定子に、一条天皇の第一皇子敦康親王が誕生したのはその三年後、彰子が入内した直後のことであった。

道隆が健在で、伊周も事件を起こさなければ、敦康親王は春宮となり、即位する運命となったのだろうが、成長する姿を見ることなく、定子は長保二年（一〇〇〇）一二月に二四年の生涯を終える。

定子に女房として仕え、幸せな宮中生活の日々を綴っていたのが清少納言で、著作に『枕草子』がある。定子と従妹の彰子とが、一条天皇の皇后と中宮として仕えていたのは、一年ばかりにすぎなかった。紫式部が女房となったのはその後で、清少納言と宮中で直接顔を合わせることはなかったようだ。

『枕草子』は早くから定子や女房たちにも読まれており、評判によって清少納言は書き継ぎなどもしていた。現在の『枕草子』に、章段の多寡や消失、内容の増減が存するのは、作者自身によって幾度も手を加えていた背景があるのであろう。

紫式部とて、『源氏物語』五四巻の構想を立て、一巻目からひたすら書き続けたはずはない。はじめは短い物語の一編であったかもしれないし、すでに述べたように幼い娘の賢子に夢を託し、貴公子とのめぐり逢いのささやかな物語を書いていたとも考えられる。宮中の女房となり、貴族たちの生活や行事の詳細さを知るにつけ、紫式部の「娘」は、物語を通して高貴な姫君として成長し、複雑に絡む恋物語へと広がる夢が紡（つむ）がれる。それは女房たちを熱狂させ、中宮彰子も読者となり、男性貴族にまでファンが広がっていく。

『三宝絵（さんぼうえ）』（源為憲（ためのり）著、九八四年成立）によれば、「物語と言ひて、女の御心をやるものなり」と、当時大量の物語が生み出され、主な読者は女性たちであったとわかる。物語は奇想天外な御伽噺（おとぎばなし）

や恋物語などがもっぱらで、若い女性たちを夢中にさせていた。

冷泉天皇の尊子内親王は三歳で賀茂の斎院に卜定(ぼくじょう)され、一〇歳の年（天延三年、九七五）に母親の死によって斎院を退下、一五歳（九八〇）で円融天皇に入内するが、二年後に内裏から退いて落飾する。少女のころは物語に耽って過ごしていたため、為憲は説話を用いて絵入りの平易な仏道の入門書を執筆して呈上したのだが、尊子内親王は三年後に二〇歳で世を去ってしまう。

『蜻蛉日記(かげろうにっき)』の作者藤原道綱母(みちつなのはは)も、幼いころから物語の世界にあこがれていた一人で、貴公子との出会いから結婚に夢のような思いを抱き続けていた。一八歳の天暦八年（九五四）に、藤原兼家（道長の父）と結婚の運びとなる。ところが現実は期待と裏腹で、むしろ悲しみの訪れる日々であった。「世の中におほかる古(ふる)物語のはしなどをみれば、世におほかるそらごとだにあり」と、「古物語」を夢中に読んでいたころは、「それが現実の世の中と思っていたが、今にしてみると偽りごとばかりと知った」という。悩み苦しむ心のうちを、道綱母は『蜻蛉日記』として綿々と吐露していく。

『源氏物語』の「蛍」巻にも、玉鬘(たまかずら)が絵物語を読み耽っていると、源氏が、

女こそ、ものうるさがらず、人に欺(あざむ)かれむと、生まれたるものなれ。ここらのなかに、まことはいと少なからむを、

と語りかける。「女性というのは、面倒くさがらず、物語の世界に没頭するのですね。自分から進んで人から騙されようと生まれついているのでしょうか。物語には、真実はあまり書かれていないものですのに」と、「女こそ」物語の世界と現実とを混同してしまうと、無遠慮な物言いをする。

源氏は「物語は女の読み物」とし、現実とは異なって偽りの世界だと述べ、

見るにも飽かず、聞くにもあまることを、後の世にも言ひ伝へさせまほしき節ぶしを、心に籠めがたくて、言ひおきはじめたるなり。

（見飽きることもなく、聞き流しにできないことを、後の世に伝えたいとの思いから、一つひとつを心に隠しておけなくて、ことばにして言いはじめたのが物語なのです。）

と、物語の真実を語っていく。「語られた時代が古いとか、今の話だとかの差もあるし、話に深く感動するとか、浅薄な内容だ、などといった違いがあっても、すべてが虚構だといってしまうと、それはまた真実から離れてしまうことになる」と源氏はことばを継ぎ、仏道とのかかわりにも言及していく。

源氏の口を借りての、作者の物語論といってもよく、現代の読者にも通じるであろう。なぜ人は小説を読むのか、現実には起こりえないと知り、それでも虚構の作品に引き寄せられるのか、

説明しようのない課題でもある。紫式部は、あえて物語の意味を問いかけ、真実とは異なる現実の世界を、みずからのことばで披歴しようとの思いがあったのであろうか。当時の物語は「女、子どもの読み物」であったし、男性社会とは無縁な存在であったのは確かである。

男性にとって、女性との交流には「女文字」のかなが必須であり、『土左日記』冒頭の「男もすなる日記といふものを、女もしてみむとするなり」のことばではないが、男性専有の漢文日記を、女性の立場からかな文字で書く試みがなされる。男の貫之がかな文字で日記を書くには、女に変装する必要があった。物語は女性の読み物といっても、つくり手の多くは男性であり、心のうちまでは書きようがなかった。その方向を劇的に変えたのが、紫式部の『源氏物語』の出現であった。

三　書写で広がる『源氏物語』

知的レベルの高い女房たち

長徳二年（九九六）四月二四日、道隆の一周忌を終えてほどなく、すでに述べたように、内大臣伊周の慎重さに欠けた行動により、弟の隆家と配流の宣命が下される。屋敷の周囲は大勢の検非違使（けびいし）が取り囲み、伊周は追い詰められてしまう。人も寝静まった夜中に、伊周は父道隆が葬られている木幡（こはた）の墓所をめざし、数人の供とこっそりと抜け出て行く。検非違使たちは、隆家の在宅は確認したが、肝心の伊周がいないことに気づき、監視していた者たちの責任になってしまうと大騒ぎになり、部屋の中から天井まで捜索するありさまだった。

翌日の酉（とり）の刻（午後六時ごろ）、屋敷に向かって質素な網代車（あじろぐるま）が、二、三人の供を連れて向かって来る。やがて車からは、

> 御年は二十二三ばかりにて、御かたちととのほり、ふとり清げに、色合いまことに白うめでたし。かの光源氏もかくやありけむと見たてまつる。（『栄花物語』巻五）

と、何不足もない容貌の、すこしふっくらとした、色白く清らかな伊周の姿が現れる。見る人びとは、「光源氏もこのような姿なのだろう」と、涙を流して拝するほどだった。誰も目にしたことのない物語の人物と、現実の姿とを重ねて描写する。検非違使は都を警固し、裁判権も有するなど、絶大な権力をもつ役職だった。身分としては高くなく、『源氏物語』を読んでいたなどとは考えられないが、光源氏といえば男性の理想像として共有されていたのであろうか。もっとも、伊周流罪のころに『源氏物語』はまだ存在していなかったので、作者の勇み足というほかはない。

『栄花物語』の作者は不明だが、古くから一部は大江匡衡の妻となった赤染衛門だとされる。衛門は道長室の倫子の女房、のちに中宮彰子にも仕え、宮中にも出入りしており、紫式部とは同僚の女房であった。

赤染衛門は匡衡と結婚し、長保三年（一〇〇一）に赴任地の尾張に赴き、任期を終えて帰京後、再び道長や倫子、彰子のもとにも仕える身となる。『源氏物語』を知ったのはこのころで、本格的に書き始められたばかりだった。寛弘五年九月一一日に待望の敦成親王の誕生、すぐさま帝から守り刀が下賜され、道長室の倫子が竹刀で「御臍の緒」を切り、御子に初めて乳を含ませる「御乳付」は橘三位（徳子）が務め、湯殿の儀式へと進む。邪気を払う、弓の弦を鳴らす「鳴弦」の儀があり、続いて三人の博士が漢籍の一節を読み上げる。博士の一人が赤染衛門の長子大江挙周で、父の匡衡は御子の名の案を奏上したという。紫式部はこの一連の行事を目にして記録していたが、女房の一人として立ち働いていた中に赤染衛門がいたに違いない。

『枕草子』の「清涼殿の丑寅のすみの」の段には、中宮定子が『古今集』の上の句を口にし、女房たちに下の句をいわせる、宮中生活の日常の一コマが描かれる。宰相の君などは十首ばかりいい当てたが、歌の数からすれば暗記しているというにはほど遠い。清少納言とて、日ごろは口にして知っている歌のはずだが、いざ聞かれるとすぐに思い出せない。手習いのためであろうか、『古今集』を幾度も書き写しているような人は、どの歌を聞かれてもすぐに返答ができる。

歌の遊びから、中宮はふと思いついて、村上天皇に入内した宣耀殿女御（芳子）の話をする。

芳子は、太政大臣忠平の五男藤原師尹女（もろただのむすめ）、女御となったのは天徳二年（九五八）一〇月であった。清少納言の時代からは、五〇年ばかり昔の話になる。芳子が入内する前のまだ姫君のころ、父親は早くから宮中に入れる意図があってのことであろう、厳しく家庭での教育を施していた。

　一つには御手をならひたまへ。次には琴（きん）の御琴（こと）を、人よりことに弾きまさらんとおぼせ。さては古今の歌二十巻をみな浮かべさせたまふを御学問にはせさせたまへ。

　第一には筆跡、第二は音楽、三番目が『古今集』二〇巻（一一〇〇首余）の歌をすべて覚えるようにとの厳命である。入内して後、村上天皇はその噂を聞いていたので、試してみようと、『古今集』を手にし、「何月の、これこれの折に、誰それが歌ったのは」と尋ねると、芳子はすらすらと歌を口にする。半分の一〇巻まで進み、夜も遅くなったため、残りは明日にでもと思ったが、夜中にこっそり見る心配もあると、天皇はそのまま継続する。結果、一つとして女御芳子は誤ることがなかったという。

　村上天皇の父は、『古今集』の編纂（へんさん）を貫之らに勅命した醍醐天皇であり、以後宮中では『古今集』が和歌の規範として受け継がれる。芳子の父は、それを知った上での姫君教育であり、流麗な筆跡、琴とか琵琶の楽器の演奏、それに加えての和歌は女性にとって基本的な素養だった。物語では源氏が幼い若紫を引き取り、すぐに教えたのは和歌と手習いであり、明石姫君の入内に際しては名筆家の手本を集め、宇治八宮は大君、中君の姫君に楽器の練習をさせていた。

道長は彰子の入内にあたって、容姿や家柄のよい女房を四〇人集めたが、それぞれの教養のほども求めたはずで、筆跡や和歌にすぐれ、そこから貴族たちと対等の交流も生まれてくる。宮中の女房からは伊勢・本院侍従・和泉式部・伊勢大輔・赤染衛門、それに清少納言や紫式部などが輩出し、大斎院選子のもとには歌や物語にかかわる女房集団までも生まれるなど、この時代の女性たちの社会的な進出はめざましい。

清少納言の『枕草子』も紫式部の物語も、知的レベルの高い女房たちの間ではぐくまれ、作品として成長し、読者層を拡大していった。『源氏物語』は一度に書かれたのではなく、女房たちの間で数巻ごと読まれて批評され、評判によっては物語の内容を膨らませ、あらたな人物を登場させることもしていた。赤染衛門も、読者仲間の一人であった。

道長も読んだ『源氏物語』

『紫式部日記』はいかにも作品の冒頭にふさわしい叙述で語り始められ、皇子誕生から道長邸での数々の祝宴の記録が女性の目を通じて詳細に語られていく。ただ日記としての統一性はなく、急に同僚の女房たちの批評が加わり、和泉式部、清少納言などの人物評、個人的な回想へと展開し、また宮中の記事に戻るなど、テーマが一貫しているわけではない。早くから現存本は、本来の日記の一部であるとか、誤脱して綴じ誤り、記述内容も前後が乱れてしまったなどと指摘されてきた。

『紫式部日記』のもとの姿をとどめるかとされる資料に『紫式部日記歌』があり、ここには詞書(ことばがき)と歌一七首が収められる。『紫式部日記』の歌をすべて抜き書きしたわけでもなく、かなり恣意的な引きようで、中には日記とは異なる描写も存する。中宮彰子の公的な御産記録と、私的な日記とが存し、伝来の過程で散逸しながらも一冊にまとめられることもあったのであろうか。

『紫式部日記』には、『源氏物語』について注目すべき記述がある。

源氏の物語、御前にあるを、殿の御覧じて、例のすずろごとども出できたるついでに、梅の下に敷かれたる紙に書かせたまへる。

すきものと名にし立てれば見る人の折らで過ぐるはあらじとぞ思ふ

たまはせたれば、

「人にまだ折られぬものをたれかこのすきものぞとは口ならしけむ

めざましう」と聞こゆ。

寛弘六年(一〇〇九)九月の記事に続いて右の梅を話題とした「すきものと」の歌があり、すぐ後には夏の一節、さらに寛弘七年正月へと話題は飛ぶ。今に伝わる『紫式部日記』は、これによっても本来の姿ではなかったと知られる。

中宮彰子の御前に『源氏物語』が置かれているのを道長（殿）が御覧になり、梅の実の下に敷いていた紙にお書きになった。

「梅が酸っぱいものであるのと同じく、好き者と噂が立っているので、枝を折るように、あなたを口説かないで黙って通り過ぎる人はいないでしょう」

梅の実は「酸っぱい」、その「酸き」から好色の「好き」をかけ、誰もがあなたを手折って言い寄らない人はいないだろうと、道長は紫式部をからかったのである。『源氏物語』は紫式部の作品、好色な内容が書かれており、「その作者であるからには色ごとに通じ、情愛の深い人物と評判されるため、誰も口説かずにはいられない」と戯れる。

紫式部にとっては心外なことで、「私はまだ誰からも口説かれたことはありませんのに、どなたが私のことを浮気者と口にして評判を立てているのでしょうか」と抗弁する。むしろ「紫式部は、好色者」と人びとに噂を流しているのは、道長自身ではないかとの、思いもあったのであろう。

いずれの注釈書も、中宮彰子の前に置かれた梅の実とは、懐妊している中宮彰子が酸っぱい食べ物を口にしたことによると指摘する。それともう一つ重要なのは、寛弘六年ではなく、前年の四月から六月にかけて、中宮が土御門邸に滞在していた記事が誤って混入したともされることだ。

中宮彰子の懐妊が明らかになったのは寛弘五年三月、すぐさま山々寺々での安産祈願が始まり、四月一三日に一条院内裏から土御門邸へ退出する。中宮は懐妊五カ月目、二三日から五月二二日まで道長邸では法華八講がとり行われ、最大の行事の「五巻の日」は五月五日であった。行基作という「法華経をわが得しことは薪こり菜摘み水汲み仕へてぞ得し」の歌を唱え、参列者や僧たちが薪を背負い、水桶を担っての行道が催される。中宮は邸内の池に臨む御堂に参詣し、大勢の女房たちも廊、渡殿などを通ってお供をする。その折の歌が『紫式部日記歌』の冒頭に、「三十講の五巻、五月五日なり」の詞書が付され、

妙なりや今日は五月の五日とていつつの巻にあへる御法も

として掲載される。本来の『紫式部日記』には、この一連の記事も書かれていたはずである。ちなみに『紫式部集』にも「土御門殿にて、三十講の五巻、五月五日にあたれりしに」として、この歌を収載する。

懐妊中の食が進むようにと、中宮の部屋には梅の実が置かれていた。紫式部が控えていたところに道長が訪れ、『源氏物語』があるのを目にし、「すきものと」の歌を詠みかけたのであろう。法華八講も終えて母胎も安定した六月一四日に中宮は内裏に還啓し（『日本紀略』）、七月一六日に再び内裏から道長邸に退出する。現存の『紫式部日記』は、このあたりから書き始められる。

中宮の御冊子つくり

中宮彰子の出産を控えての二度目の里下がり以降については、すでに述べたとおりで、九月一一日の男皇子の誕生は、道長にとって初めての孫をもった喜びと、将来の権勢確保の上においても重大なできごとであった。これら一連の事項を年表にして次頁に示しておく。

道長邸では、中宮が里下がりしての出産、天皇の行幸、一一月一日の「五十日の祝い」などと公的な行事が続き、そのつど駆り出されるのは女房たちであった。休む間とてなく、一一月一七日には内裏還啓が決まっており、その合間を縫い、中宮主導のもとに「御冊子つくり」が始まる。

入らせたまふべきことも近うなりぬれど、人びとはうちつぎつつ心のどかならぬに、御前には、御冊子(みさうし)つくりいとなませたまふとて、明けたてば、まづむかひさぶらひて、いろいろの紙選(え)りととのへて、物語の本どもそへつつ、ところどころにふみ書きくばる。かつは綴ぢあつめしたたむるを役(やく)にて明かし暮らす。「なぞの子もちか、つめたきに、かかるわざはせさせたまふ」と、聞こえたまふものから、よき薄様(うすやう)ども、筆、墨など、持てまゐりたまひつつ、御硯(すずり)をさへ持てまゐりたまへれば、とらせたまへるを、惜しみののしりて、「もののくにて、むかひさぶらひて、かかるわざし出づ」とさいなむ。されど、よきつぎ、墨、筆など、たまはせたり。(『紫式部日記』)

日記には、「五十日の祝い」の後、皇子誕生の公的諸記録には見られない、道長の小躍りする

西暦	元号	日付	事項
九九五	長徳元	三月　九日	関白道隆（道長兄）は、病を押して参内し、自分の病気の間、内大臣伊周（二二歳）に政務を譲るよう奏上
		四月一一日	関白道隆没（四三歳）
九九六	二	四月二四日	伊周は大宰権帥（ごんのそち）、隆家は出雲権守（ごんのかみ）に左遷の宣命
		五月　一日	伊周・隆家は配所へ。皇后定子落飾
九九九	長保元	一一月　一日	彰子入内（一二歳）
		一一月　六日	敦康親王誕生（母は中宮定子）、彰子は女御となる
一〇〇〇	二	二月二五日	彰子は中宮、定子は皇后
		一二月一五日	皇女媄子（びし）誕生（母は皇后定子）
		一二月一六日	皇后定子崩御（二四歳）
一〇〇八	寛弘五	四月一三日	中宮彰子、土御門邸へ退出
		五月　五日	法華八講、五巻の日。『源氏物語』を前にし、道長「すきものと」の歌
		六月一四日	中宮内裏還啓
		七月一六日	中宮、再び土御門邸退出、『紫式部日記』冒頭
		九月一一日	敦成親王誕生。以後、三、五、七、九日と産養
		一〇月一六日	一条天皇、土御門邸行幸
		一一月　一日	若宮（敦成親王）、五十日の祝 公任、「若紫やさぶらふ」と紫式部に呼びかける
		一一月一〇日ごろ	中宮のもとで「御冊子つくり」
		一一月一七日	中宮彰子、若宮とともに内裏還啓

敦成親王誕生のころの主な出来事

ような喜びに満ちあふれた、紫式部の目を通して見た好々爺のにこやかな姿が描かれる。それに続けて「入られたまふべきことも近うなりぬれど」と、ほどなく内裏へ還啓する日程がさし迫り、女房たちの時間に追い立てられる姿も描かれる。

宮中から道長の屋敷にとどまっている間、女房たちは皇子誕生の騒動に続く連日の儀式の準備、晴着姿での奉仕など忙しい日々を過ごしていた。そこにまた新たに、「御冊子つくり」の作業が加わってくる。「人びとはうちつぎつつ心のどかならぬに」と、宮中へ帰る準備もしなければならず、のんびりとすることもできない。

紫式部は中宮に差し向かい、意向のもとに指図し、女房たちは元の冊子とそれに見合う分量の料紙を揃え、書写を依頼する人びとに手紙を添えるというのがまずは第一段階の仕事である。朝早くから中宮の部屋に集まり、人びとは与えられた任務を果たしていく。

中宮彰子が四月に道長邸に退出した折、御子誕生後の内裏への還啓に際して、一条帝には何を差し上げればよいか、道長と相談したはずで、その結論が『源氏物語』の奉呈であった。女房たちの間で噂となり、中宮も薦められるまま読んだ『源氏物語』は、ことのほか興味深く心動かされる。彰子は父道長にその旨を伝え、これまでの〈古物語〉とは明らかに異なっており、男御子の誕生かどうかわからないとはいえ、道長の描く宮中のあり方の一つを示す内容と賛意を示す。中宮の強い意志もあり、道長は『源氏物語』を書写し天皇に差し上げることを了承する。

『源氏物語』が急に読み始められたわけではなく、紫式部が女房として仕える以前から、彼女の物語は人びとに注目されていたのではないかと思う。道長にとっては、かつてはライバルに思っていた中宮定子のもとに清少納言が仕え、その活躍ぶりや評判の『枕草子』は、漢文による記録とは異なり、一条天皇の宮中文化の世界を燦然と輝かせていた。政治的には凋落したが、『枕草子』の存在は中宮定子の評判を高め、仕える女房たちの生き生きとした姿が知られてくる。

道隆は重い病となり、このままでは弟道長の政治的な台頭を許してしまい、一族の衰退になりかねないと、人目をはばかってなのか夜中に自ら参内し、「かくてみだり心地いたく悪しく候へば、このほどのまつりごとは、内大臣行ふべき宣旨下させたまへ」（『栄花物語』巻四）と、病気の間の「政務」はすべて嫡男の内大臣伊周に託す宣旨をいただきたいと奏上する。二日後に道隆は亡くなり、庇護のない未熟な伊周が政権を手にすることになる。そこまでは妹の中宮定子も安心していたが、先に述べたように不用意な行動から翌年の四月二四日、伊周は大宰権帥、隆家は出雲権守として流罪となってしまう。道長の権勢を強める前にして、父という後ろ盾を失った伊周・隆家の対応はあまりにも未熟すぎた。

検非違使が邸を取り囲んだ中を、伊周は夜中に抜け出て父道隆の墓所に密かに参ったことはすでに述べた。五月一日、伊周らは粗末な車に押し込められ、人びとの悲しみを振り捨てて配所へと赴く。悲嘆したのか、懐妊の身の中宮定子は自ら鋏を手にして髪を切り、出家してしまう。

そのあたりのことを記しているのが『枕草子』で、

殿（道隆）などのおはしまさで後、世の中に事いで来て、さわがしうなりて、宮（定子）もまゐらせたまはず、小二条殿といふ所におはしますに、なにともなくうたてありしかば、ひさしう里にゐたり。（一四三段）

と、道隆の死、伊周・隆家の流罪、中宮定子の落飾と、あわただしく事件は続き、清少納言は憂鬱な思いがして出仕することもなく、里に下がったままになってしまう。

宮仕え先では、女房たちが自分のことを「左の大殿（道長）がたの人、知る筋にてあり」と、道長と懇意にしているようだとの噂をしているのだ。自分の部屋から宮のもとに参上すると、ひそひそ話をしていた女房たちは、急に口をつぐんでしまう。中宮にも告げ口をしているようで、「清少納言は道長方だ」というのだ。そのようなこともあり、謂のない中傷に、宮仕えするのも気が重く、里に籠もって出向くこともなかった。

このの ち、中宮や女房たちの誤解も解け、清少納言はもとに戻って仕える身となるのだが、たんなる噂だけだったのか、何らかの道長からのコンタクトがあったのか、興味深い話である。彰子が入内するのはまだ三年後、いずれ成長すれば一条天皇の后にしようと道長は計画していたはずである。そうなると、彰子をめぐる宮中文化を支える一人として、世間でも評判の清少納言の存在を思い浮かべたはずで、引き抜きを考えていたとも想像したいところである。道長の心中を推しはかって、誰かが人に相談した話が、接触があったとか、清少納言と親密な関係にある、などといった情報となって、狭い宮中社会に広がったとも考えられよう。

一条天皇のもとに彰子と定子の二人の后が誕生し、外見からは対立の構図を取るが、伊周の失墜と定子の崩御により、それも一年ばかりで終焉し、敦康親王の運命もすっかり変わってしまう。寛弘八年（一〇一一）六月に彰子を母とする第二親王の敦成が春宮となり、長和五年（一〇一六）二月に九歳で即位し、幼帝のため外祖父道長が摂政となる。孫が天皇位になるという、道長が描いていた栄華の夢が実現する。

清少納言は、皇后定子の崩御後に宮仕えを辞し、その後は公的な場所に姿を現すことはなかった。ただ、定子のもとに仕えていた女房の中には、道長の目にかなって再度宮中での暮らしを求めた者もいたであろう。紫式部が女房になったのはその後のことで、宮仕え先で清少納言の具体的な言動も耳にし、『枕草子』も読んでおり、自分とは異なる姿に、『紫式部日記』には「清少納言こそ、したり顔にいみじうはべりける人」と、辛辣（しんらつ）な批判もする。

宮中の文化形成

先に述べたように、中宮彰子が懐妊後初めて里下がりをし、四月から二カ月ばかり土御門邸で過ごしたのは、道長の企てた大がかりな法華八講に参列するためでもあった。『源氏物語』の書写について、中宮から相談を受けていた紫式部は、道長邸に滞在している間、自宅から浄書本をもち込んでいた。中宮とて作品をすっかり読んでいたわけではなく、女房たちの話に関心をもち、紫式部からも内容などは聞いていたはずである。現存する五四巻だったのか、光源氏が栄華をきわめる「藤裏葉」巻までの三三巻だったのか、また感想を聞いて作品の改作とか追記をしたのか、などといったことはすべて憶測になってしまうので、これ以上の言及はしない。

積み上げられた『源氏物語』を目にし、読み終えた感想を紫式部に話しかけていたのであろうか。そこに道長が訪れ、光源氏と多くの女性をめぐる話は聞いているため、梅の実を敷いていた紙を手にし、「すきものと」と、ひやかし気味に歌を詠み書き付けた、といったいきさつなのであろう。それでも中宮は物語の真意を説き、道長も読む気になったか、あるいはすでに評判になっていただけに一部なりとも読んでいたのかもしれない。

中宮は六月一四日に内裏へ還啓し、再び翌月には土御門に退出し、いよいよ出産の準備となる。紫式部もお供をし、里に帰った折には、中宮に提出する『源氏物語』に手を入れ、書き継いでもいたはずである。宮仕えの女房になることによって、紫式部は宮中の実情や儀式、貴顕たちの行動などの知見も増え、それらが作品の随所に反映もされてくる。

道長邸にとどめ置かれた『源氏物語』は、道長が読むだけではなく、和歌や物語にも堪能な公任や藤原行成も関心を示したであろう。中宮定子のもとで形成されたはなやかな文化に、『源氏物語』は充分に匹敵し、一条天皇の叡覧に供すべきと道長も考えるに至った。政治の中枢に位置づけられた天皇は、伝統として文化を形成し持続する存在であり、実務を執行する貴族たちとは世界を異にする一線が画されていた。

『源氏物語』の「梅枝(うめがえ)」巻で明石姫君が一一歳となり、春宮への入内を控えて女子成人の裳着(もぎ)の儀式を行う。一三歳の春宮も元服を終え、迎え入れの準備を進めていたところ、源氏の姫君が入内するのを知り、適齢の姫君たちをもつ有力貴族たちは、権勢を誇る源氏の計画を前にしては、とてもかなわないと尻込みをする。左大臣までも、娘を宮中に入れたところで、明石姫君に圧倒されるのは火を見るよりも明らかと断念してしまう。

源氏はこれを聞き、「いとたいだいしきことなり。宮仕への筋は、あまたある中に、すこしのけぢめをいどまむこそ本意(ほい)ならめ」と、人びとの不心得を口にし、明石姫君の入内を延期してしまう。後宮というのは、多くの女性が入内し、それぞれが優劣を競い合うのが本来のあり方だという。一人の女性が天皇を独占してしまうと、宮中そのものが衰退し、形骸化してしまうとの考えで、すこしでも人に勝ろうと美点を磨くところに、新しい文化の創成へと繋がるという考えである。

現実の世界においても、権力者たちの競合は、紆余曲折を経ながらも結果的に皇室の文化を確立し、政治の持続を第一目標とするという時代の流れに、紫式部も生きていた。平安時代の歴史を俯瞰するにつけ、宮中政策の維持は、貴族たち自らも生存していくためという共通した智恵と概念であった。

『源氏物語』の書き出しは、「いづれの御時にか、女御更衣あまたさぶらひたまひける中に」としつつも、物語を読み進めていくと、八〇〇年から一〇〇〇年ばかり昔に時代を設定していると気づかされる。虚構の桐壺帝は、醍醐天皇がモデルであると解釈されてきた。南北朝時代に書かれた注釈書の『河海抄(かかいしょう)』では、具体的に醍醐天皇の後宮に入内した二七人の皇妃の名が記され、桐壺帝と史実とのかかわりの深さに言及する。

醍醐・村上天皇の治世は、延喜・天暦時代と称し、その後の貴族たちは〈聖代(ひじりよ)〉とあがめ、理想的な政治と文化が興隆した時代と目された。『源氏物語』はその時代とオーバラップして書かれており、道長をはじめとする権力者たちもその世の再現を規範としていたのは確かであろう。藤原氏との権力闘争のもと、菅原道真は九州大宰府への左遷に処せられるなど、政治の変革期に醍醐天皇は在位していたが、世の平穏に尽力し、一方では和歌の勅撰である『古今集』の編纂を命じるなど、文化の振興にも力を注いでいた。

明石姫君の入内の準備として、源氏はさまざまな調度品、絵画、細工物に至るまで、名工たちにつくらせる。当代の名筆家たちの筆跡を集め、すべてを宮中に運び込ませる。新しい宮中文化が花開くであろうし、文明の創造がなされていくはずである。物語の世界であり、現実とは異なるとの思いがありはするが、道長自身も源氏と同じような文化的な営みをし、中宮彰子も『源氏物語』を書写して宮中にもち込み、一条天皇を読者の一人に引き込みもした。創造豊かな文化の基盤を形成しての開花は、政治の安定にも直結するとの思考だった。

三章　『源氏物語』の書写はどのようになされたのか

『源氏物語団扇画帖』「藤袴」
（『日本古典籍データセット』国文学研究資料館蔵より）

一　かな文字の広がり

華麗な『源氏物語』の装丁

中宮彰子に男御子の誕生という喜びに続く数多くの行事も一段落し、内裏へ還啓する日が近づき、女房たちは道長邸を離れる支度もしなければならない。何かとあわただしい中、中宮の強い意志のもとに、準備を進めていた『源氏物語』の書写作業が始まる。紫式部は朝早く中宮の前に控え、最終的な『源氏物語』本文の点検をしたのち、さまざまな色の料紙も整える。道長の意向のもとに能筆家たちも加えられ、書写者にはあらかじめ連絡がなされていたはずである。紫式部が一人ひとりに手紙を書き、そこには中宮の一筆も添えられ、原本の冊子と料紙が届けられる。藤原行成や公任も加えられていた可能性もある。

書写本は色紙を用いる華麗さで、名筆家による一筆ではなく、各冊で筆跡を異にしていたのであろう。中宮彰子としては、『源氏物語』を用いての、名筆家による手本づくりも意図していた。物語では、源氏が明石姫君の入内に際して、世に評判の人びとの筆跡を求める場面があるが、鑑賞に供するとともに、書の手本にするためであった。源氏自身も、「御心のゆく限り、草(さう)のも、ただのも、女手(をんなで)も、いみじう書きつくしたまふ」（梅枝）と、各種の文字のスタイルを書き分けた手本づくりをする。

まだ日本に固有の文字がなかった古墳時代に、中国から漢字がもたらされ、六世紀には仏教の伝来に付随して広く使用されてくる。ただ中国語と日本語とでは表現方法が異なるため、漢字の音読みを利用しての表記が工夫される。『万葉集』に典型として見られる、漢字だけで日本語を表記する〈万葉仮名〉が生み出される。その文字が時を経て崩され、現代に通じるかな文字に近づいたのは醍醐天皇の時代であった。『古今集』を編纂した紀貫之などは、その変革期の一人であり、日記や記録は男性が漢文で書くものであったのを、『土左日記』ではあえて女性に仮託し、かな文字での表記に挑戦する。これ以降になると、貴族たちも漢字とかな文字を日常的な生活の場にも使用してくる。

『源氏物語』が時代設定した醍醐朝は、かな文字の形成過程にあった。正式な文字の漢字は〈真名(まな)〉と称して男の専有物、〈万葉仮名〉が崩されて私的な仮の文字となったのが〈仮名(かな)〉で、〈女手(おんなで)〉とも呼ばれ、女性の表現手段として用いられた。源氏が明石の姫君に手本として書いたのは、漢字からかなへと流動する時代であり、各種の〈仮名〉文字に対応して書写したのであろう。〈草〉は〈草書〉体のかな、当時はすでに古いタイプになっていたのかもしれないが、それに加えて「ただのも」とする一般に用いられるかな文字、〈女手〉はそれ以上に平易な筆致体であろうか。

『源氏物語』の書写を依頼するのは、男性だけではなく女性もいたはずで、それぞれに冊子本とそれに見合う料紙、依頼内容の手紙を添えて配る。短い巻だと、一日か二日で書写して戻ってくる。長い巻になると数日は要し、中宮のもとには書写された料紙がさみだれ式に返送されてくる。女房たちは整理に明け暮れ、休む間もない忙しい日々が続く。「綴ぢあつめしたたむる」と、製本して表紙を付ける作業である。宮中にもち込むだけに、表紙には綾絹などが用いられ、豪華な装丁に仕立てなければならない。たとえば、平安時代末期の書写本として知られる『西本願寺本三十六人家集』(国宝)は、下絵や墨流しなど装飾の施された料紙に、表紙は薄絹が用いられた。中宮彰子の下命だけに、女房たちは心して本づくりに取り組まなければならなかったであろう。

依頼した人の中には不心得者もいたようで、書写した料紙だけを返送し、元の冊子本は手もとに留めてしまう。評判に聞いていた物語は、読んでみるとおもしろく思ったのか、元の本を返さないのだ。紫式部が清書して中宮彰子に託していた『源氏物語』の大半は、返却されないままとなってしまう。中には一巻だけではもの足りなく、ぜひとも一揃い所有したいと、何かとつてを求めて借り出し、全巻写した者もいたかもしれない。多くの人びとに書写を依頼したことで、『源氏物語』は女房社会だけではなく、娘に読ませたい者とか、男性も興味をもつなど、貴族社会に急速に読者を拡大していく。物語が評判になって徐々に世の中に認識されていったのではなく、上から下へと急激に読者層が拡大していくという、文学史の中でも異例な状況であった。いわばもっとも効果的な、物語作品の広報と流通方法であった。

清少納言の料紙への思い

中宮の内裏還啓の日も決まっているだけに、書写本が返されるのが遅いと催促し、早く仕上げた者には追加の依頼をするなど、製本の時間も必要なだけに、全体をまとめるスケジュールの管理も気を緩めるわけにはいかない。誤写があっても困ると、紫式部は校正作業も必要であったろう。装丁が終わると、各冊の表紙に巻名の題簽(だいせん)を付すなど、中宮にとってもかなり厳しい日々が続く。日程からしても、一〇日ばかりのうちに数十巻の冊子本を仕上げなければならない。

道長が中宮の部屋を訪れ、「なぞの子持ちか、つめたきに、かかるわざはせさせたまふ」と、赤子が生まれてまだ二カ月ばかりの身である娘に、一一月も中旬になって朝夕の寒さも増すだけに、心配して声をかける。連日の作業に、父親としてもさすがに気がかりになる。そうはいいつつも、「よき薄様」とか「筆墨」、それに「御硯」までも中宮の部屋に運び入れる。薄様は上質紙の薄手の紙で、『源氏物語』の書写に用いた料紙とは別に、手紙を書くためなのであろう。道長は作業に直接関与していなくても、書写本づくりの材料を提供するなど、全面的な協力を惜しまなかった。

当時にあって紙は貴重な品であったのはいうまでもない。『枕草子』（二七七段）にも、中宮定子の御前で女房たちと話をしている折、清少納言が、

　ただの紙のいと白うきよげに、よき筆、白き色紙、陸奥国（みちのくに）紙など得つれば、こよなうなぐさみて、さはれ、かくてしばしも生きてありぬべかんめりとなむおぼゆる。

と話をする場面がある。「腹が立って、どこかへ行ってしまいたいと思っていても、普通の真っ白で清らかな紙と、よい筆、白い色紙、厚手の陸奥紙でもあれば、心は慰められ、ああ、しばらくは生きていけると思われます」という。

清少納言が憂鬱な思いに心も乱れ、里に引き籠もっていたころ、中宮定子から「めでたき紙二十を包みて」届けられる。先日の話を思い出し、気を晴らしての出仕を求めたのである。彼女はうれしくて憂さも忘れ、「この紙を草子に作りなどもてさわぐに」と、早速拝領した料紙を綴じ本にしたという。「草子」は冊子本と同じ意味で、巻物に対して綴じた本を指す。

紙は半分に折って重ね、糸で綴じて冊子にしたはずで、表裏に書くとなると、紙二〇枚で八〇ページ分にはなる。また別の折に、兄の伊周からもらった紙を前にした中宮定子が、「一条天皇にも同じく献上したようで、そちらでは『史記（しき）』を書かせられるようだが、私は何を書けばよいだろうか」とお尋ねになる。『史記』は中国前漢時代（紀元前二世紀以降）の司馬遷（しばせん）による日本で

もよく知られた歴史書で、一三〇巻からなり、全巻の書写ではなく抄出本だったのであろう。かなりの分量の料紙だけに、中宮定子は「この紙に何を書けばよいか」と女房たちへの相談である。内大臣伊周は流罪前で、一族の前途に希望のある幸せな一時期の中にあった。伊周は帝と后に料紙を渡すことによって、それぞれどのような作品が生まれてくるのか、まさに一条朝文化を演出するしかけでもあった。

清少納言は即興で、「帝が『史記』を写すのであれば、中宮さまは〈枕〉にでもなさったらいかがですか」と応じる。〈史記〉→〈敷き〉→〈枕〉といったダジャレだが、頭に敷いて枕にするというのだけでは単純すぎるため、ほかに意味があるのかもしれない。清少納言の紙へのこだわりを知っていた中宮は、「さば、得てよ」とすべて下賜されてしまう。「つきせず多かる紙を、書きつくさんとせしに」とあるので、以前の二〇枚ばかりとは比較にならない多さで、彼女としては『史記』に対抗できるだけの勤めを果たさなければならない。

伊周は料紙を何に利用したのかのちに聞くはずで、天皇は能書家に命じて『史記』を書かせたにもかかわらず、中宮方は「枕にして寝ていました」というのでは、あまりにも話にならない。天皇方が中国古典の書写であれば、中宮は大和の作品、それが〈枕〉に込められた意味だったのではないか。多くの注釈書では、〈枕〉の出典探しをするなどさまざまな理由を求めてきたが、これといった解釈には至っていない。

〈枕〉は、日常の話を意味する「まくらごと」ではないかと思う。中宮定子のもとでの女房たちとの会話、そこで話題になる〈花〉の美しさや〈をかし〉の話にしても、教養あふれるサロンを映し出すことばの数々が〈枕〉であった。文化を創造している意識はなくても、中宮定子のもとではいかに機知にあふれた会話がはずみ、天皇の支えのもとで平穏な日々の歴史が刻まれているか、記録することによって如実に示すことができる。このようにして生まれたのが、『枕草子』であり、その書名にもなったのであろう。清少納言が書きまとめた作品の根底には輝くばかりの中宮の存在と、女房たちの横溢（おういつ）する発想があり、宮廷生活の精神的な豊かさが示され、天皇家の繁栄をことほぐ、いわば共同の参画による作品の出現といえる。文化の粋を集めた中宮定子の晴れやかさが、『枕草子』を読む者にすっかり明かされ、羨望すべき宮中の生活が知られてくる。

二　冊子つくりの方法

明石姫君入内用の冊子

先に述べたように『源氏物語』には明石姫君の入内に際して、源氏は各種の調度品から書画に至るまで、それぞれの専門家に依頼してつくらせるくだりがあるが、とくに力を入れたのは各人の筆跡による手本づくりであった。

まだ書かぬ草子ども作り加へて、表紙、紐などいみじうせさせたまふ。「兵部卿の宮（蛍宮）、左衛門の督などにものせん。みづからひと具は書くべし。けしきばみいますがりとも、え書きならべじや」と、我ぼめをしたまふ。

墨、筆、ならびなく選り出でて、例の所どころに、ただならぬ御消息あれば、人びとかたきことにおぼして、返さひ申したまふもあれば、まめやかに聞こえたまふ。（梅枝）

源氏は「まだ書かぬ草子」をつくり加え、表紙や紐などで装丁し、すぐれた墨と筆を選んで送り、人びとへ懇切な執筆依頼を行った。中には恐縮して辞退する者もいたが、源氏は是非助力してほしいと、さらに手紙をしたためて願いもする。人によっては、「葦手、歌絵を、思ひ思ひに書け」と、単なる筆跡ではなく絵画的な要素をもつ作品も求めたようである。「葦手」は水辺に生えた葦の葉と文字とが、溶け込んで一体になった絵のような筆体と思われ、「歌絵」は一首の歌の意を絵として表現したとも、またその逆ともされる。それも教養の一つとして、男性はいうまでもなく、女性にとっても身につけておく必要があった。

冊子本には「表紙」を付し、巻子本のなごりとして古くは「紐」で結んでいたとされる。あるいは数冊をまとめて保存する、帙の「紐」を意味しているのであろうか。巻子本では「唐組ののであろう。

紐」(梅枝)と凝った紐が用いられたが、源氏は入内のためにと華麗な唐の組み紐も準備したのであろう。

注目されるのは、人びとが料紙に書いたあとに綴じるのではなく、「まだ書かぬ草子」と、あらかじめ冊子本にして配る手順が示されていることである。いわば白紙のノートに、手本になる歌や絵などを人びとに書かせたというのである。『枕草子』でも、中宮定子からもらった二〇枚の白紙を、清少納言は「草子に作りなど」とあらかじめ冊子に仕立て、そののちに書写していた。料紙に書写し、そののちに綴じて「草子」にしたのではなかった。『紫式部日記』に記されていた、元の本と料紙を人びとに添えて配り、返されてくると「かつは、綴ぢあつめしたたむるを役にて」とは、具体的にはどのように製本作業を進めたのであろうか。

『紫式部日記』のこのくだりについて、大半の注釈書ではあまり注目することもなく、写されて戻ってきた料紙を「綴じ集めて冊子に仕立てる」と解釈するにすぎない。紫式部が具体的に指示して「綴ぢあつめ」たのか、あらかじめ料紙には巻名とか順番を示す符号か数字が書かれていたのか、などとこれまで思いつかれなかった新たな疑問が生じてくる。二〇枚、三〇枚の料紙に、元の本の書写を依頼され、人は思い思いに筆を運んだとすれば、一行の文字数も、一面の行数も異なってしまう。料紙に番号は付したのか、裏表の利用なのか、半分に折って写すのか、取り決めておかないと統一の取れない本ができあがってしまう。当時の冊子本は、紙を重ねて上からホッチキスで留めるような装丁ではなかったはずである。

この疑問を詳細に解いたのは、萩谷朴『紫式部日記全注釈』(角川書店、一九七一・七三年)である。当時はいちおう仮綴じにした冊子本に書写するのが一般的で、「一葉ずつ遊離した料紙に本文を書写してから、綴じ集めるということは、粘葉装(でっちょうそう)や胡蝶装(こちょうそう)の場合には考えられない」とし、

ある程度の枚数を一帖一帖に仮綴じして、書写を依頼し、その後、数帖を合わせて表紙を付し、冊子本として仕上げたものと考えておく。

とする。「御冊子つくり」の具体的な手順に、新しい視点をもたらしてくれる。

粘葉装と列帖装

『紫式部日記』には「綴ぢあつめ」の表記から、巻子本ではなく明らかに冊子本と知られる。それでは具体的にどのような装丁だったのか、右の萩谷論では「粘葉装」とか「胡蝶装」とするが、この呼び方と装丁方法は論者によって統一されていないのが現状である。一枚の紙を半分に折り、折り目の外の部分に糊を付け、つぎつぎと同じく折った紙を貼り付けていく。「粘葉装」の「粘」は「ネン」「デン」と読み、「ねばる」の意味をもち、一枚一枚「粘着」させる方法である。糊を付けた面と、折っただけの面とを交互に重ねるため、ある程度の枚数は追加することができる。紙の質によっては、両面の書写と、糊を付けなかった面だけに書写する例とが存する。糊を付け

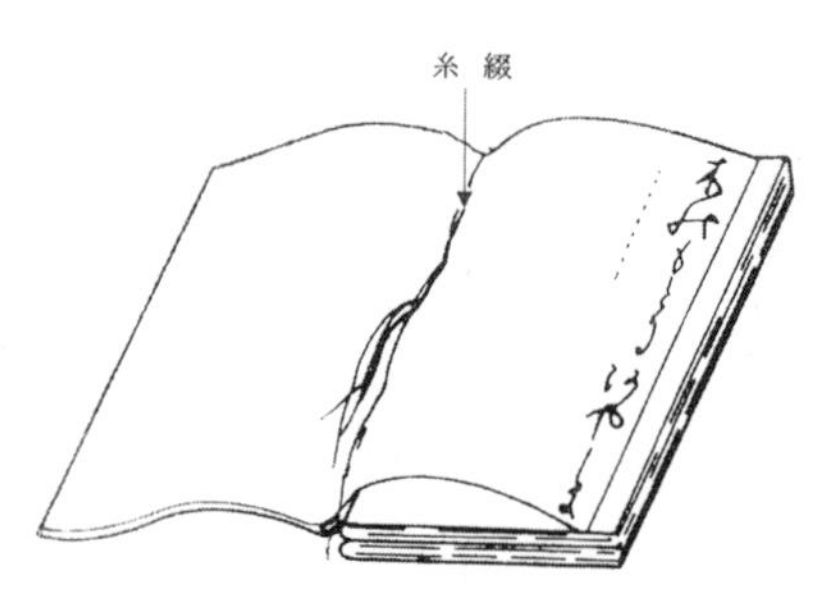

列帖装

粘葉装

（「国文学文献資料調査要領」国文学研究資料館より）

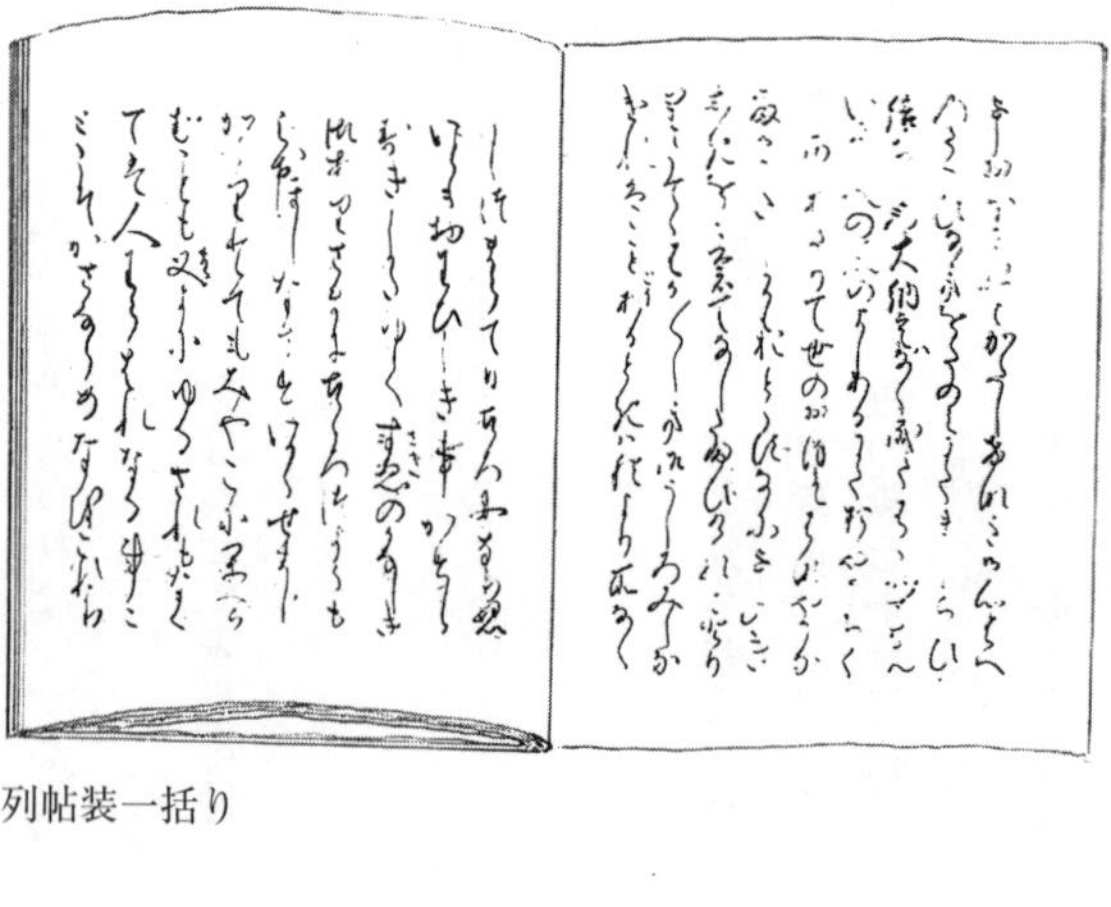

列帖装一括り

た面を開くと、蝶が羽を広げたような姿になることから、「胡蝶装」とも呼ぶ（橋本不美男『原典をめざして』新装版、笠間書院、一九九五年）。最後は全体を包(くる)んで表紙を付け、書名なり巻名を付すことになる。この製本は糸を用いることなく糊だけで仕上げるため、一部が脱落するとか、虫食いによる損傷が生じ、それほど分厚くできないのが難点でもあった。

もっとも古い文学作品の写本として現存するのは、保安元年（一一二〇）の『元永本古今和歌集』、同じく平安時代末期の『西本願寺本三十六人家集』などで、装丁は糸綴じによる列帖装(れっちょうそう)である。別に「綴葉装(てっちょうそう)」とも呼ばれるが、ここでは名称を統一するため用いないことにする。料紙を数枚重ねて二つ折にし、括(くく)った束（帖）を重ねて糸で綴じていく。現存する鎌倉時代以降から江戸時代に至る写本の大半は、列帖装の方法が用いられる。

ただこの製法は、一枚ごとの料紙に書いた作品なり記録を、あとになって順番に重ねて冊子にすることができない。たとえば三枚の紙を重ねて真ん中で折ると、書写する面は六枚、一二ページ分ができる。一枚目の右の表裏は一ページと二ページとなり、折った左半分の裏面は最終の一二ページ目になってくる。そのため、あらかじめ白紙の仮製本をつくり、そこにページに従って書写し、あらためて本製本することになる。

のちに詳述する新出の定家本「若紫」巻は、やや小ぶりの四半本で、一括りが六紙（一二ページ分）から七紙の五括り、これを重ねて糸で綴じた列帖装である。目安とすれば、一般の書籍（A5判）とほぼ同じ大きさといってよく、一面は九行書き、本文の紙数は六二丁（一二四ページ）

からなる。

定家本以外の「若紫」の写本を見ても、料紙は鳥の子（とりのこ）（雁皮紙（がんぴし）、斐紙（ひし））の四半本、一面は九行から一〇行書きで六〇丁ばかりといったところが標準的である。いきなり白紙を渡され、定められた行数でまっすぐに書くことはできない。紙面に合わせた、行数分を切り抜いた紙を上に置いて書写したのであろうとされる。あるいは本の大きさの外枠をつくり、行数に応じて等間隔に糸を張った道具を用いたとも考えられる。一行の文字数は厳密ではなくても、行数を確定していれば、一冊の紙数にもめどが立つ。書写の依頼には、各種の小道具を添えるとか、あるいは書写者は必需品として手もとにもっていたとも考えられる。

中宮彰子の主導による『源氏物語』の書写を依頼するにあたっては、書に堪能な女房を含め、外部の名筆家たちに、巻々の書写に必要な分量の料紙を渡すのではなく、あらかじめ仮の列帖装に仕立てた冊子を送る必要がある。清少納言がもらった二〇枚の紙を、すぐさま冊子にしたとあるので、ノートの体裁に仕立てていたと考えられる。五、六枚の紙を一括りにし、その中ほどを簡単に糸で綴じ、巻に応じた束の括りを相手に渡すことになる。これだと料紙は無駄にすることなく、原本とほぼ同じ分量の冊子本ができあがってくる。

『源氏物語』の書写依頼も、列帖装の仮綴じ本をつくり、人びとに依頼していたはずである。『紫式部日記』に「いろいろの紙選（え）りととのへて、物語の本どもそへつつ」とは、そのような一連の作業を指す。仮綴じ本が返送されると、すぐさまいくつもの括りをまとめて糸で綴じて冊子にし、表紙を付け、題簽（だいせん）（書名）を書き、表紙に貼り付けていく。労力と人数が必要なだけに、朝早くからの作業に、「人びとはうちつぎつつ心のどかならぬに」とするのが本音でもあった。

三　『源氏物語』の読者の広がり

盗み出された『源氏物語』

四月に中宮彰子と道長邸に退下した折、『源氏物語』は御子誕生後の内裏還啓に際しての贈品とすることが決められ、紫式部は道長邸に『源氏物語』を運び込み、中宮彰子に託していた。

紫式部には、自分の作品が手もとから離れてしまうと、変更できなくなるだけに、人物の言動、自然の描写一つひとつが気になってくる。『源氏物語』の別の一揃いも、里から自分の部屋にも ち込んでいた。部屋にいる間は読み直して筆を入れ、中宮彰子の手もとに置かれた浄書本と見合わせ、できるだけ本文の異同を最小限にとどめていた。

紫式部がどのような手順で『源氏物語』を書き始め、評判となって人びとに読まれて広がったのか、まったく知る史料はない。伝説によると、中宮彰子が紫式部に「何か新しい物語をつくってほしい」と求め、観音の助けを得ようと石山寺に参籠し、八月十五夜の月が湖水に照り輝くのを見て、「今宵は十五夜なりけり」と、「須磨」巻から書き始めたのだという。また完成までには父為時の助力があったとか、道長が加筆したなどとさまざま伝えられるが、いずれも確認できるような内容ではない。しかし中宮彰子も道長も、書写にかかわっていたのは確かであろう。『源氏物語』がある程度のまとまりとして女房たちの間で読まれ、噂として広がり、その人気と内容を認めたのは中宮彰子であり、道長もその一人であった。『枕草子』が、中宮定子や女房たちに読まれて評判になっていたのと同じである。紫式部とて一気に書き上げたわけではなく、試行錯誤を繰り返し、本格的に長編の物語として執筆に取りかかったのは、長保三年（一〇〇一）四月に夫宣孝が亡くなり、喪が明けて以降のことであろう。

人びとが物語の内容を知るに伴い、登場人物や話の進みように好意的な感想とか、批判的な意見など、紫式部の耳にも入ってくる。気をよくして書くこともあれば、誤解された読み方に落胆することもあったであろう。一部の写本は流布したとしても、大半は女房たちの口語りとして伝えられる。具体的な宮中の生活、後宮の女御や更衣たち、貴族の行動などになると、見聞きしていなければ書きようがなく、中宮彰子の女房として仕える身となって物語に新知見を加えてもいく。

紫式部の物語の特異な才能を道長は認めており、中宮定子のサロンは崩れて消失したが、中宮彰子の世界はそれ以上の文化的創造の基点に育てたいとの思いもあり、執筆の支援は惜しまなかったであろう。長編の物語になると料紙が大量に必要で、清少納言が中宮定子から下賜されたように、道長は紫式部に筆から墨に至る必要品も手配したのではないか。中宮彰子も愛読し、女房たちの真摯な見解は、時に折れそうになる紫式部の心の支えとなり、新しい作品の創造の世界へと踏み進んでいく。

紫式部の女房としての生活は、中宮彰子の身辺の世話をするだけではなく、家庭教師的な役割を担い、文化を創出する使命も帯びていた。時間的には余裕もあり、里に籠もって物語を書き続けることもできた。断片的に書いていた巻々を、長編物語に仕立て直していく。文章を練り、増補や削除を繰り返し、ほどなく『源氏物語』が出現する。若宮誕生後の内裏還啓には、中宮彰子から一条天皇へ奉献する作品の作者になるという栄誉まで受ける。男性社会で共有された勅撰集とはまったく異なる、女性の世界を象徴する物語が中宮から発信されるという、その後の文学史上での快挙となった。

紫式部の手を離れた『源氏物語』だが、気になる部分がいくつも生じる思いがし、若宮の五十日の祝いが終わって一段落した後、急いで里に帰り、浄書前の揃い本を部屋に運び込んで隠し置いていた。朝早くから中宮彰子の御前で作業をし、部屋に戻ると、もう一揃いの作品と表現や内容の確認をする必要があった。

中宮のもとに参上して作業をしている留守の間、道長は紫式部の部屋に忍び込み、「あさらせたまひて」と、あちこち探しまわって『源氏物語』を見つけ出し、すべてを盗み出してしまった。

紫式部が物語を部屋に置いているのを知っての所業で、道長はかねて深い関心を寄せていたことが知られる。「みな内侍の督の殿に、たてまつりたまひてけり」と、彰子妹の妍子（当時一五歳）に渡してしまったという。

妍子も『源氏物語』の話を知り、しかも姉のもとで書写されているのを目にするにつけ、何とか読みたいとの思いが強かったはずで、父道長に本の入手を懇願する。新しく書写された本文は中宮彰子のもとに届けられ、料紙に添えた紫式部の浄書本も同じく返却されてくるはずで、道長はそれを妍子に与えようと考えていたのではないか。ところが、紫式部自身も嘆いていたように、「よろしう書きかへたりしは、みなひきうしなひて」と、大半の原本は戻ってこないで、それぞれ書写した人が手もとに残してしまった。担当したのは、一巻か二巻なのだろうが、「これは興味深い物語だ」と、返却しないのだ。

道長は、紫式部が浄書前の揃い本を部屋に隠し置き、時に本文などを確認しているのを知っており、娘の願いをかなえようと、留守を狙ってすべてを盗み出し、妍子に与えたというなりゆきなのであろう。妍子にとっては読みたいと願う物語で、道長も世の中を知る上にもふさわしいと判断していた。この事実一つによっても、『源氏物語』は中宮彰子だけではなく、貴族世界の頂点にいる道長も公認していたと知られる。なお妍子は、二年後の二月に春宮居貞親王（三条天皇）に入内し、三条天皇の即位に伴い女御の宣下を受け、長和元年（一〇一二）には中宮となる。

里居のむなしさ

中宮彰子のもとでの『源氏物語』の書写作業は、時間に追われるようなあわただしさで、美麗な装丁から巻の順序まで確認したのち、内裏へ還啓する直前の数日、紫式部は休息が与えられて自邸に帰ってくる。大役を果たした満足感があってもよいはずだが、むしろむなしい思いにとらわれてしまう。

夫を喪った悲しみを振り切るためにも娘の養育に心を砕き、親しい友と文を交わし、また物語などの話もしてきた。住み慣れた自宅の眺めはこれまでと同じながら、女房生活をするに至った自分自身は、この数年ですっかり変わってしまった。宮中は毀誉褒貶(きよほうへん)の渦巻く世界、気心の知れた人だけがいるわけではなく、思いのままに振る舞うこともできない。いつの間にか評判になった『源氏物語』が注目され、ついには宮中にまでもち込まれるという晴れやかさになると、また心から喜ぶ女房もいれば、冷ややかな態度を示す者もいるなど、紫式部は宮仕え生活を続けていてよいものかどうか、悩ましい迷いの思いばかりがする。

かつては心の慰めとして物語を読み、友とも親しく感想を述べ合い、時には紫式部自身の書いた物語を見せることもあったのであろう。心から思いを語ってくれ、それに励まされて続きを書き、やがては長編の『源氏物語』へと展開していく。光源氏や紫上と一緒に紫式部も成長し、悲しみも忘れ、書き進めるうちに心は充たされる思いでもあった。

この憂いの思いを慰めてくれるのは、中宮彰子や道長までも支援してくれた自分の書いた『源氏物語』であろうかと、取り上げて読んではみても、以前と同じ心の躍る思いはない。「こころみに、物語をとりてみれど、見しやうにもおぼえず」と、『紫式部日記』にすっかり落胆した心のうちを吐露する。紫上も、自分が創造した人物であり、かつては同じく悩み、喜びを分かち合ったはずだが、今では自分の心から離れて別の存在になってしまった。自分が生み出した源氏ももはや制御できなく、勝手に行動し、より問題を深刻化させてしまう。この種の書き手の思いは現代の作家もしばしば口にするところで、紫式部の現代にも通じる精神性は驚くばかりである。

紫式部が中宮彰子の求めに応じて提出した物語の大半は戻ってこず、部屋に隠し置いていた『源氏物語』は道長にもち去られてしまった。これまでの経緯からすれば、紫式部の『源氏物語』は、中宮彰子への提出本、道長邸の部屋に隠していた本、里に残されていた本と、少なくとも三セットが存在していたと知られる。

現代と異なって複写機などなく、そのつど筆で書かなければならず、内容はともかく、まったく同じ本文になったとは考えられない。人の本をできるだけ忠実に転写するのとは異なり、自分の作品となると、書写するたびによりよい表現にしようと手を加え、時には饒舌すぎると削除し、逆に増補することもあった。

室町時代の注釈書は、世に流布する『源氏物語』の本文に異同が多いことから、「諸本不同」とし、その原因として草稿本、中書本（なかがき）、清書本の違いにより表現が異なるとする。『紫式部日記』

の記述から、自宅に残されていたのが草稿本、道長から妍子に渡ったのが中書本、中宮彰子のもとで人びとに写されたのが清書本ということになる。紫式部自身の手になる『源氏物語』が少なくとも三点は存し、それぞれ多少なりとも違いのあるまま流布したことになる。のちの人びとにとっては、どれが正しい本文なのか混乱してしまう。

『源氏物語』はいきなり宮廷社会から発信され、その権威のもとに貴族社会の読者を獲得し、受領階級の知的階層にまで広がっていった。作品は魅力にあふれているだけに、権力構造とは無関係に読者層が拡大していく。しかも三種の本文が、時代を経るに従い入り乱れ、転写する人の誤写や誤脱なども生じてくると、ますます本来の『源氏物語』からは離れてしまう。鎌倉時代になっての、本文校訂の動きは、正しく読みたいとの人びとの欲求による解決策でもあった。

四　『源氏物語』のあらたな読者たち

一条天皇の『源氏物語』読み

中宮彰子と若宮の宮中入りは予定通り一一月一七日、夜も遅くなってのことであった。紫式部を含め、盛装した女房たち「三十余人」、それに「内裏の女房も十余人」、輿や牛車を連ねての行列である。翌日になって、中宮の御前に参じた女房たちは、道長から中宮への贈り物の数々を開けて披露する。「御髪の筥」には、ただすばらしいと表現するほかにない品々、対になった手箱の一つには「白き色紙」による数多くの「つくりたる御冊子」が収められる。たんなる料紙ではなく、すでに仮綴じにした、何冊もの白紙の冊子本である。当時の書写本は、あらかじめ緩やかに綴じて装丁された白紙の冊子に書いていたと確認できる。

もう片方の手箱には、

> 古今・後撰集・拾遺抄、その部どもは五帖につくりつつ、侍従の中納言（藤原行成）、延幹と、おのおの冊子ひとつに四巻をあてつつ、書かせたまへり。表紙は羅、紐おなじ唐の組、かけごの上に入れたり。下には能宣・元輔やうの、いにしへ今の歌よみどもの家々の集書きたり。延幹と近澄（清原近澄か）の君と書きたるは、さるものにて、これはただ、け近うもてつかはせたまふべき、見知らぬものどもにしなさせたまへる、今めかしうさまことなり。（『紫式部日記』）

と、いずれも美麗な装丁を施した豪華な書写陣による和歌の冊子が収められる。上の段にあるのは、勅撰集の『古今集』『後撰集』『拾遺抄』をそれぞれ五帖の冊子本にし、行成と延幹に一帖のうちの四巻ずつを分担させた書写本である。下の段は、『能宣集』とか『元輔集』といった昔今の歌人たちの家集、書写には延幹と近澄が加わり、他の冊子も能書家たちの手による筆跡だった。こちらの歌集は、中宮彰子が日常的に用いてほしいとの道長の配慮であった。

道長は、中宮彰子から天皇に呈上する『源氏物語』の書写作業を知った上で、別に中宮彰子用にと大量の歌集の書写も進めていた。『紫式部日記』には記されていないので、道長は密かに準備をし、中宮彰子へのサプライズプレゼントにしようとしたのであろうか。行成は三蹟の一人として知られた書家であり、延幹は法隆寺別当となった能書の僧とされる。道長がこれほどの冊子本を整えるには、かなりの時間が必要で、中宮彰子が里第に下がったころには、すでに準備を進めていたのかもしれない。祝いの品として物語や和歌の作品が用いられるというのは、結果として道長による王朝文化のはなやかさを演出する効果をもたらしたともいえる。

『紫式部日記』には、その年の暮れに至るまでと、翌寛弘六年（一〇〇九）正月の行事や身近な事件が記された後、急に女房批評の長い文章が展開する。これ以降時間的にも前後し、内容も異にするのは、すでに指摘したように、早い時期に原本に錯簡が生じ、脱落とか綴じ誤りなども生じた結果なのであろう。

「左衛門の内侍といふ人はべり」と、同僚の女房の話題となり、どうも自分の知らないところで悪口を言いふらしていたというのだ。そのきっかけとなったのが、内裏の上の、源氏の物語人に読ませたまひつつ聞こしめしけるに、「この人は日本紀をこそ読みたまふべけれ。まことに才あるべし」と、のたまはせけるを、ふと推しはかりに、「いみじうなむ才がある」と、殿上人などに言ひ散らして、日本紀の御局とぞつけたりける、いとをかしくぞはべる。

と、なりゆきの顚末を記す。

一条天皇が『源氏物語』を、女房に読ませてお聞きになり、「この物語を書いた人は、『日本書紀』などの古代の歴史書をよく読んでいるようだ。まことに学識のある方だ」と感想を述べる。ことばの端を聞きかじった左衛門の内侍は、「紫式部は、とても学識があるらしい」と殿上人などにも吹聴し、「日本紀の御局」とあだ名をつけていたという。自分の悪口が言われているとは、少しも知らなかった。

当時の帝や姫君などは、みずから手にして物語を黙読するのではなく、女房に読ませて聞くスタイルだったようだ。絵と詞書が別になった絵物語だと、女房が読むのを、姫君は絵を前にして聞くという方法である。女房は本文をたんに読むのではなく、あるいは抑揚をつけ、声色なども交えて朗読したのかもしれない。

『源氏物語絵巻』(国宝)の「東屋」巻に、中君が義妹の浮舟を慰めるため、右近に詞書を読ませて絵を見せる場面がある。浮舟は絵に夢中になり、ことばを聞きながら見入っていた。親が子に絵本を読んで聞かせるスタイルに似ているが、姫君は文字が読めなかったわけではなく、朗読の方法と描かれた絵に興味をもっていたのであろう。

醍醐天皇が和漢の学問に通暁(つうぎょう)していた例を引くまでもなく、天皇の基本的な学問は、貴族と同じく儒学や『史記』などの中国の古典、『日本書紀』以下の日本の古代歴史書などであった。一条天皇が『源氏物語』の作者について、「日本紀」をよく読んでいるとした感想は、正鵠(せいこく)を射た発言で、鋭い観察力だといえよう。紫式部は直接聞いたわけではなく、のちに耳にしたことばであっても、天皇が『源氏物語』をたんなる恋物語ではなく、根底に流れる歴史性を見抜いたことに、敬服する思いを抱いたはずである。左衛門の内侍の軽薄な言動に、紫式部はむしろあわれみの思いでいたかもしれない。中宮彰子や道長の『源氏物語』の評価と、一条帝の感想は基本的に通底していた。

そこから日記は少女のころの、父親が惟規(のぶのり)に漢籍を教えていた思い出となり、男であっても才学をひけらかす者は栄達しないとか、極端なまでに漢字の「一」という文字でさえ、自分の学識を人前ではひけらかさない振る舞いをしていると主張し、左衛門の内侍への強い反発の思いを書きつける。

屏風などには、描かれた絵の上部に、主題となった漢詩や和歌などが色紙に書かれて押される。子どものころから習い覚えた漢詩だが、紫式部は読めないふりをしていた。中宮彰子は色紙に書かれてある白楽天(はくらくてん)の『白氏文集(はくしもんじゅう)』の一節を見て、内容を知りたそうにしている。読める文字だけをたどり、何が書かれているのか尋ねることもあった。入内前には、道長のもとでかなを中心とした作品の教育を受け、それなりの漢詩文に触れる機会もあったはずである。知識欲の旺盛な中宮彰子は、読めない悔しさもあり、理解したいとの思いの強さがあった。紫式部は女房たちのいない折を見はからい、『白氏文集』に収められている「新楽府」二巻を、こっそりと中宮彰子に個人的に教えもしていた。中宮自身も人には隠していたが、道長がこれを知り、「新楽府」であろうか、漢籍を能書家に書かせて紫式部に与えたという。こんなことを左衛門の内侍が知りでもすれば、なおさら紫式部は「才がある」と言いふらしてまわることだろうと思うと、女房生活の憂いは増すばかりだとも日記に書きつける。

　日記のこのあたりは、現在進行の記事と過去の回想が入り交じるが、左衛門の内侍が紫式部の学識をうらやみ、自意識の強い女とかんばしくない評判をまき散らしていたとするのはのちのことで、中宮彰子に「楽府」を進講していたのは、宮仕えをした初めのころと考えられる。中宮彰子は紫式部の立場を思い、身をかばって個人的な子弟関係になったことを隠し、道長はそれを喜んでの漢籍本の進呈であった。これによっても、紫式部は主人の身辺で立ち働く女房とは異なり、中宮のもとで学識を支え、文化を創造していく人物として位置づけられていたと知られる。それが道長の、宮中経営の大きな戦略でもあった。

宮中のみやびを演出する書物

物語に、具体的に描かれているのを見よう。源氏にとっての明石姫君の入内は、いわばみずからの政治的総決算の帰結の一つといってもよく、早くから周到な用意をしていく。源氏が各種の手本を集めたことはすでに述べたとおりで、日が近づくにつれ、源氏がひときわ心を傾けたのは、

　ただ仮名(かんな)の定めをしたまひて、世の中に手書くおぼえたる、上中下(かみなかしも)の人びとにも、さるべきものどもおぼしはからひて、尋ねつつ書かせたまふ。（梅枝）

と、身分にかかわらず、かな書きの名筆家を尋ね求めて書写させ、入内に持参する箱には、よりすぐれた作品だけを身分によって分け入れたという。

　草子、巻物みな書かせたてまつりたまふ。よろづにめづらかなる御宝物(たからもの)ども、他(ひと)の朝廷(みかど)までありがたげなる中に、この本どもなん、ゆかしと心動きたまふ若人世に多かりける。（同）

中国からの世にも珍しい品々も求め集め、源氏が力を入れた「草子、巻物」の箱は、若い貴族たちには興味の尽きないことだった。中宮たるべき存在は文化を身に負い、宮廷のはなやかさを演出する必要があるとの考えである。

　蛍兵部卿の宮も、源氏と同じ父桐壺院から遺産として受領していたのであろうか、

嵯峨帝の、古万葉集を選び書かせたまへる四巻、延喜帝の、古今和歌集を、唐の浅縹の紙を継ぎて、同じ色の濃き紋の綺の表紙、同じき玉の軸、緂の唐組の紐などなまめかしうて、巻ごとに御手の筋を変へつつ、いみじう書き尽くさせたまへる、（同）

と、豪華な巻子本を明石姫君入内用にと贈呈する。嵯峨天皇は三筆の一人ともされる能書家で、紫式部時代の一条天皇からすれば一四代前の帝である。「古万葉集」は、今日の『万葉集』のようで、〈万葉仮名〉で書かれていたのか抄出した四巻、延喜の醍醐天皇が書写した『古今和歌集』、これは唐製の薄い藍色の紙を継ぎ、表紙は同じ色の綾、玉の軸、唐風の組み紐を付けた、これまた世にも珍しい巻子本であった。

『源氏物語』は虚構の作品といっても、具体的に実在人物と作品を列挙するのは、それだけ読む者に真実性を訴える。宮中に秘められているか、当時はすでに失われているかはともかく、その存在は貴族たちの脳裏に鮮明に記憶されていたからこそ、一層の効果をもたらしたはずである。「絵合」巻でも藤壺中宮の催した絵合の場にもち出されたのは、巨勢相覧の絵と紀貫之の詞書による『竹取物語』、飛鳥部常則の絵と小野道風筆の『うつほ物語』といったありさまで、宮中におけるはなやかな文化的遊びの様相が知られてくる（表紙参照）。現存する資料からは、平安時代に絵巻物を左右から出して競う〈絵合〉が存在したという確証はなく、すべて紫式部の創作と解釈できないわけでもない。なぜこれほどまでに実在の人物をあげてまで描写したのか、当時の人びとには現実にありうる行事と認識されていたからでもあろう。宮中という空間は、華麗な文化で彩られた世界でもあった。

中宮妍子が懐妊三月により、宮中から東三条邸を経て藤原斉信(ただのぶ)邸に入ったのは長和二年(一〇一三)一月一六日、四月一三日には道長の土御門邸(上東門院(じょうとうもんいん))へ移り、七月六日に禎子(ていし)内親王が誕生する。斉信は中宮妍子の父邸への渡御(とぎょ)にあたり、「宮の御贈り物に何わざをして参らせん」と思案し、尋常ではないものをと選んだのが、以下のような品であった。

村上の御時の日記を、大きなる冊子四つに絵に描かせたまひて、ことばは佐理(すけまさ)の兵部卿の娘の君と、延幹の君とに書かせたまひて、麗(うるは)しき筥一双(はこひとよろい)に入れさせたまひて、さべき御手本など具してたてまつりたまひければ、宮はよろづの物にまさりてうれしくおぼしめされけり。

(『栄花物語』巻十一)

御子誕生を前にしての祝いの思いもあったのであろうが、斉信は妍子のもっとも喜びそうな品として村上天皇御代の日記を、大型の冊子本に仕立てた。詞書は三蹟の一人とされる能書家藤原佐理の娘と延幹の二人、それに絵を入れた四帖であった。村上天皇の漢文による行事記録そのものではなく、二十年余にわたる在位中のめでたい数々を、かなによってまとめ、それぞれの場面に絵を入れた作品だったのであろう。村上天皇の中宮は道長の祖父藤原師輔女安子、三男四女を儲け、冷泉天皇、円融天皇の国母となるという生涯であった。絵冊子には、妍子の御産を祝っての、安子の入内から男御子の誕生、即位に至る慶事などがつぎつぎと記されていたのかもしれない。

村上天皇の記録を、絵日記に仕立てたという記録は残されていない。ただ、『栄花物語』に具体的に記されているからには実在し、斉信から中宮妍子に献上されたのであろう。斉信は公任とともに四納言の一人として知られ、和歌、管弦、漢詩にもすぐれた文化人であった。清少納言とも交流のあったことは『枕草子』に見え、中宮彰子に仕え、道長に重用されてもおり、恩義に報いようと、妍子を自邸に迎えたこともあり、作成を思い立ったのであろう。

貫之の『土左日記』についても、『恵慶集』（平安時代中期の歌人恵慶の家集）に、

　　貫之が土佐の日記を、絵にかけるを、五年を過しける、家の荒れたる心を
　くらべこし波路もかくはあらざりき蓬の原となれる我が宿

といった記述を見いだす。土佐の赴任地から五年ぶりに帰京してみると、隣の人に管理を委ねていた我が家の庭が、すっかり荒れ果ててしまっているのを見て慨嘆する記述で、『土左日記』の末尾に書かれている。貫之が土佐守の任を終え、土佐国の出立から帰京するまでの五五日間のか

な文字の旅日記には、各所に絵が挿入された作品が作成されて流布していたようである。

この時代には、前代の作品を書写するだけではなく、場面ごとに絵を挿入して絵本に仕立てて享受するという、文化的な営みがなされていた。村上天皇の漢文による記録をかなの文章にし、女性も親しむことができるように場面の絵を描き、新しい作品として再生するという試みが、当時一般になされていた実態を知ることができる。

歴代の天皇を中心とする世界で、貴族たちが粋を凝らした文化を創造し、一条天皇の時代にはかな文字による傑出した作品が、歌や物語として誕生する。道長と中宮彰子、前代の兄の道隆と娘の定子たちは、いずれも律令政治の仕組みのもとで、女房をうまく利用して王朝のみやびを演出したともいえよう。『源氏物語』は出発した当初から、権威のある中で読まれて評判を呼び、時代を超えた作品として本文が以後の時代へと多様に引き継がれてゆく。

四章　『源氏物語』の読者の広がり

『源氏物語団扇画帖』「初音」
（『日本古典籍データセット』国文学研究資料館蔵より）

一　孝標女の物語へのあこがれ

上総から都へ

菅原孝標女が初めて『源氏物語』の名を聞いたのは、父の赴任先上総の国府の館（やかた）においてであった。現在の千葉県市原市あたりかとされ、京の都からは遥か遠くの地である。父の菅原孝標が上総の介（すけ）の任を受けたのは、寛仁元年（一〇一七）正月の人事においてで、ほどなく家族と都を出立したのであろう。孝標女は十歳、兄と姉、それに継母との赴任地での生活となる。

孝標女の実の母は京都に残り、宮中の女房として仕えていた女性が、孝標と下ることになる。

継母なりし人は、宮仕へせしが下りしなれば、思ひしにあらぬことどもなどありて、世の中うらめしげにて、外（ほか）に渡るとて、五つばかりなる児（ちご）どもなどして、（『更級日記』）

女性が孝標といつ知り合い、深い仲となったのかわからないが、実母は上総国行きを拒んだようで、少女の孝標女もいることから、女房勤めをやめさせて赴任地に伴ったようだ。上京した折に「五つばかりなる児」がいたというので、幼な子を連れての上総行きであった。都に戻ると「思ひしにあらぬこと」と、行き違いが生じたのか、継母は孝標と離別してしまう。実母との同居を求められ、それはかねての約束と違うと出て行ってしまったのであろうか。

『源氏物語』の「真木柱」巻では、鬚黒大将が六条院の玉鬘と結婚し、引き取って自邸の北の方と同居させようとするが、北の方は苦しんだ末、幼い子どもを連れて親元へ帰ってしまう。孝標たちの状況からは、この物語が連想されてくる。

継母なりし人、下りし国の名を宮にも言はるるに、異人通はして後も、なほその名を言はると聞きて、親の、「今はあいなきよし言ひにやらむ」とあるに、

その後女性は後一条院中宮妍子に仕え、女房名として用いたのが「上総の大輔」であった。しかも別の男性と結婚しており、それでも赴任していた〈上総〉をいつまでも女房名に用いるのは不都合ではないかと、孝標は抗議の歌を送ったようだが、改められることはなく通称として呼ばれていたようだ。

上総大輔は春宮大進（春宮坊の三等官）高階成行の娘。孝標と上総の国で過ごした後、再び女房として妍子中宮に仕える身となった。妍子が居貞親王に入内するにあたって、道長は数多くの女房を集めたが、その中に選ばれていたのか、のちになっての出仕だったのかはわからない。

妍子といえば、すでに寛弘五年の一五歳の暮れ、道長が紫式部の部屋から盗んだ『源氏物語』を与えていた。三条天皇の后になったのちも、斉信から村上天皇の絵日記が贈られるなど、文学好きな女性だったのであろう。妍子のもとに集められていた作品は、女房たちも親しみ、『源氏物語』などは繰り返し読むうちに記憶する者もいた。女房が読む役割を果たしていたとすれば、なおさら物語の内容を知り、文章は口の端にのぼるようにもなる。上総大輔もその環境にいた女房だったとすれば、さまざまな物語や絵物語も見聞きしていたことであろう。

孝標女にとって、上総の国での日々の退屈さを慰めてくれたのは、姉や継母から耳にする物語の存在であった。

いかに思ひはじめけることにか、世の中に物語といふもののあんなるを、いかで見ばやと思ひつつ、つれづれなる昼間、宵居などに、姉、継母などやうの人びとの、その物語、かの物語、光源氏のあるやうなど、ところどころ語るを聞くに、いとどゆかしさまされど、わが思ふままに、そらにいかでかおぼえ語らむ。

いつのころから〈物語〉にあこがれの思いをもつに至ったのか、昼間や夕食後の語らいの折などに、姉や継母からさまざまな物語の話を聞かされ、「光源氏」のありさまなどを断片的に語られるのを聞くと、自分でも無性に心が引かれてくる。「そらにいかでかおぼえ語らむ」と、名場面になると、継母などは原文の一節を朗々と復唱するのだが、自分にはできないもどかしさであった。

孝標女の心をとらえたのは源氏が登場する物語で、詳しく聞こうとしても、姉や継母とてすべてを覚えているわけではなく、その後の展開がわからない。こうなると、一日でも早く都に帰り、好きなだけ物語を読みたいものと、「等身の薬師仏」をつくり、その日の訪れを密かに祈るありさまだった。孝標女が一〇歳なので、中宮彰子の「御冊子づくり」がなされて九年目、紫式部はまだ健在だったはずである。

継母が宮中勤めをしていたころは、日々の生活において、世間の噂話で女房たちは花を咲かせ、中宮妍子のお気に入りの『源氏物語』も話題の中心になっていた。『源氏物語』は貴族の間で流布し、姫君たちは夢中になり、女房社会でも評判の物語であったと知られる。上総大輔は聞きかじっていた歌や物語、宮中の生活など、田舎暮らしの中で義理の娘たちに話を聞かせていた。当初は意味のわからないままだった孝標女にとっても、月日の過ぎるに伴い興味を増し、詳しい内容を知りたい思いが強くなる。「京にとく上げたまひて、物語の多くさぶらふなる、あるかぎり見せたまへ」と、世の中の物語はすべて読みたいとまで熱望する。姉とて、その思いは同じだったであろう。

一三歳の九月に上総の国を出立し、一二月二日に都の自邸に戻ると、さっそく実の母に「物語もとめて見せよ、物語もとめて見せよ」とせめ立てる。三条の宮（皇后定子の第一皇女修子内親王、当時二五歳）に仕えている、親族の衛門の命婦から「御前のをおろしたる」と、愛用していたという冊子本をもらうことができた。姫君が読んでいたというだけあって、ことさら装丁のすばらしいつくりで、物語の名は記されていないが、孝標女は昼も夜も夢中になって読み耽った。繰り返し読んだのであろう、また次の物語が読みたくなってくる。これによっても、物語作品が貴族の手から女房社会に伝わり、そこから各方面へと広がっていった流通経路が知られてくる。

しばらく離れて過ごしていた母親は、いとおしさもあり、娘の願いをかなえてやりたいと、つてを求めて探しまわり、どうにか物語のいくつかを手に入れてくれる。その中に「紫のゆかり」の巻があった。一部だけではとても心は充たされず、『源氏物語』のすべての巻を読まなければと、孝標女はますます必死の思いとなる。五十数帖からなる大部な物語は、セットとして流布していたわけではなく、一巻とか二巻だけが世に流れ、人びとに写されて読まれてもいたのであろう。先に述べたように、中宮彰子が内裏還啓の前に人びとに書写の依頼をした折にも、原本を返さない人がいくらもいた。人びとの手もとに残されていた冊子が、バラバラになって世に流れ出て写され、また贈答品としても用いられていた。

五十余巻を手に入れた喜び

弥勒菩薩で知られる太秦の広隆寺に母が参籠するというので、孝標女も供をする。願ったのは「この源氏の物語、一の巻よりしてみな見せたまへ」のただ一つであった。こんなにまで心を込めて祈るからには、自分の願いごとはかなえられるに違いないと思ったものの、一向に実現しない。「をばなる人」が田舎から上京してきたので、久しぶりでもあるため出かけると、帰り際に「何をあなたにさしあげましょう。実用的な品は好きではないようで、聞くと欲しがっているものがあるということですが」と、

源氏の五十余巻、櫃に入りながら、在中将、とほぎみ、せり河、しらら、あさうづなどいふ物語ども、一ふくろとり入れて、得て帰るここちのうれしさぞいみじきや。

という、思いがけなく、かねての夢が現実となる。

中宮彰子の「御冊子つくり」がなされて一三年後のこと、紫式部も中宮もまだ生きている時代に、正確な冊数は確かめられないが、現在とほぼ同じ「五十余巻」が流布していたというのは、貴重な記録である。たまたま孝標女の手に「五十余巻」が伝わったというのではなく、世間一般にもこの分量の『源氏物語』が流布して読まれていたはずで、違和感もなく受け取られていると

いうのは、詳細な本文の違いはともかく、紫式部の作品として広く認識されていたからにほかならない。

一つの袋に入れてもらった作品の『在中将』は、今日流布する『伊勢物語』のようだが、後の『とほぎみ』『せり河』などは散逸して内容を知ることができない。いずれも、短編の恋物語だったのであろう。当時は物語の全盛時代といってもよく、何百編という物語がつぎつぎと量産され、姫君の教育に用いられ、必要でなくなると仕える女房に下賜され、それがまた受領階級の姫君たちにも流れていく。

男性貴族が書くことが多かったのであろうが、やがて女房たちが物語のつくり手となり、その頂点に位置するのが『源氏物語』であった。大半の物語は、一度読まれるとそのまま消え失せるが、『伊勢物語』などは人気によって写され、増補もされ、絵巻に仕立てられるなど、長く支持されて生き残っていく。とくに『源氏物語』は、「五十余巻」が箱に入って「一の巻」から読み進めることができる作品となり、読者向けに確立していたと知られる。彼女は喜びにあふれ、はやる心を抑え、帰りの牛車の中でももどかしく、自邸に戻るとひたすら物語の世界に没頭する。

孝標女は継母から聞いた話に始まり、部分的には「紫のゆかり」（若紫の登場する巻か）を読むなど、これまでは一部にしかすぎなく、『源氏物語』の全体像を知らなかった。それが今では、

一の巻よりして、人もまじらず几帳（きちやう）の内にうち臥して、引き出でつつ見るここち、后（きさき）の位も

何にかはせむ。昼は日ぐらし、夜は目のさめたるかぎり、灯(ひ)を近くともして、これを見るよりほかのことなければ、おのづからなどは、そらにおぼえ浮かぶを、いみじきことに思ふに、

（『更級日記』）

と、『源氏物語』が読める今の幸せに比べると、女性の最高のあこがれの地位とされる「后の位」など、とても問題にならない小さなことと、歓喜の思いを記す。箱から順番に取り出しては読み、終えるともとに戻し、また一冊引き出す、彼女の鼓動するような胸の響きが聞こえてきそうである。次はどうなるのかと、物語の世界の虜(とりこ)になり、昼間はもちろん、夜も灯を燈(とも)して目が覚めている限り読み耽る毎日であった。繰り返し読むうちに、いつの間にか場面の描写が自然に口について出てくる。

「をばなる人の田舎より上(のぼ)りたる」というのは、夫が受領として地方に下り、任期を終えて上京してきたのであろう。孝標女との親密さから考えると、母の姉妹なのか、その人の親族が宮家などの女房をしていて、払い下げてもらったというのであろうか。これほど大部の『源氏物語』が受領層まで入手できたというのは、それだけ多くの書写本が流布し、人びとに読まれていた実情を示している。少女の心を夢中にさせるとなると、道長が紫式部の部屋から『源氏物語』をそっくりと盗み、娘の妍子に与えたというのも、理解できる思いがする。

どのような順番で読んだのか

私たちが『源氏物語』の五四巻を読むとなると、注釈書の一つを取り上げ、印刷された順番に「桐壺」巻から始まり、人物関係を確認し、「夢浮橋」巻まで読み進めていく。現代語訳でも同じで、巻の順序は初めから定められ、それに従って読むしかない。孝標女は、「五十余巻」どのような順序で読んだのであろうか。

写本として伝来したのは五十余巻、一冊ごとに巻名の題簽は付されていたとしても、通し番号は書かれていないため、箱に収めた順序が乱れてしまえば、たちどころに読み進める手立てもなくなる。現代では巻名表があるため、すぐに誤りに気がつき、「若紫」巻の後に急に「須磨」巻に飛ぶようなことはない。

現代において読み進めて行く上でもっとも厄介なのは人物関係で、源氏一人であっても、「男皇子」「若宮」「源氏の君」「光君」「君」「中将」「男君」「宰相（さいしょう）」「大将の君」などと、昇進に合わせて官職でも呼ばれるなど、呼称は五〇通りばかりある。巻によって統一されているわけでもなく、語られる場面を読み解き、前後の人物関係から判断するしかない。近代の小説が、登場したときから終始一つの名称で通していくのと、まったく方法を異にする。平安時代の読者は今日の私たちとは違って理解しやすかったにしても、これほど名称が変化してくると、十全に理解するのはむずかしく、なおさら親子関係、兄弟姉妹、そのつれあいと子どもなどとなると、「これは前の巻の誰それと同じなのか」といった混乱も生じたことであろう。孝標女は夢中になって読んでいたようだが、問題はなかったのであろうか。

『源氏物語』は伝本による本文が問題になり、写本によることばの違いの煩雑さに悩まされるが、『更級日記』の本文は藤原定家が書写した一本しか残されていないため、きわめてシンプルである。逆に定家本以前の本文の姿は不明で、孝標女の書いた原本をどこまで忠実に継承しているのか、不安が残らないわけではない。

定家が巻末に記すのによると、以前に『更級日記』を手に入れていたが、人に貸して紛失してしまった。貸した人は、また人に貸すなど、人の手から手へと転々とするうち、結局どこにいったのかわからなくなってしまった。人が転写していた本を借り受け、改めて書写したのがこの本だという。定家としては、最初に手にして読んだときの記憶によるのか、人びとに写されていくうちに「字ノ誤甚ダ多」(あやまちはなはだ)くと、不満な思いでもあった。定家は「不審」と思われる箇所に朱点を付し、いずれ証本を見る機会があれば、きちんと見直すつもりだとも述べる。

定家が最初に見た折に書写してくれていれば、誤写の多い本文などと批判しなくてもすみ、現代の読者も安心して読むことができたはずである。そうはいっても、定家が書写したことによって、『更級日記』が今の世に残されたのは、ありがたいというほかはない。定家の日記『明月記』の寛喜二年(一二三〇)六月一七日に、「蜻蛉日記・更級日記・隆房卿日記(仮名安元御賀記(あんげんおんがのき))・治承右大臣家百首」などの冊子を借りた記事を見いだすので、これが初めて手にしたときか、転写本を借りたときなのか不明だが、ともかく定家と『更級日記』とのかかわりが判明する。

現代の私たちは、定家が「誤写の多い本文になってしまった」と嘆くテキストで『更級日記』を読むしかない。それ以前の本文のわずかな断片を見るのが、鎌倉時代の了悟（りょうご）による『源氏物語』の注釈書『幻中類林（げんちゅうるいりん）』に収められる「光源氏物語本事」の記述である。ここには当時の本文に関する考証がなされ、貴族たちとの交流もうかがえる。作者はそれなりの身分もあったようで、晩年に出家して法名を了悟としたのであろう。同書の初めに、

　更級日記云菅孝標女ひかる源氏の物かたり五十四帖に譜（ふ）くしてと有

と注目すべき一文を引き、その「譜」について了悟は『源氏物語』に堪能な人びとに解釈を求め、それぞれの返答を記録する。読みとしては「くして」は「ぐして」と濁り、譜を「具す」（備える）なのであろう。

『更級日記』で該当するのは、田舎から上洛した「をばなる人」から「源氏の五十余巻、櫃に入りながら」とするあたりであろう。定家本ではこのとおりなのだが、「五十四帖」と確定した数値で示され、「余巻」ではない。「五十よまき」と書写されていた「よ」を、「余」としたのか、「四」としたのか、「譜」のことばは不明なため削除されたのか、そのあたりの事情は知りようがない。少なくとも、定家が書写したのとは異なる本文が存し、それには「五十四帖」「譜具して」

とあったという点である。

「五十四帖」であれば、紫式部が生きていた当時から、この数として流布していたのであろうし、その揃い本には付録として「譜」が存在していた。了悟は「譜」の意味を知りたく、有識者に尋ね求め、それぞれの見解を書きとどめる。

衣笠家良（内大臣、鎌倉時代歌人）は「系図は、昔より物語に添ひたるよし」と、昔から物語には系図が添えられるものと解釈する。短編の物語には無用だが、『源氏物語』以前の『うつほ物語』などになると、二〇巻もの長編で、多数の人物が登場するため、系図があれば便利ではあったろう。家良は断言しているわけではなく、伝聞としての言い方である。

藤原頼隆（中納言顕俊男で参議、「頼隆宰相入道本」と称した『源氏物語』の所持者）も「大炊御門斎院式子内親王御本に譜巻とはべるを見れば、系図なりと受けたまはり伝へたり」と、具体的に式子内親王本に「譜巻」が存したとする系図説派である。式子内親王は後白河天皇の皇女で、一一年間斎院を務め、大炊御門殿などに住み、藤原俊成に仕えて和歌を学び、定家ともかかわりが深い。所蔵本には「譜」の巻子本が添えられていたとする。

別の説として、六条知家（正三位、鎌倉時代歌人）は「譜具して」ではなく「文具して」とし、「うちふみ」と解する。系図ではなく、登場人物の出自を説明した「氏文」の解釈であろうか。また堀川具氏（従二位左中将、鎌倉時代歌人）は「譜とは目六」とし、内容の概要も記した「目録」と考える。〈源氏物語目録〉と題した書写本が多く存するが、これは『源氏物語』のダイジェスト本である。具氏は巻名の目次と、それぞれの概要を記した内容と解したのであろう。

了悟は「譜」の意味を知ろうとしたが、判明することなく、諸説を並べるしかなかった。誰も「譜くして」の本文は間違いとの指摘はなく、尋ねられるとそれぞれの見解を披露する。別冊なり別巻の「譜」が、『源氏物語』の本文に加えられていたとすれば、注釈書ではなく、読み進めていく上で便利な、系図なり巻を追っての内容を記した手引書だったのかもしれない。

二　別伝の物語

〈源氏物語古系図〉の巣守の君

『源氏物語』に「譜」が付されていたというのは断片の資料でしかなく、今日一般に読む定家筆『更級日記』にそのことばはなく、全面的に信頼できるわけではない。ただ、物語の複雑な人物関係を理解するには、かろうじて示される官職などを手がかりに、みずから系図を思い描くしかない。『源氏物語』の読者が皇族から貴族、さらには受領層に広がるにつれ、手引としての系図は必要になってくる。紫式部の時代は、それぞれの行事や官職、人物など、物語の内容がよく知られていたため身近に感じられた。「宰相」とか「中将」と呼ぶだけで、役割や日常的な行動もすぐに思い浮かべたであろうが、時代を経るに従い、『源氏物語』は少しずつ〈古典〉の領域へと入っていく。

『源氏物語』の系図を孝標女が利用していた証拠はないが、このころには簡単な資料として作成されていたのではないかと思う。写本として現存する系図は平安時代末期に各種作成されており、鎌倉時代や室町時代の系図と区別するため、〈源氏物語古系図〉と総称する。登場する人物は家系図のように線を引いて親子兄弟関係が示され、文章によっても説明がなされる。系図では原則として最終官位の呼称を用い、簡単な親族の関係、官職の説明なども加える。『更級日記』の記す「譜」が存在したとすれば、〈古系図〉に記される巻の順序と人物の説明もなされていたと考えたいが、実態はわからない。

系図は、『源氏物語』の所持者が読解の便宜のため、それぞれ工夫して人物関係を図示し、説明を加えていく。系図という性質上、作成の方法は家系における人物の表示が基本となり、大半は内容が重なってくる。ところが平安時代末期の『源氏物語』には、五四巻に淘汰される以前の巻や本文が含まれていたようで、中には現存本に見当たらない人物も活躍する。鎌倉時代になってもその種の系図が利用されたのは、平安時代以来の古い『源氏物語』が人びとに読まれていたためで、〈古系図〉はまだ必要視された。鎌倉時代中期以降になり、河内守の光行・親行親子の「河内本」と、藤原定家の「青表紙本」が主流をなし、本文の異同はともかく、登場人物に大きな変動はなくなると、〈古系図〉は必然的に消失していく。

いくつか例を示すと、「伝清水谷実秋筆源氏物語古系図」に蛍兵部卿宮の子として、「侍従」「巣守三位」「宮御方」と示されるうち、巣守（すもり）三位は今日の本文には登場しない。説明に「琵琶（びわ）弾きなり、手習の巻にあり」とするが、「手習」巻に巣守三位の姿はない。蛍兵部卿宮が琵琶の名手であったことは知られ、その娘の宮御方（みやのおんかた）（母は真木柱）も琵琶にすぐれていたようだが、巣守三位はどこにも記されない。あるいは、古い「手習」巻には巣守三位が姿を現し、系図に示されるほど活躍する場面があったが、全面的に書き換えられて姿を消したのであろうか。

「正嘉本源氏物語古系図」（正嘉は一二五七―五九）になると、また新たな人物が登場し、詳細な説明がなされる。蛍兵部卿宮の子に、現存本に見える「侍従」「孫王君（童孫王）」「宮御方」はよいとして、続いて「源三位」「頭中将」「巣守三位」「中君」が記される。後の四人は、現在の『源氏物語』にはまったく姿を見せず、別の巻が伝わっていたと思わざるをえない。源三位は「父宮の御伝へにて琵琶をめでたく弾きたまふ」、頭中将には「母、藤中納言女。もとは兵衛佐（ひやうゑのすけ）。姉の巣守の三位に匂兵部卿通ひたまふ伝へ人」などとあり、巣守三位は姉で、匂兵部卿宮が通うきっかけをつくった人物とする。これだけでも、かなり複雑でそれなりの長さの物語が存在したと想定されてくる。

「巣守三位」の項目を見ると、

一品宮にまいりたまひて、御琵琶の賞に三位になる。兵部卿宮の通ひたまひければ、はなやかなる御心をけざ（ママ）ましく思ひて、薫大将のあさからずきこえければ、心移りにけり。さて若君一人生む。その後宮あやにくなる心癖の、人目もあやしかりければ、朱雀院の四君の住みたまふ大内山に隠れまいる。みめ美しくて、琵琶めでたく弾きし人なり。

と、かなり詳細な運命のほどが記される。別の資料でも「巣守」巻の存在が指摘されているので、巣守三位が中心となった巻が存在したのであろう。一品宮（いっぽんのみや）（冷泉院姫君女一宮か）に仕え、琵琶の名手の賞として三位に叙せられる。そこに匂兵部卿宮が訪れてくるが、はなやかな心に「けざましく」（不詳、別の資料には「はなばなしき御心」とあり、自分にはふさわしくないという意味か）思い、むしろ薫の情愛の深さに心は引かれてしまう。やがて若宮が生まれたが、それでも匂宮はあきらめることなく追い求めるため、朱雀院の女四宮が住んでいた大内山に隠れてしまう。美しく、すぐれた琵琶の名手でもあった。

大内山は仁和寺のある御室の山を指すようで、巣守三位は救いを求め、女四宮が出家していた山寺に籠もることになったのであろうか。浮舟の運命と一部重なるような内容だが、浮舟は同じ系図に別に示されているため、巣守三位、匂宮、薫の三者がかかわる物語が、時間を異にして語られていたことになる。

藤原定家の子の藤原為家撰かとされる『風葉和歌集』（以下『風葉集』）は、平安時代初期からのおよそ二〇〇種作品の物語歌を、文永八年（一二七一）一〇月に勅撰集を模して撰集した歌集である。二巻を欠く一八巻が残され、『源氏物語』の歌は一八〇首、以下『うつほ物語』『狭衣物語』などと、物語の和歌が詞書を伴い採録される。注目されるのは、収載されるうちのおよそ一八〇作品が今では失われた物語で、散逸した物語の復元に用いられるが、断片の資料は一部を語るにとどまる。平安時代にはいかに多くの物語が作成されて流布していたか、その実態を瞥見するしかない。

『源氏物語』として引かれていても、

　女の言ひ逃がれてつれなきさまなりけるが、またもさのみこしらへはべりければ　　匂兵部卿宮

つらかりし心を見ずは頼むるをいつはりとしも思はざらまし（巻十二）

とする歌は、現存する巻には見いだせない。自分から逃れて一向になびこうとしない女性に、匂宮がなだめて言い寄った歌のようで、相手の女性が誰なのかわからない。状況から推測すると、

巣守三位が匂宮のはなやかな心を避けて薫のもとに逃れていたにもかかわらず、強引に言い寄った場面なのであろうか。〈古系図〉の正嘉本の説明にあった、「宮あやにくなる心癖の、人目もあやしかりければ」とするあたりに相当しそうである。「あなたの本心を知らなければ、私に心を寄せているものとあてにしていましたのに、自分の心を偽ってまでそのようになさっていたとは思えないことですよ」と、私に冷たくして姿を隠したのは、本心ではないのではないかと問いかける。執拗な匂宮の求めに、巣守三位はついに大内山に身を隠すことになる。

その後の物語とかかわるのであろうか、

山里にはべりけるが、帰りてかしこなる女のもとに遣はしける

薫大将

暁は袖のみ濡れし山里の寝覚めいかにと思ひやるかな

返し

一品内親王家の三位

松風をおとなふものと頼みつつ寝覚めせられぬあかつきぞなき（巻十八）

とする、薫と巣守三位（一品内親王家三位）の贈答歌も収められており、この歌も現在の五四巻には存在しない。「山里」で過ごす巣守三位を訪れた薫は、都に帰って「暁は」と歌を送る。「山里で一夜過ごしただけでも、私の袖は夜露と涙で濡れたが、あなたは毎夜どれほどつらく過ごし

ていたことかと思いやっている」と詠む。「山里」とは、巣守三位が身を隠した女四宮の「大内山」であろうか。

薫は、巣守三位が姿を隠した「大内山」をやっと探し出し、一夜の逢瀬がかなったのか、「暁の別れに、私は袖ばかりが濡れた」と歌を送る。巣守三位は「松には風が吹くように、あなたが訪れてくれるものとあてにしながら、寝覚めがちに、いつも暁を迎えていました」と返しをする。都に迎えたとしても、また匂宮が強引にも忍び寄るのではと、薫にも巣守三位にも不安な思いがよぎる。〈古系図〉によると、巣守三位は「手習」巻に登場するとしていた。現在の巻では、浮舟が薫と匂宮の二人への心に揺れ動き、追い詰められてしまう。女房たちが寝静まっていた夜明け、入水の思いがあったのか、浮舟は屋敷を抜け出て宇治川へ向かっていたあたりで気を失う。浮舟が倒れていたところを横川僧都に助けられ、身分を明かすことなく横川で出家する物語が展開する。ここに巣守三位が入り込む余地はなく、『風葉集』には「浮舟の君」の歌が別にあるため、二人の話を絡めると齟齬が生じてしまう。あるいは、当初は浮舟ではなく巣守三位を起用し、薫と匂宮との三者の恋物語として描き、執拗に迫る匂宮から逃れるため、薫との間に生まれた幼児を連れて大内山に救いを求めて籠もり、ついには出家する内容だったとも想像される。

紫式部は内容を全面的に改稿し、ヒロインを浮舟に改め、大筋ではもとの作品を踏襲し、歌なども再利用することがあったようだ。巣守三位の登場する「巣守」巻から、新しく「手習」巻に書き改めて取り換えたものの、世の中では新旧の判別もなく、浮舟の物語も併せて読まれ、結果的に二つの巻が流布してしまった。こうでも想像しないと、『風葉集』に巣守三位と浮舟が同時に登場するのは考えられない。

後嵯峨天皇后の大宮院姞子（西園寺実氏女）が、収集していた数多くの物語から歌を抜き出して歌集とするように求め、できあがったのが『風葉集』である。編纂の依頼を受けたのが為家だとすると、父の定家が『源氏物語』〈証本〉の書写を終えた嘉禄元年（一二二五）より四六年後になる。明らかに定家本とは異なる巻なり歌が存在するのを、為家が知らなかったとは考えられず、むしろ当時、『源氏物語』の本文は流動していた時期であり、浮舟も巣守三位も登場する物語が、並行して読まれ、人びとによって書写されてもいた。鎌倉時代中期以降、「河内本」と「青表紙本」が流布するにつれ、「巣守」巻は時代に取り残され、やがて淘汰されてしまったのか。あるいは紫式部以外の別人が、浮舟物語を模して同種の物語を作成し、『源氏物語』に付け加えていたのであろうか。

『源氏釈』の「さくら人」

紫式部時代の人びとにとっての『源氏物語』は、一五歳の妍子、一四歳の孝標女が手にして読み耽るなど、年少者であっても理解する上でさほど問題はなかった。だが時代が下るに伴い、日常的に目にしていた『源氏物語』に描かれる貴族世界は消え失せ、人びとの等しくもっていた教養や知識もすっかり変化してしまった。本文に埋め込まれて引用された表現が、実は古典の和歌、漢詩文、故事、仏典などが元であることに気づかないまま、誤解して読み進めていく場合も生じてくる。有識者は所持する本文に留意すべき点があると朱線や合点を付し、該当する本文の余白などに、心覚えの出典注記を付箋などによって書き入れていた。人からの求めによるのか、本文の一部と注記だけを別冊にしたのが、今日ではもっとも早い時期の注釈書とされる、世尊寺伊行（安元元年〈一一七五〉没、三八歳、一説に四八歳。建礼門院右京大夫の父）の『源氏釈』である。『源氏物語』が世に出て、すでに百四、五十年の時を経ていた。

伊行の時代から一三〇年ばかりも過ぎた、伏見天皇が春宮時代の弘安三年（一二八〇）一〇月、飛鳥井雅有らの側近八人が『源氏物語』の難題二問ずつを提出し、左右に分かれて解釈の論議をした記録が、『弘安源氏論議』として残される。「夕顔」巻の「なにがしの院」とはどこにあったのか、「桐壺」巻で「月影ばかり八重葎にもさはらず」というのはなぜなのか、などといった語釈から有職故実、出典などが取り上げられる。『源氏物語』はすっかり遠い古典の世界となり、平安の貴族たちには源氏が夕顔と過ごした「なにがしの院」といっただけで、暗黙のうちに場所やそれらしい建物を思い浮かべることができた。鎌倉の武士の世になるとそれもできなくなり、いくたびもの戦火や災害により、町の区画や通りは同じであっても、建物などは変わり果て、かつての貴族たちが習慣としていた故実を知る者も少なくなってしまった。武士の時代に生きる貴族の心のよりどころは、『源氏物語』に余すところなく語られる、自分たちの故郷とも呼ぶべき世界であった。その強い思いが『源氏物語』を読み解こうと、時代に合わせた解釈が必要となり、具体的には注釈書が生まれてくる。

『弘安源氏論議』の巻末に付された説明によると、『源氏物語』は寛弘のころ（一〇〇四―一〇一二）に書かれ、一般に広く読まれるに至ったのは堀河天皇の康和年間（一〇九九―一一〇三）であり、注釈書としては伊行の『源氏釈』に始まったとする。実は堀河天皇時代以前に、『更級日記』の例を示すまでもなく、『源氏物語』は受領層にも読まれていたので、流布するのはそれ以前からである。

堀河天皇は和歌や管弦の風流の道に熱心で、側近も同じく文化に造詣（ぞうけい）の深い者たちが仕え、王朝の華やかさを演出した。平安朝の終焉期に存在したのが伊行で、『源氏物語』は貴族文化を継承するとの思いから、その世界を知るには平易に読める作品にする必要があるとの認識をもっていた。それが注釈書作成の発端で、『源氏物語』は古典文学として確立し、このころから研究の対象になってくる。

『源氏釈』で注目されるのは、三一巻「真木柱」の次に「さくら人」の巻を置き、一三項目の本文と注記を示す点である。現在の五四巻には存在しない巻で、〈古系図〉にもかかわりのある人物は見当たらない。断片的に本文が引かれるのみなので、どのような内容か明らかではないが、「夕顔の御手のいとあはれなれば」と一部の本文が引かれるため、かつて源氏と交わした夕顔の文を取り出し、懐旧の思いに耽った場面が描かれていたと想像される。

「真木柱」巻は、「玉鬘（たまかずら）十帖」と一括りにされる巻の最後に置かれる。源氏はすでに三八歳、夕顔と情を通じたときは一七歳だった。二〇年ばかりも後になって、なぜ夕顔の話題が出てくるのであろうか。夕顔の遺児玉鬘が六条院に引き取られ、尚侍（ないしのかみ）として宮中に出仕し、その後結婚して鬚黒（ひげくろ）大将邸に迎えられる物語と関係するのだろうか。源氏は玉鬘を手放したくはなかったが、思いがけなくも鬚黒と結ばれてしまい、夕顔の姿と重なる恋情は断ち切られてしまう。尚侍として六条院を離れる玉鬘に、源氏は母夕顔の形見として、密かに持ち続けていた手紙を見せ、筆跡はいつまでも残って生前の姿が思い出されると、懐かしむ場面があったのかもしれない。

わずかな本文の残滓（ざんし）から巻の内容を拡大して解釈するのは危険ではあるが、「さくら人」巻には明らかに「夕顔の御手」の本文があり、玉鬘と何らかの関係をもっていたのは確かであろう。現在の「真木柱」巻と内容は重なりながら、源氏が玉鬘を六条院に引き取った後、昔の面影を偲んで消息文を取り出したとも考えられる。『源氏釈』には「さくら人」との巻名に続けて、伊行自身が加えたのであろう、細字で、

この巻はある本もあり。なくてもありぬべし。蛍が次にあるべし。

と、『源氏物語』の伝本によっては、「さくら人」巻をもたない本文も存在しており、あってもなくてもよいとし、内容からすれば「蛍」巻の後に続くべきだとする。

定家や河内家が、数多く世に伝わる『源氏物語』の本文を校訂し、それらが人びとから認めら

れて五四巻に定着する以前は、「巣守」巻とか「さくら人」巻も加えられた、流動的な時代が続いていた。今日では失われたそれらの巻々は紫式部の作なのか、後人が別案として創作したのか、知るすべはないが、平安時代末期には明らかに流布して読まれ、系図として示され、また注釈までなされていた。

詳細は省くが、のちの五四巻とは異なる「さくら人」巻が添えられていたというだけではなく、『源氏釈』に引用された『源氏物語』の本文も、各巻において定家や「河内本」との違いが目立つ。鎌倉時代になって、二つの有力な本文が出現したため、それ以前に読まれていた本文は、徐々に淘汰され、やがて消失してしまう。伊行の所持本は整理される以前の、平安時代の人びとに読まれていた本文の一部の痕跡でもあった。

三 『源氏物語絵巻』の成立

建礼門院右京大夫の写経

平清盛が保元・平治の乱に勝利し、従一位太政大臣に任じられたのは仁安二年（一一六七）のこと、事実上平家政権の確立となり、以後二〇年ばかり平家全盛の時代が訪れる。娘の徳子が一七歳で、承安元年（一一七一）に高倉天皇に入内して翌二年に后となり、治承二年（一一七八）には言仁（ときひと）親王（安徳天皇）の誕生となる。三歳で即位し、清盛が補佐するという、道長の世を思わせる「この世の春」が訪れる。やがて安徳天皇は壇ノ浦で八年の生涯を終え、平氏が滅んだのは、あまりにも知られた話であろう。建礼門院徳子の晩年は京都大原での出家生活となり、かつては平家と対立した後白河法皇が、供を連れて忍んで大原を訪れるくだりは、事実かどうかはともかく、『平家物語』の末尾に置かれ、運命の変転の悲哀が伝えられる。

建礼門院徳子に女房として仕えたのが、伊行女（これゆきのむすめ）の右京大夫で、宮廷生活のことなどが私家集の『建礼門院右京大夫集』として残される。幸せな日々が続いていたのであろう、右京大夫は平重盛の二男資盛（すけもり）（清盛孫）と恋に陥り、数多くの文も取り交わす。平家の凋落（ちょうらく）により資盛も一門と都落ちとなり、一の谷での戦い、屋島での合戦と奮戦し、追い詰められてついに壇ノ浦の急流に身を投じてしまう。

都を離れるにあたって、資盛は右京大夫に「後の世をばかならず思ひやれ」と、自分の死後の菩提を弔うように求める。訃報を知り、右京大夫は資盛の文を漉（す）き返して料紙にし、それに経典を書写して仏前に奉納する。長い詞書も、事情を知る必要があるため、そのまま引用する。

　ただ胸にせき、涙にあまる思ひのみなるも、なにのかひぞと悲しくて、「後の世をばかならず思ひやれ」と言ひしものを、さこそそのきはも心あはただしかりけめ、またおのづから残りて後とふ人もさすがあるらめど、よろづのあたりの人も世にしのび隠ろへて、なにごとも道ひろからじなど、身ひとつのことに思ひなされて悲しければ、思ひをおこして反故選りいだして、料紙に漉かせて経書き、またさながら打たせて文字の見ゆるもかはゆければ、裏にものおし隠して手づから地蔵六体墨書きに書き参らせなど、さまざま心ざしばかりとぶらふも、人目つつましければ、うとき人には知らせず、心ひとつに

いとなむ悲しさもなほたへがたし

救ふなる誓ひたのみて写しおくをかならず六の道しるべせよ

「資盛の最後を聞き、涙はあふれるばかりで、別れに際して『後世を必ず弔ってほしい』といったけれど死の間際は心あわただしく、臨終の念仏などできなかったことであろう。菩提を弔う人がいるかもしれないが、周囲にはばかり、思いどおりにできないに違いない。資盛を弔うことのできるのは自分しかいないと思い、願を立て、古い消息文を取り出して漉き直し、その料紙に写経する。資盛の文を選んで裏に紙を貼り、文字を書くのはきまりが悪いので、地蔵菩薩の姿を六体墨書きして、これも奉納した。人目もはばかられるので、疎遠な人には相談することもなく、自分の心だけで供養するにつけ、悲しみは堪えがたいほどである」と、右京大夫は資盛への心情を綿々と吐露する。

「生前の行いによって死後は六道に迷うと説かれる仏の道、写経は苦しみから逃(のが)れて極楽の世に導いてくださるというので、どうか私の願いをかなえてほしい」と、右京大夫は悲しみを訴える。

　和紙は水に溶けるため、漉き返して再利用することができる。ただ、手紙などは墨で文字が書かれているため、再生しても紙は白くならず、薄墨色となる。むしろそれは喪服の色とも重なり故人の追善供養にふさわしく、写経用の「宿紙(すくし)」と呼ばれた。

『源氏物語』「御法」巻で、紫上は四三年の生涯を終える。源氏は五一歳の八月、涙にくれるほかなく、翌年の「幻」巻でも春から夏、秋、冬と、紫上の追憶に耽って悲しみの日々を過ごす。我が身の俗世での生活も終焉に近づいたと、源氏は新年に出家の心づもりをし、少しずつ身辺の整理をしていく。源氏が須磨に下って苦難にあえいでいたころ、紫上から届けられていた文は一つにまとめて結ばれていたのを、後には残しておけないと女房たちに破り棄てさせてしまう。

　源氏二六歳の春、紫上と別れて都を去り、二年半ばかり須磨・明石の地で過ごしていた。折々に都から届けられた紫上の文は、いずれも墨つき鮮やかに残り、恋しい思いがするばかりである。出家した後も形見にしたいところだが、いつまでも未練に浸るのはみっともないと、源氏は反故(ほご)の傍らに、

　かきつめて見るもかひなし藻塩草(もしほぐさ)同じ雲ゐの煙(けぶり)とをなれ

　（紫上は荼毘(だび)にふされて煙は空に立ち昇ってしまったが、手紙を手もとに残してもかいのない

こと、同じ空の煙となってほしい）

と書きつけ、「みな焼かせたまひつ」とする。「藻塩草」は海藻で、塩をつくるため漁師がかき集めて焼くが、「かき集める」に「書き」をかけ、文の意味にも用いられる。源氏は、翌年の春に山に籠もって出家したようだが、その後の姿は物語に描かれない。

ところが物語評論書の『無名草子（むみょうぞうし）』には、

また、御文ども破（や）りたまひて、経に漉かむとて、

かきつめて見るも悲しき藻塩草おなじ雲ゐの煙（けぶり）ともなれ

とあるところも、すべて「幻」は、さながらあはれにはべり。

とある。『無名草子』の作者は俊成卿女（しゅんぜい）（実は孫）とするのが有力で、成立は正治二年（一二〇〇）前後が想定される。定家が念願とした『源氏物語』の書写を果たす少し前のことである。

源氏は紫上の手紙をすべて破って焼いたはずだが、『無名草子』では「経に漉かむとて」と、再生紙にして写経の準備をしていたとする。「かひなし」を、ここでは「悲しき」とするなど、ことばの違いも見られる。文を破いて写経のため「漉く」としながら、歌では「煙ともなれ」とし、燃やしたのではないかとの疑いも残る。あるいは一部を「漉き」、残りは破いて焼いたとも

取れる。源氏が紫上の文を漉き返し、写経して仏前に供えた場面も当時の『源氏物語』には書かれていたと想像すると、また一段とあわれ深さがまさってくる。

『建礼門院右京大夫集』の右京大夫は、資盛の文を漉き返して写経し、消息の裏には地蔵菩薩を描き、比叡山に属する長楽寺の阿証上人印西（いんせい）に供養を求めた。資盛の残された文は多く、筆の跡を見るにつけ悲しみは増すばかりで、漉いて再生紙にし、数々の仏典を書写した。

そのをり、とありし、かかりし、我が言ひしことのあひしらひ、なにかと見ゆるが、かき返すやうにおぼゆれば、ひとつも残さず、みなさやうにしたたむるに、「見るもかひなし」とかや、源氏の物語にあること、思ひ出でらるるも、「なにの心ありて」とつれなくおぼゆ

悲しさのいとどもよほす水茎（みづくき）のあとはなかなか消えねとぞ思ふ

右京大夫は「その折はああだった、こうだった、私が言ったことに調子を合わせていた姿が目に浮かび、思い出が繰り返されるばかりなので、一つも残さず漉き返しにした」という。ここでは裏に地蔵の絵を描いたことは記されないが、残された手紙を見てひとしお悲しみに耽るみずからの振る舞いは、『源氏物語』が背景にあったのであろう。

源氏が紫上の文を焼く前に書きつけた「かきつめて見るもかひなし」の歌を思い出し、「自分

はどういうつもりで、残された資盛の文を読むのであろうか」と、あきらめのつかない思いにつまされる。その心を断ち切り、すべての文を漉き返したという。

「見るもかひなし」は現在の『源氏物語』と共通するが、反故紙を再生する点では『無名草子』の叙述と同じである。『建礼門院右京大夫集』は三五九首からなる長い詞書をもつ私家集で、全体に『源氏物語』の影響が色濃く反映されている。伊行の娘の右京大夫が家に伝えられた『源氏物語』を読んでいたとすれば、それには「さくら人」巻が付され、『無名草子』が用いた本文とも重なり、源氏が紫上の文を漉いて写経した場面が語られていたのであろうか。右京大夫の父伊行が『源氏釈』の作者という家の環境だけではなく、次に見るように女房として仕えた建礼門院のもとでも『源氏物語』は愛読され、文化的な香気の漂う世界であった。

建礼門院の『源氏物語絵巻』

『建礼門院右京大夫集』には、「つひに秋の初めつかたの、夢のうちの夢を聞きしここち」と、寿永二年(一一八三)の秋七月、建礼門院徳子が安徳天皇を伴い平家一門と運命を共にし、悲しくも零落して都落ちをする記述がある。右京大夫は都にとどまり、刻々と耳にする平家公達(きんだち)の動向を、回想も交えて書き留める。維盛(これもり)は戦いから離れて高野山で出家し、ほどなく熊野の那智の滝で入水したとされるが、真偽のほどはわからない。「維盛の三位中将、熊野にて身を投げて」との噂が、すぐさま都に伝えられると、維盛の優美な姿を称賛しない人はいなかったとする。

安元二年（一一七六）三月四日に催された、後白河院五十賀において、維盛が「青海波」を舞った姿の美しさは記録にも残されるほどで、右京大夫も「青海波舞ひての折などは、光源氏のためしも思ひ出でらるるなどこそ、人びと言ひしか」と、『源氏物語』の「紅葉賀」巻で、源氏が舞った「青海波」の姿と重ね、見物者から称賛を浴びたと述懐する。これによっても、宮中は王朝の文化のみやびに満ち、源氏の姿が脳裏に浮かぶという、『源氏物語』は人びとが等しく想念に抱く世界でもあったことがわかる。公達の優美な言動からは、すぐさま『源氏物語』が幻視されてくる。

建礼門院徳子は壇ノ浦で安徳天皇の後を追って入水するが、生き延びて京都に送られ、大原の寂光院で余生を送ったとされる。右京大夫は「女院、大原におはしますとばかりは聞きまゐらすれど」と、訪れてよいものかどうか迷いに迷い、建礼門院を慕う思いの強さから秋の深まったころに出向く。寂しい山里での生活を目にするにつけ、悲しみが湧き起こるばかりである。かつては「六十余人ありしかど、見忘るるさまに衰へたる墨染の姿して、わづかに三四人ばかりぞさぶらはるる」と、后のころは六十人余の女房に囲まれた宮中生活だったが、今では黒い衣に身を包み、わずかに三、四人が仕えるだけである。彼女は涙にあふれ、

今や夢昔や夢とまよはれていかに思へどうつつとぞなき

と、かろうじて歌を詠むしかなかった。「目の前に見ているのは夢であろうか、昔のはなやかな生活が夢であったのかと迷ってしまい、どのように思ったところで、とてもこれが現実の世とは考えられない」と、右京大夫は悲しみに耽るばかりである。はなやかな宮中での生活と、月日がめぐっての平家が滅亡した現実の世の移り変わりに、運命の悲惨さをおぼえずにはいられなかった。

建礼門院が后でいたころの思い出として、

太皇太后宮（多子）より、おもしろき絵どもを、中宮の御方へまゐらせさせたまへりし中に、むかし、てて（父）のもとに人の手習ひしてとて、ことば書かせし絵のまじりたる、いとあはれにて

めぐりきて見るに袂（たもと）を濡らすかな絵島（ゑじま）にとめし水茎の跡

の詞書をもつ歌がある。太皇太后宮多子は入内した近衛天皇が崩御し、五年後には強く求められて二条天皇のもとに再度の入内をするが、この帝もまた亡くなってしまうという、数奇な運命に見舞われた女性であった。大炊御門（おおいのみかど）右大臣とも称された徳大寺公能女（きんよしのむすめ）で、和歌のほかに書、絵画、管弦にも堪能だったとされる。太皇太后宮多子から建礼門院に「おもしろき絵」などが贈られ、右京大夫らの女房たちも見ていると、亡くなった父伊行が筆を染めた詞書の絵を見いだし、

感慨深い思いに浸ったという。「絵巻物」だったようで、何かの物語だったのかどうかはわからないが、建礼門院の周辺は文化的な交流がなされていた空間が広がり、王朝のみやびの漂う時代でもあった。

また別に、鎌倉時代の『源氏物語注釈』（宮内庁書陵部蔵）を、室町時代になって伏見宮貞成親王が転写して残された資料が注目される。難語とか故事を列記し、源氏がはじめて対面した末摘花の姿も書き留められる。雪が降った朝で寒いだけに、末摘花は紅色といっても色は白茶けた単衣を一枚、それにもとの色などわからなくなった黒い袿を着て、上には「黒貂の皮衣」に薫物を染めて着込んでいたという。

　但し建礼門院の源氏の御絵の、花園左大臣有仁公～～～伊通公など、詞書かせ給へるには黄皮也、不審、或は白貂歟、黒貂歟云々（原文に、有仁公以下の人名は波線の省略符合が記される）

「黒貂」は貂という動物の毛皮で、黒・黄・白などがあり、平安初期には朝鮮半島から輸入し、貴族が舶来品として愛用していたが、後には山に籠もる僧の質素な防寒用となる。末摘花は兄の阿闍梨からもらったのか、貧窮した暮らしを営む屋敷内で着込んでいた。

建礼門院が所持していた『源氏物語絵巻』の詞書は、花園左大臣源有仁（一一〇三―一一四七）、九条大相国とも称された藤原伊通（一〇九三―一一六五）らの複数の能筆家によるものだった。由緒のある絵巻のようで、『源氏物語』の本文には、「ゆるし色のわりなう上白みたる一襲、なごりなう黒き袿かさねて、表着に黒貂の皮衣、いときよらにかうばしきを着たまへり」とする場面で、末摘花が着ているのは「黄皮」に彩色されていた。「黒貂」が「黄皮」で表現されているのは不審で、種類は「白貂」だったのか、あるいは「黒貂」なのか、といった疑問が『源氏物語注釈』に記されているのである。

鎌倉時代には絵巻の場面での色一つにもこだわりがあったようで、本文を正確に読み解き、絵画化にあたっては忠実に復元しようとする、考証へのこだわりがうかがえる。『源氏物語』に書かれている内容の一つにしても、時代の隔たりは理解していく上で困難が伴うだけに、現代にも通じる平易な説明に置き換えて味読しようと努める。古典作品の世界と現代とをつなぐことばが〈注釈〉であり、作品の誕生から時代が離れ、読者層が拡大すればするほど必要性が増してくる。『源氏物語』は王朝文化の規範的な文献となり、それを解明して今の世に継承する必要があるとの認識により、注釈が作成されたのであった。

読む物語から見る物語へ

建礼門院の『源氏物語絵巻』の存在は、物語を文字による読みものから、視覚的な〈絵巻〉に仕立てて鑑賞するという、新しい文化の創造がなされた事実を教えてくれる。『源氏物語』がその後の物語へ大きな影響を与えただけではなく、和歌、連歌俳諧、絵画、香道、立花、衣装、遊戯、演劇などの生活一般にも、その姿をとどめていく端緒ともいえよう。

建礼門院の入内に伴い、祝いの贈り物として清盛の周辺で『源氏物語絵巻』が生まれたのか、宮中生活の中で製作されたのか、いずれであっても絢爛とした宮中文化が平家の世には生き続けていた。

宗尊親王（後嵯峨天皇皇子）が一一歳にして鎌倉幕府の第六代将軍として迎えられたのは建長四年（一二五二）、ただ政権は北条氏が掌握しており、将軍は有名無実でしかなかった。在任一五年の間、宗尊親王はもっぱら和歌に没頭し、歌会などもしばしば催したことで、鎌倉武士を中心とする歌壇の形成がなされ、王朝文化が広まるきっかけもできてくる。

『源氏物語絵巻』に関連する資料として、『源氏秘義抄』（宮内庁資料部蔵）に付載された「仮名陳状」も指摘しておこう。宗尊親王御前の屛風に、源氏絵の色紙形を押す（貼付）ことになり、絵は弁の局と長門の局が担当した。絵の構図の典拠としたのは、将軍家に代々伝わる二〇巻からなる『源氏物語絵巻』で、絵は紀の局、長門の局が担当し、詞書は法性寺殿下忠通（一〇九七―一一六四）、花園左大臣有仁らによるものであった。将軍家の『源氏物語絵巻』がいつ、どこで製作されたのか、さまざまな考証がなされるが、煩雑になるためここではすべて省略する。

二〇巻本と色紙形とで絵を担当した両「長門の局」は、時代も異なるため別人の女房である。むしろ注目されるのは、建礼門院本にも出てくる源有仁で、これは同一人物である。別の機会に詞書を染筆したとも考えられるが、かなりの分量の絵巻となるとたやすく製作できるものではなく、将軍家本と建礼門院本は同じ絵巻であった可能性もある。

有仁は後三条天皇皇子輔仁（すけひと）親王の第二王子、詩歌、管弦、書に長けた人物だった。亡くなったのは四五歳の久安三年（一一四七）なので、両者の絵巻は少なくともそれ以前には成立していた。法性寺忠通は関白忠実の次男、摂政関白太政大臣、後白河院に近侍するなど政界の中枢に位置し、歌人としても知られており、長寛二年（一一六四）に六八歳で亡くなる。もう一人の建礼門院本の詞書の書写者伊通（これみち）は藤原宗通の次男、忠実ともかかわりは深く、母方には美福門院（びふくもんいん）（鳥羽天皇后）がおり、太政大臣にも就き、詩歌、管弦、書にすぐれていたことは、他の人物とも共通する。永万元年（一一六五）に七三歳で亡くなっているため、有仁、忠通らとほぼ同年代の人物と知られる。

今日もっとも名の知られる国宝『源氏物語絵巻』は、徳川美術館と五島美術館に、詞書は二〇段、絵は一九段が分蔵される。江戸時代のころから、製作者は一二世紀ごろに活躍した宮廷画家の藤原隆能（たかよし）とされ、『源氏物語』としては最古の絵巻としてその名のもとに伝えられる。五四巻の場面が抜き出され、相当する詞書と絵からなっていたはずだが、残されているのは一部でしかない。本来は一〇巻か一二巻本で、詞書は少なくとも五人の筆跡が認められるとするが、巻数は二〇巻だったとの説もあり、いずれが正しいのか判断のしようがない。

先に述べたように、宗尊親王が所持した屏風の新作「源氏絵色紙形」は、将軍家伝来の二〇巻本『源氏物語絵巻』の構図に依拠したというのだが、詞書の筆者が一致することから、建礼門院所持本と同本だったのではとも想像される。将軍家蔵だった二〇巻本が、その後分割、散逸し、残されたのが現在の国宝『源氏物語絵巻』だったとする説もあり、そうだとすればきわめて魅力的な考えとなる。

想像をめぐらすと、徳子の入内にあたり、父清盛は宮中生活にふさわしい祝いの品として、忠通・有仁・伊通らの名筆家の詞書による二〇巻本『源氏物語絵巻』を、輿入れの調度品の一つとしてもたせたのではないだろうか。建礼門院は、女房たちと時には一巻ごと広げ、『源氏物語』の世界に浸っていたのかもしれない。やがて戦乱の世となり、徳子は大量の美術品の数々を宮中に残したまま西へと向かい、平家滅亡後に、絵巻は将軍家に献上されたというなりゆきである。このようにたどると、私たちが目にする国宝『源氏物語絵巻』は、一部が残されたにすぎないが、平家の時代から数奇な運命をたどってきたのだと、感慨深い思いとなってくる。

五章　中世の『源氏物語』の本文校訂への動き

『源氏物語団扇画帖』「幻」
（『日本古典籍データセット』国文学研究資料館蔵より）

一　『源氏物語』の和歌の世界への広がり

和泉式部・赤染衛門らの歌

『源氏物語』は成立した当初から周辺の人びとに読まれ、名場面になると孝標女が暗唱したように口の端にのぼり、維盛の「青海波」の姿を目にした人びとは、すぐさま源氏の賀宴での舞姿と重ねるなど、物語の世界は日常的な文化活動にまで入り込んでいた。和泉式部に、

琴引き、笛ふき、あそびする所

聞く人の耳さへ寒く秋風に吹きあはせたる笛のこゑかな（『和泉式部集』）

の歌があり、「人の屏風の歌詠ますするに」とする、一連の屏風歌の一首である。四季の屏風だっ

たようで、絵には管弦の遊びの場面が描かれていたのであろう。この歌から連想されてくるのは、「帚木(ははきぎ)」巻の「雨夜の品定め」における、左馬頭(さまのかみ)の体験談である。いつも通っている女性のもとを訪れると、先客の殿上人が簀子(すのこ)に座り、懐から笛を取り出して吹くと、御簾の内から女が和琴をかき鳴らす。男が「琴の音も月もえならぬ」と詠みかけると、女は、

木枯(こがら)しに吹きあはすめる笛の音(ね)をひきとどむべきことのはぞなき

と返しをする。その場をかいま見た左馬頭は、浮気な女だと嫌になり、通わなくなってしまったと話をする。管弦の場面ではないが、和泉式部の歌は「琴」「笛」の楽器、「吹きあはせたる」は「吹きあはすめる」に、「笛のこゑ」は「笛の音」、「秋風」は「木枯し」を連想させる。和泉式部は『源氏物語』に依拠したのか、逆に紫式部の方が想を得たのか、偶然にしてはあまりにも近似する。

　この種の例はいくらもあり、和泉式部と紫式部は中宮彰子に仕える女房という関係でもあっただけに、意図することなく影響しあっていたのが、当時の文化共有圏であった。同じ趣向だからといって、模倣したとまで考える必要はないのかもしれない。『紫式部日記』に、「和泉式部といふ人こそ、おもしろう書きかはしける」と親しく文を交わし、「口にいと歌の詠まるるなめりとぞ」と、才気のほどは認めても、生き方は快く思っていなかったようだ。

同僚の仲間でも、赤染衛門は「まことにゆゑゆゑしく」と、人柄のおもむき深さを述べ、歌については「恥づかしき口つきにはべれ」と称える。その赤染衛門の家集に、

野分したるあしたに、幼き人をいかにともいはぬ男にやる、人にかはりて
荒く吹く風はいかにと宮城野の小萩が上を露もとへかし

とする歌がある。『源氏物語』「桐壺」巻の、桐壺更衣の母君のもとに、靫負命婦を見舞いに遣わした桐壺帝の、

宮城野の露吹きむすぶ風の音に小萩がもとを思ひこそやれ

の歌を用いているのは明らかであろう。物語では桐壺更衣を喪って悲しみに沈む帝は、「野分だちて、にはかに肌寒き夕暮」のほどに使いを出し、萩の名所として知られる宮城野の、まだ生まれてほどない「小萩」ともいうべき若宮（源氏）を恋しく思い遣る。幼な子を気にもとめない薄情な男に、赤染衛門が代わりに詠んだ歌で、明らかに桐壺帝の歌を借用したのであろう。『栄花物語』に、伊周の姿を目にすると「光源氏もかくやありけむ」と連想されるなど、貴族の世界はいうまでもなく、赤染衛門らの女房社会においても『源氏物語』は広く読まれており、場面なり

ことばなりがすぐさま和歌の表現にも生かされていた。

「源氏見ざる歌詠みは遺恨のことなり」

『源氏物語』の影響はその後も強まるばかりで、物語にも類似の作品がつぎつぎと生まれ、和歌にもさかんに詠まれ、絵巻にもなるなど、新たな文化の創造をもたらしてくる。和歌の世界で大きな転機となったのが、『六百番歌合』における藤原俊成の判詞での言及だった。後京極良経の主催した歌合で、定家や家隆、寂蓮など一二人が出詠し、建久四年（一一九三）に俊成による判が披講される。

冬一三番「枯野」の歌題で、左方良経の歌、

見し秋を何に残さむ草の原ひとへにかはる野辺のけしきに

に対して、右方は「草の原、聞きよからず」と、用い方の非難をする。それに対して、左方は相手の隆信の歌を「ふるめかし」などと応酬する。両者の陳述を聞いた後で下した俊成のことばは、次のような厳しい内容だった。

判云、左、何に「残さん草の原」といへる、艶にこそ侍るめれ。右方人「草の原」難じ申す

の条、もつともうたたあることにや。紫式部歌詠みのほどよりも、物かく筆は殊勝なり。そのうへ「花宴（はなのえん）」の巻はことに艶なる物なり、「源氏見ざる歌よみは遺恨のことなり」右、心詞あしくは見えざるにや、ただし、常の体なるべし。左歌宜（よろ）し、勝ちと申すべし。

俊成は「草の原」のことばから『源氏物語』の「花宴」巻を連想し、「艶」な内容だと評価し、右方の批判を一蹴する。俊成の想念には、わずか一語であっても、そこから源氏と朧月夜（おぼろづきよ）との情趣深い場面が髣髴（ほうふつ）としてくるとし、良経の歌は優美な姿をもつと勝利に導いたのである。「草の原」はたんなる風景ではなく、背後には「花宴」巻の美的な世界が広がっており、その想像力がなければ歌は理解できないというのである。

「草の原」は特殊なことばではなく、『伊勢物語』にも見えるし、多くの和歌にも用いられるが、俊成はことさら「花宴」巻を持ち出し「艶」とまでする。しかも、右方の「聞きよからず」の非難に対して、「もつともうたたあることにや」と不愉快だとまで激しい口調で裁断するのは、いささか異常なまでの姿勢といえよう。

俊成はかねて自分の和歌の理念の実現を模索し、思い至ったのが『源氏物語』のことばや情趣の世界を摂取する方法であった。「草の原」はまさにその思いを具体化する上で都合のよい歌ことばと映り、『源氏物語』の美的情趣を背景にしてこそ真意は理解できると、良経の歌を用いて論理を披歴（ひれき）することになった。平凡な「草の原」のことばであっても、『源氏物語』の場面を連想させたからこそ〈勝ち〉を得たわけで、その知識の土俵の外にいれば、理解することなどできなくなってしまう。紫式部は歌人ではなく、物語作家だが、「花宴」巻は優艶な内容で、それを知らないような者には「草の原」の歌の評価などできるはずがない。「源氏見ざる歌詠みは遺恨のことなり」のことばは、歌人たちに強い影響を与え、歌の世界へのメッセージとなっていく。「草の原」のことばに、「花宴」巻の源氏と朧月夜の姿を思い描くという、それほどまでにイメージをふくらませなければ歌の解釈はできないのか、といった問題も生じかねないが、歌壇における権威のある俊成の主張は、『源氏物語』が歌人にとって必読の書となってくる。一首の歌に用いられたことばや情趣に、『源氏物語』の場面が用いられているのではないかと、人びとはことさら詠まれた歌の世界に思いを馳せる。そうなると、歌人であるからには『源氏物語』を読む必要があり、必見の書として位置づけられてくる。歌詠みたちにはもはや反対もできず、さまざまな方法を駆使してでも読まなければならない。和歌だけではなく他の分野においても『源氏物語』は古典の規範となり、注釈書や論説が派生し、時代を経るに従い、多様な文化の形成へと寄与していく。

二　「河内本」の成立

光行の本文校訂と注釈

『源氏物語』の本文は、人びとに読まれるようになった当初から、書写という方法で流布しただけに、さまざまな違いが生じていた。鎌倉時代になると、写本による異同はますます大きくなっていったようで、読みやすくする本文づくりの動きが生まれてきた。

今日一般に読まれるのは、藤原定家によって作成された「青表紙本」と称される本文である。そのほかに源光行・親行の親子二代にわたり、三〇年以上の歳月にわたる校訂を経て出現した「河内本」が存する。かつては定家本以上に「河内本」が中心となって読まれていたが、本文の評価によって、現在ではすっかり影を薄くしてしまった。

光行は和学、有職家として鎌倉幕府に仕えた。漢籍に通暁し、和歌は俊成から学び、正五位下河内守となり、多数の著作も残す。親行も和歌や古典学をもっぱらとして幕府に仕え、河内守などの任命を受け、父の後を継いで『源氏物語』の校訂を継続し、成立したのが「河内本」である。

光行は本文と並行して、『源氏物語』の注釈書づくりにも励んだ。親行以降の聖覚、行阿といった子孫はその学問の継承と発展に尽くし、〈河内学派〉と呼ばれる『源氏物語』研究のグループが生まれ、鎌倉時代には大きな存在として古典学や和歌の世界に影響を与えることになる。

光行は所持した本文に、多くの研究者の協力も得て、長年の研究成果を書き込み、それだけでも膨大な量になったようだが、別冊としてまとめるには至らなく、寛元二年（一二四四）に八二年の生涯を終えた。河内家では、注記入りの本文そのものを『水原抄』と呼んでいた。五四巻からなる注釈書とする説もあるが、注釈だけが独立していたわけではなく、本文に書き入れられていた状態を意味する。「水」は〈さんずい〉、〈旁〉の「原」に付けると「源」になるため、〈源氏物語の抄〉を意味したのであろう。ただ、『水原抄』は現在残されていない。

漢字の読み、考証、文脈による解釈、本文の違いの指摘などからなる『水原抄』を、親行が後を継いでまとめ、秘説だけを抜き出して別冊にしたのが『原中最秘抄』であった。親行の後も子孫の手を経て増補などがなされ、継承されることで〈河内学派〉を形成していく。親行の兄弟と思われる素寂も、語釈を究めて『紫明抄』を著すなど、新しい武士の世になると、『源氏物語』は和歌の世界だけではなく、古典学の対象として扱われてくる。

河内家の『源氏物語』本文の校訂の始発について、『紫明抄』では次のように述べる。

おほよそ源氏物語といふものあまたある中に、光源氏物語といふは紫式部君のしわざなり。

しかるを亡父大監物（従五位下）光行が家に伝へきたれる本、昔より読み伝ふる説々みだりがはしきによりて、人の迷ひを助け、世の妨げをたださんがために、句点を切り、隷字を尽くすといへども、わたくしあるに似たり。故実の人にとぶらはんと思ひて、五条の三品〈俊成〉の亭にまかり向かひて、この事を談ずべきよし申すに、おほきに悦びて、年来を願ふところこのことにありとて、暮年に功を終へたり。

素寂はじめに、「源氏物語」という作品は世に数多く存するが、「光源氏物語」は紫式部の作品であるとする。藤原氏が主人公ではなく、天皇の御子が「源」の姓を与えられて臣下となり、光源氏と呼ばれるようになった人物の物語である。運命の変転に翻弄され、栄華をきわめる〈源氏〉の物語は、ほかにも存在したのかもしれない。

『伊勢物語』の業平は「在原」、『平中物語』の平中は「平」、『うつほ物語』の俊蔭は「清原」などと、それぞれの氏族は皇族から臣下となり、恋愛や冒険の世界で活躍する。「源」の出自の物語が読まれていた中でも、桐壺帝の御子が皇族から離れ、「源」氏として虚構の世界で生き、美しさから「光」と称えられたと確認しての書き出しである。

光行は武士の家系に生まれたが、代々勅撰集歌人を輩出し、学問にもかかわりが深かった。家に伝えられた『源氏物語』を読むにつけ、不明なことばが多く、昔から諸説があり、定まった解釈もなく、諸説の乱れに困惑するばかりであった。光行は世の人びとの迷いを解き、難儀なことばを明らかにしようと、本文に句読点を付し、古い書体を読むなどの尽力をする。「隷」は漢字でいえば書体の一つの〈隷書体〉であり、かな文字においては平安の古体を意味するのであろう。光行の時代に紫式部自筆本はすでに失われ、平安時代末期の転写本であっても、鎌倉時代の書体とは変化があった。

たとえば文暦二年（嘉禎元、一二三五）五月に、蓮華王院（三十三間堂）で貫之自筆の巻子本『土左日記』を目にした定家は、感動して二日で書写し冊子本にした。『土佐日記』は、三百年を経ても朽ちることなく、文字も鮮明に残されていたが、「読み得ざる所々多し。ただ本にまかせて書すなり」と、貫之の平安時代の筆跡は、鎌倉時代の定家にとっても判読できない文字が各所にあり、原本のとおりに写しておいたとする。病気をし、七四歳になって目もよく見えないためだと弁解するが、貫之の癖のある文字というだけではなく、平安時代の文字と鎌倉時代の文字とでは変化をしていたのであろう。定家は翌年に息子の為家に『土左日記』を書写させるが、それは自分の誤写の恐れを悔い、より正確な本文を残しておきたいとの思いによるものだった。

光行は家に伝わる『源氏物語』の古写本を前にし、本文には句読点がないため、解釈して句を切り、古い書体を改め、余白には出典の注記を加えるなどの作業を続ける。拠り所もなく、独自の判断で進めるにしても、正しいのかどうかの不安も残る。光行が歌の師であった藤原俊成に相談すると大いに喜び、自分もかねて願っていたことだと、晩年に至るまで教えを授ける。俊成が亡くなったのは元久元年（一二〇四）の九一歳、光行は当時四二歳だった。俊成が『六百番歌合』

において『源氏物語』は歌人必読の書と主張したのは亡くなる一〇年ほど前、権威者のことばの影響は大きかった。俊成は『源氏物語』を書写し、引歌なども本文に書き入れ、和歌の源泉としての利用方法も長年考えていた。おのずから本文異同の優劣、句読点によることばの認定、故実などにも及んでいたはずで、そこに光行からの問い合わせに我が意を得た思いがしたはずである。『源氏物語』の注釈などについて、光行説は俊成の教えに由来していると関係の深さを強調するのは、定家説と河内家の学説とに対立が生じてきたことによる。定家の支持者は、河内家の本文や語釈に異義を唱えたため、光行のころから俊成と交流して本文も学説も継承しており、非難は不当だとする防御でもあった。『源氏物語』が今日考えるような〈物語〉というよりも、和歌を学ぶ古典の書であるため、自家の説がどれほど世に受け入れられるかの争いでもあった。

親行の本文づくり

親行は父の遺志を継いで『源氏物語』のよりよい本文の校本づくりに没頭し、幾度かの挫折を経て建長七年（一二五五）七月七日に五四巻の校訂本が完成する。巻末には、諸本の収集から校訂の過程、その間の不慮の事故などを吐露し、牽牛と織女が出逢う日に出現したことは、長年の願いがかなえられた喜びであるとも記す。光行が亡くなってすでに一二年を経ており、親行が着手した嘉禎二年（一二三六）二月三日からでも、二〇年近くが経過している。父親の作業はそれ以前からなされていたはずなので、終えるまでに三〇年以上かかるという、気の遠くなるような事業であった。

本文づくりの方法としては、まず世に伝わる有力な伝本を集め、それぞれの本文の違いを見定めて一つに決めていくことになる。伝本の数は二一部にも及び、とりわけ重視したのは、平安時代末期の歌人としても知られる二条伊房(これふさ)、堀河俊房、さらに冷泉朝隆、俊成、定家ら八本の写本であった。

すべての本を開き、一行ごと一文字ごとに見比べて校訂をするのは無理なことで、現実的には所持本と一本ずつ比較し、違いを書き入れるとか、付箋などを貼っていったのであろう。光行・親行が校本づくりに用いた伝本の中に、俊成本や定家本が存在していたのは留意すべきで、のちに「青表紙本」と対立するような伝本を用いていたわけではなかった。

基本的な校訂方法は光行によってなされていたはずで、親行は父の教えを踏襲し、依拠した本文に注記が加えられていれば、取り込むこともあった。用いた本文のすべてが五四巻の揃い本だったのか、院政期の〈源氏物語古系図〉の「巣守」巻、『源氏釈』の「さくら人」巻などの扱い、全巻にわたっての詳細な校異を遺漏なくしたのか、などといった疑念も生じないわけではない。とりわけ別伝の巻々は、俊成との相談によって不採用となったのかもしれない。

具体的に、諸本を比較検討する場面を想像してみよう。「若紫」巻で、「瘧病(わらはやみ)」の療治のため源氏は北山に赴き、そこで目にした大徳を見て、

「いと尊（たふと）き大徳なりけり」
「いと尊き大徳のさまなり」

との感想をもつ。「尊い大徳である」と断定するか、「尊い大徳のようだ」とするのとでは、読む者にとっての印象が異なる。前者は「青表紙本」、河内家は後者を採用したが、現在の諸本を見ても、ささいな違いから、大幅な文章の異同に至るまで無数に存する。一つのことばを決めるにも、全体の読みを背景にして判断しなければならなかったはずである。

三〇年余もの校訂作業を持続していくのは容易なことではなく、一方を採用すれば、他の多くの本文は永遠に消え去ってしまうため、英断する必要もあった。機械的な作業ではなく、紫式部時代の表現を生かし、鎌倉の世の人にも読める文体にし、「巣守」や「さくら人」を排除して物語の展開を破綻なくしていくなど、物語の大きな構想力ももたなければならない。

親行がかろうじて校本づくりを終え、清書本作成に向かおうとしていた矢先、九帖が焼失し、六帖は権威者に貸したまま戻ってこないという事態となった。「河内本」の「夢浮橋」巻末に記された、成立に至る経緯によると、「爰比校之本清書以前、九帖遭回禄令焼失、六帖為権威借失。其後重校加畢」とする。（「回禄」は火災の意）二つの事件の時間差がどれほどあったのか不明だが、家屋の火災によって九帖は運び出せなかったのか、校訂に用いた本文や資料は無事だったのか、詳細は不明である。権威者とは誰なのか、返却を強く要請できない相手なのか、どうして六帖だけだったのか、などとこれまた新しい疑問も生じてくる。

光行が俊成を歌の師としたのと同じく、親行は定家に歌を学ぶなど、両家は親子二代にわたって深い交流があった。建保三年（一二一五）には定家の求めによって『拾遺愚草』（定家の自撰私家集）を清書し、かな文字の違いについて所見を述べ、貞応二年（一二二三）七月には、『新古今集』の伝本八本の異同をまとめて定家に提出し、本文の採否の判断を乞う。親行はその見解にもとづき、『新古今集』を清書して家の証本とする。寛元元年（一二四三）秋には、鎌倉幕府第四代将軍九条頼経から『万葉集』の校訂を求められ、作業を進めるにあたって親行は三本の証本を用いたという。定家との近しさとともに、親行の本文校訂の真摯な姿勢を知ることもできる。

『源氏物語』の校訂本が完成したと知った幕府は、親行に進上させたのか、清書本の作成を企図した過程で六帖の紛失となったのであろうか。〈権威〉のある者とすることで、「河内本」の信頼性を強調したと取れなくもない。親子二代の校訂本は、浄書する前に焼失した九帖と併せて一五帖が失われてしまった。親行は再び校訂作業に取りかかったはずだが、具体的な作業については記していない。かつて用いた主要な伝本を校訂に再度用いたのか、関連する資料は焼失をまぬがれたのか、疑念は数多い。詳細は不明ながら、完成までに辛苦の伴う歳月であったと想像する。

草稿本ができあがると、第一巻の「桐壺」巻は綾小路三位行能に、末尾の「夢浮橋」巻は藤原清範女に書写を依頼して「証本」としての権威を高め、三〇年ばかりかかった『源氏物語』五四巻が建長七年七月七日に完成する。綾小路行能とは、嘉禎二年（一二三六）に左近衛府の額を書いて従三位に叙せられた世尊寺行能のことで、和歌にすぐれ、書家としても高い評価を得ていた。行能は仁治元年(一二四〇)一一月に出家し、河内本が成立した建長七年に亡くなったとされるため、早い時期に浄書の依頼をしていたのであろう。行能は『源氏釈』の著者伊行の孫にあたり、家系をさかのぼると、『紫式部日記』に「侍従の中納言」とされる藤原行成がいるなど、『源氏物語』の成立当初から関係の深い一族であった。

伊行が作成した『源氏釈』の元となった『源氏物語』の書写本が残っていればとか、河内家が校訂本作成に用いた一本でも現存すれば、との思いはあるが、「河内本」はその時代にふさわしい本文として世に広まり、そこからいくつもの注釈書が生まれた。当時の人びとには読みやすい『源氏物語』の本文が出現したといえるが、平安時代の本文とはいささかの隔たりが生じてしまったのは確かである。河内本は、「混血児的性格を有する」「解釈上分り易い整頓した本文」(池田亀鑑『源氏物語大成』)とされ、定家本に比して評価は低く、現代ではすっかり読まれなくなってしまった。

六章　藤原定家の本文作成

『源氏物語団扇画帖』「横笛」
（『日本古典籍データセット』国文学研究資料館蔵より）

一　定家本の出現

五四巻の書写

定家が『源氏物語』五四巻の書写本を手にしたことは、『明月記』の嘉禄元年（一二二五）二月一六日の条に、念願の思いを果たした喜びによるのか、詳細に記録する。

去年の十一月より、家中の小女等を以て、源氏物語五十四帖を書かせしむ、昨日表紙訖ぬ、今日外題を書く、年来の懈怠に依り、家中に此の物無し 建久の頃盗まれ了ぬ、証本無きの間、所々に尋ね求め、諸本を見合すといへども、なほ狼藉いまだ不審を散せず、狂言綺語といへども、鴻才の作る所、これを仰ぐに彌高く、これを鑽つに彌堅し、短慮を以て寧ろこれを弁ぜんや、（以下略）

前年の一一月から「家中の小女等」によって、『源氏物語』五四巻を書写させ、三カ月かけてやっと実現した。書写にかかわる「小女」とは年若い女性を意味するのだろうが、仕える女房なのか、姉妹や子女もいたのか、何人いたのか明らかでない。五、六人が取りかかっても、一人あたり十帖は書写しなければならず、かなりの負担となる。定家は一巻ごとに本文の点検をし、誤写があれば訂正の筆も入れなければならない。昨日冊子の表紙を付け終え、今日は「桐壺」とか「帚木」などと外題を付した。

続けて、「長い間、自分の怠慢によって家に『源氏物語』の〈証本〉がなく、所蔵者を尋ね求め、それぞれの本文を比べてみたが、どうしてもさまざまな違いがあり、自分の不審はなかなか払拭できないままであった。物語は真実が書かれているわけではなく、飾り立てたことばや道理に合わない内容だからといって一蹴すべきではなく、すぐれた才能の紫式部の作品は、仰ぎ見るとますます高く聳え、内容を深く知ろうとしても固く閉ざして見せようとしない。私のような思慮のない者には、所詮『源氏物語』について語ろうとするのは、あさはかなことではないだろうか」と、謙遜のことばを連ねる。

ここで注目されるのは、家に『源氏物語』がないとし、割注の小さな文字で「建久のころに盗まれた」と記していることである。建久年間（一一九〇―一一九八）は、定家の二九歳から三七歳となり、五四巻を書写し終えた嘉禄元年の六四歳からすれば、三〇年ばかり以前のことになる。

長い間、定家は『源氏物語』の本文をもつことなく、「年来の懈怠」に任せていたのであろうか。「証本無きの間」との表現は、河内家のような校訂本文は所持していなかったとの意味で、世に流布する書写本は家にあったはずである。定家にとって、自信のもてる本文ではなかったというのであろう。

父俊成は長命を保ち、九一歳で亡くなった元久元年（一二〇四）、定家は四三歳だった。俊成が保有していた膨大な分量の典籍や和歌資料、さらに『源氏物語』はどうなったのか、定家はそのことには触れず、建久のころに盗まれた事実だけを記す。父の没後に俊成本を手にしていれば、家に『源氏物語』はなかったなどと表明するはずはないが、このあたりのいきさつはよくわからない。

定家が後鳥羽院の下命によって『新古今集』の撰者となったのは、建仁元年（一二〇一）一一月、俊成の代から引き続き歌壇を領導する存在となる。定家は歌の家としての確立を目指し、歌学に資する典籍を集め、古典の注釈に務め、和歌の詠作をするといった、新しい歌人像をみずからつくり出していく。和歌の研究に関係する古典籍を書写し、収集し、納得がいくまで本文の校訂を続けていった。

定家は『古今集』を和歌の規範として重視したようで、記録に見えるだけでも一七回は書写しており、しかもそのたびに本文の校訂をする。一冊の本文を書写するにとどまらず、校訂を加え、みずからが理想とする本文に近づけようと、絶えず成長し続けていく。『後撰集』は少なくとも九回、『拾遺集』も七、八回の書写を重ねたというのは、写本が必要だったのではなく、ひとえに本文研究を進めるためで、自分の理想とする和歌の姿を追い求めたともいえる。校訂を繰り返すだけではなく、数多くの私家集を書写し、散文ではすでに触れたような『土左日記』をはじめ、『伊勢物語』『更級日記』『枕草子』『源氏物語』などと、今日読まれる古典文学のテキストの大半を手がけた。定家の功績によって、今日これらの古典が残されたともいえる。

定家の「証本」つくり

定家は古典の校訂と並行して注釈を付し、それらの研究の上に歌論書をまとめ、歌壇の指導的な立場からの発言をする。俊成によって世に認められた歌の家を、定家はさらに発展させ、確立した文化的な遺産を為家に引き継いでいく。道長六男の長家を祖とし、とりわけ俊成・定家・為家の親子三代による歌学の家は、後に「御子左家（みこひだりけ）」と呼ばれる家系として続き、和歌の世界に大きな権威をもつに至る。平安時代からの、関係する人物も含めた系図を示しておく（諸記録による『源氏物語』の所持者とか、書写にかかわりの深い人物は太字で示した）。

為家ののち、時代の政争にも巻き込まれ、「御子左家」は二条家・京極家・冷泉家へと分裂するが、それぞれが守ろうとしたのは定家を中心として培われた歌学であった。

定家は建久のころに『源氏物語』を失い、家にはなくなったと述べているが、それで平然と放置していたわけではあるまい。父俊成と源光行が『源氏物語』に関して交流していたころと重な

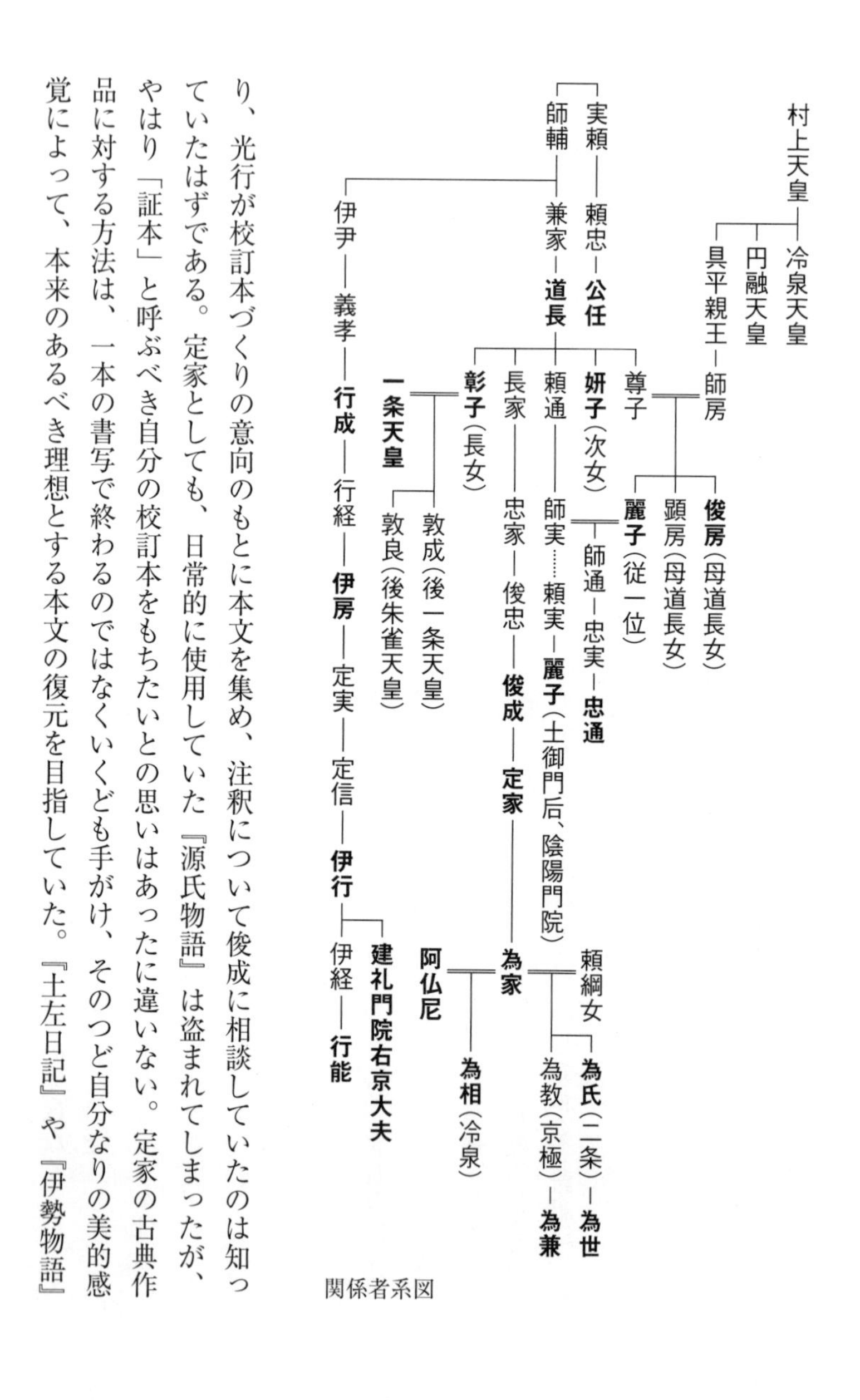

関係者系図

り、光行が校訂本づくりの意向のもとに本文を集め、注釈について俊成に相談していたのは知っていたはずである。定家としても、日常的に使用していた『源氏物語』は盗まれてしまったが、やはり「証本」と呼ぶべき自分の校訂本をもちたいとの思いはあったに違いない。定家の古典作品に対する方法は、一本の書写で終わるのではなくいくども手がけ、そのつど自分なりの美的感覚によって、本来のあるべき理想とする本文の復元を目指していた。『土左日記』や『伊勢物語』

を書写するのとは異なり、『源氏物語』はすぐれた表現と深い思索の横溢した長編の物語だけに、錯綜とした状態の本文を整えて構成するのがよいか、有力な古写本も多いだけに、本文の選択は定家にとって重い課題であった。

　定家邸に盗賊が押し入ったとの記録はなく、『源氏物語』が「盗まれ了（をはん）ぬ」とことさら記すのは、風流を解した盗賊かと揶揄（やゆ）したくもなるが、実はそうではなく、やむをえない事情により、なかば強引に誰かにもっていかれたことを意味しているのではないか。貴顕から懇請され、不本意なまま手放したと考えたいが、これ以上は推測でしかない。

　嘉禄元年二月に「家中の小女等」の手によって書写し終えた『源氏物語』は、前の年の一一月に準備を整えて始めることができた。「懈怠」によって書写しなかったのではなく、定家は長期にわたって「証本」の作成を志向し、本文を調べ、注記の考証も進めていたのであろう。書写するとなると、元になる本文が必要で、それが一本であったのか、複数であったのかはわからない。定家は「所々に尋ね求め」たとするだけに、諸本を見ていたのは確かで、それでも疑念を晴らすには至らず、自分の目指す本文の実現は容易ではなかったはずである。

　追って明らかにするように、定家は所蔵する本文に、諸家の所持本から得た情報や注記を書き入れ、長い時間をかけて校訂を続けていた。数多くの古典作品を書写してきた知見により、『源氏物語』の乱れた本文を自分なりに正し、あるいは饒舌な叙述は削除するなど、思い描く作品に近づけようとする。人びとに書写されていく間に生じたことばの誤り、ぎこちなくなってしまった文体など、『古今集』や『伊勢物語』などに手を加えたように、紫式部時代の作品として復元する努力である。家の「小女」たちに書写させたのは、長年にわたり定家が手を加えた『源氏物語』の本文だった。定家本が出現して三〇年後、源親行が父の遺産を本格的に継承した「河内本」が出現する。

二 『奥入』の成立

現存する定家本

定家の「青表紙本」が『源氏物語』の正統とする考えの一つは、中世における定家への尊崇の念に起因していた。一方で「河内本」は複数の本文の混態によって生まれたとの評価が定まり、評判を落としてしまう。定家は有力な平安時代の一本を、手を加えることなく継承していると見なされてきた。『明月記』の嘉禄元年の記述には、「多数の本文を取捨選択して校訂した」とはないので、「河内本」とは異なり、他本との校合(きょうごう)のない古い本文が温存されたと考える。

定家は「証本」をもっていなかった長い間、どうしていたのであろうか。各人の所持する本文を尋ね求め、「諸本を見合」わせたが、なかなか自分の不審は氷解しなかった。それでもいずれかの本文一つを選び、伝本による違いがあると知った上で書写させ、できあがったのが「証本」になったのであろうか。「河内本」との対比で、定家本は古本を無修正のまま採用したとするのは願望でしかなく、定家が進めてきた多くの古典の書写の方法からすれば、とても考えられない。むしろ定家は自家の「証本」と認定するには至らない『源氏物語』を所持し、本文の校訂や注記を日常的に書き入れていた。自分なりの本文ができあがったため、嘉禄元年にやっと「証本」の作成に至ったと考えるほうが自然であろう。

定家本を含む『源氏物語』は、戦前までに「花散里」「行幸」「柏木」「早蕨」の四巻が伝えられ、最近では「若紫」巻が発見されて大きな話題となった。いずれも同じ体裁で、本文は定家自筆の巻と、いわゆる「家中の小女等」とする他の筆跡からなる。定家は本文に訂正を書き入れ、「花散里」「早蕨」巻以外には巻末に定家筆による注釈の勘物（かんもつ）（『奥入（おくいり）』）が付される。嘉禄元年の証本の一部が偶然にも残されたのか、記録にはない書写本だったのかは確認できない。五四巻の書写には、一部でも大変な時間と費用がかかるため、定家が幾度も実行したとは考えられないが、「証本」の作成という決意には特別な思いはあったはずである。

先行する『源氏釈』の注記や自説を、定家は、所持本の該当する本文箇所に付箋をし、書き入れもしていた。人から貸してほしいと求められ、写本をそのまま渡してもいた。源親行も「河内本」の作成には定家本を使用しており、人びとの間で本文の共有化をはかるためか、貸し借りがなされていた。ところが「定家本」を借りて注記も写した人が、注の誤りを指摘するのに懲り、定家は本文に挿入していた注釈を、すべて各巻末にまとめる処置を取った。

本文の余白に書き込んでいた注記であれば、巻末に転写したところで、同じ内容が二度出てくるだけにあまり意味がない。付箋に書き付けていた注記を、巻末に移したとするほうが自然であろう。末尾には書き入れるだけの余白があったのか、別に数枚の料紙を貼り込んだのかなどといった問題も浮かんでくる。工夫して書き移しても、人に貸せば巻末の注記は利用され、結果は同じことになってしまう。第二段階の作業として、定家は巻末に転記していた注記部分を切り離して一帖にし、その表紙には「奥入」と書いた。

「四半本」と「六半本」の本文の違い

『奥入』を別冊にした定家は、巻末に詳細な成立の事情を記す。

> 此の愚本、数多の旧手跡の本を求め、彼是を抽きて用捨す、短慮の及ぶところ、琢磨の志あるといへども、いまだ九牛の一毛に及ばず、井蛙の浅才、むしろ及ぶや、ただ嘲弄を招くべし、（以下略）

定家は『奥入』を謙辞して「愚本」と呼び、「多くの古い本文を尋ね求め、書かれていた注記を取捨選択して書き入れた。自分は思慮がなく、学び努力したい思いは強くあるけれど、実現できたのは九牛の一毛ともいうべきわずかで、井の中の蛙ではないが浅はかな才能しかないため、とてもきわめることなど及ぶべくもない。ただ、世間からはおろか者とからかわれることであろう」と、ひたすら自分の非才ぶりを強調する。

その後に続くことばとして、「かろうじて思いついたことを書きはしたが、ことば足らずで、なかなか考えが及ばない。思いがけず、かつてこの本が世間に広がり、あちこちで写されて誤りがあると非難もされていたようだ。今さら後悔しても仕方がなく、これに懲りて巻ごとの奥の注記を切り出して別冊にした。作業をしていて歌の注記なども紛失したが、もはや恥辱を受けることはない。今後は、人に見せない」とし、年号はなく、「非人桑門（そうもん）明静」と、出家の法名を記す。

定家は天福元年（一二三三）一一月の七二歳で出家しているので、『奥入』を別冊にして経緯を記したのはそれ以降となる。「証本」を書写した嘉禄元年から八年後となり、切り出した折の識語なのか、それ以前に書いていたのかはわからない。人から求められると本を貸していたようで、つぎつぎと人びとは転写し、定家の注記の誤りを指摘するなどの噂が後に入ってくる。そこで思い切って別冊にし、これからは人に見せないと宣言する。決意のことばをわざわざ書きつける必要もないと思うが、注釈はまだ中途の内容にすぎないと、人に見られることを前提にした韜晦（とうかい）なのであろうか。

定家は、識語で「数多の旧手跡の本を求め、彼是を抽きて用捨す」と、多くの人びとの筆跡による『源氏物語』を目にし、書き込まれた注記を採録もしたという。『奥入』の中心をなすのは、最初期の注釈書とされる『源氏釈』で、それ以外にも注記の書き込まれた先人の書写本が存在していたのであろう。伊行も所持本に書き入れていた注記を、後に書き出して別冊にしたのが『源氏釈』であった。「旧手跡」と記すため、定家も河内家と同じく名の知られた書写本を調べ、注記だけではなく本文の異同も架蔵本に取り込んでいたはずである。

定家の古典への姿勢は、古い一本を忠実に書写して終わるのではなく、書写を繰り返し、そのつど本文を校訂していく方法を持続していたと考える。かつて所蔵していた『源氏物語』を失ってのち、御子左家の本ともなる「証本」を作成しようと、本文については慎重に構え、長い年月をかけて校訂し続けたのであろう。定家の作業の実態を見るため、具体的に自筆本『奥入』に残された「初音」巻の末尾本文を確認しておこう。

〔図1〕右端（図中のA）は元の本の一行を残して裁断し、大きさをそろえるため紙を継ぎ足して冊子にしたようである。『奥入』は裏面に書かれた注記であるため、表面の本文は不必要と墨で上から大きく抹消の線を引く（図中のB）。わずかに五行にしかすぎないが、ここから定家が所持した本文の情報がさまざま知られてくる。

源氏三六歳の正月、この年は宮中で男踏歌（おとこどうか）（地を踏み鳴らし、拍子をとって舞踏する祝いの行事。院の御所などにも練り歩いて巡る）が催され、源氏の六条院にも訪れる。紫上の御殿に集まってい

図1

1　た。（ま）ひて御こと〻ものうるわしきふくろ
2　とも（ん）してひめをかせ給へるみなひき
3　いて〻をしのこひすゆるへるをと〻のへ
4　させ給なとす御方〳〵心つかひいたくしつ〻
5　心。（けさう）をつくし給らむ（ん）かし

た玉鬘、花散里、明石君らが見物を終えて帰ったあと、これを機会に女性による演奏会の〈女楽（おんながく）〉を企てようと、源氏はさっそく大切にしていた楽器などを取り出す。内容を理解するため、本文を読みやすくして引用しておこう。

（「人びとのこなたに集（つど）ひたまへるついでに、いかで物の音（ね）試みてしがな。私の後宴（ごえん）あるべし」と

の）たまひて、御琴どもの、うるはしき袋どもして秘めおかせたまへる、みな引き出でて、おし拭ひて、ゆるべる緒ととのへさせたまひなどす。御方々、心づかひいたくしつつ、心げさうを尽くしたまふらむかし。

〈女楽〉を催すとの源氏からの連絡に、六条院の女性たちは緊張した面持ちだったとするが、この後に具体的に催しがなされた記述はない。

1行目「た」と「ひ」の右横に「ま」の字を補入。「たまひて」とすべきことばと知り、のちに書き入れたのであろう。

2行目「も」の下には「ん」とあり、消した上から「も」の文字の体裁を整える。「ん」は「无」の草書体で、「も」とも読むが、よりわかりやすく「毛」の「も」に訂正する。

3行目「をしのこひて」の「て」を抹消するので、現代語だと「をしのごひ」として読点を入れることになる。当初の「をしのこひて」の「て」を定家はどうして消したのか、また後に流布する定家本の写本には「て」があるが、それはなぜなのか、わずか一語でも疑問が生じてくる。

5行目「心」の下に小さな「。」印によって補入の意味を示し、右に異なる墨色で「けさう」と書き入れる。同じ折ではなく、後に本文の見直しによって気づいた書き入れであろう。はじめは「心をつくし」であったのを、「心けさうをつくし」の本文に変更した。源氏が女楽を催したいとの意向を聞いた女性たちは、「心づかひ」（気を配ること）を一層して「心をつくし」、備えるに違いないとなる。「けさう」の語を入れると、「気分をあらたにして緊張を」するはずで、ニュアンスは少し異なってくる。

5行目「无」の「ん」の上から「む」を重ね書きする。「无」も「む」の草書体である。

六半本の『奥入』に残されたわずか五行の本文を点検した結果だが、これだけでも四半本の定家本系統とはいくつもの違いがあるのを知る。当時のかな遣いとして、1行目の「うるわし」は「うるはし」、3行目「をしのこひ」は「おしのこひ」の用法が正しい。本文の全容は不明だが、巻末の状況から類推すれば、かなりの数の異同の書き込みがなされていた可能性がある。

「証本」作成過程の本文

自筆『奥入』に残された「真木柱」巻の本文も検討しておきたい。末尾本文は表面だけではなく、裏面にも本文が二行分続き、空白の後に『奥入』を書き込む。
テキストとして読みやすくすると、次のようになる。

(「これぞな」などめでて、さざ)めき騒ぐ声いとしるし。人びといと苦しと思ふに、声いとはなやかにて、

「沖つ波よるべなみ路にただよはば棹さし寄らむとまり教へに

棚無し小舟漕ぎかへり、同じ人をや。あな、わるや。あな、わるや」と言ふを、いとあやし

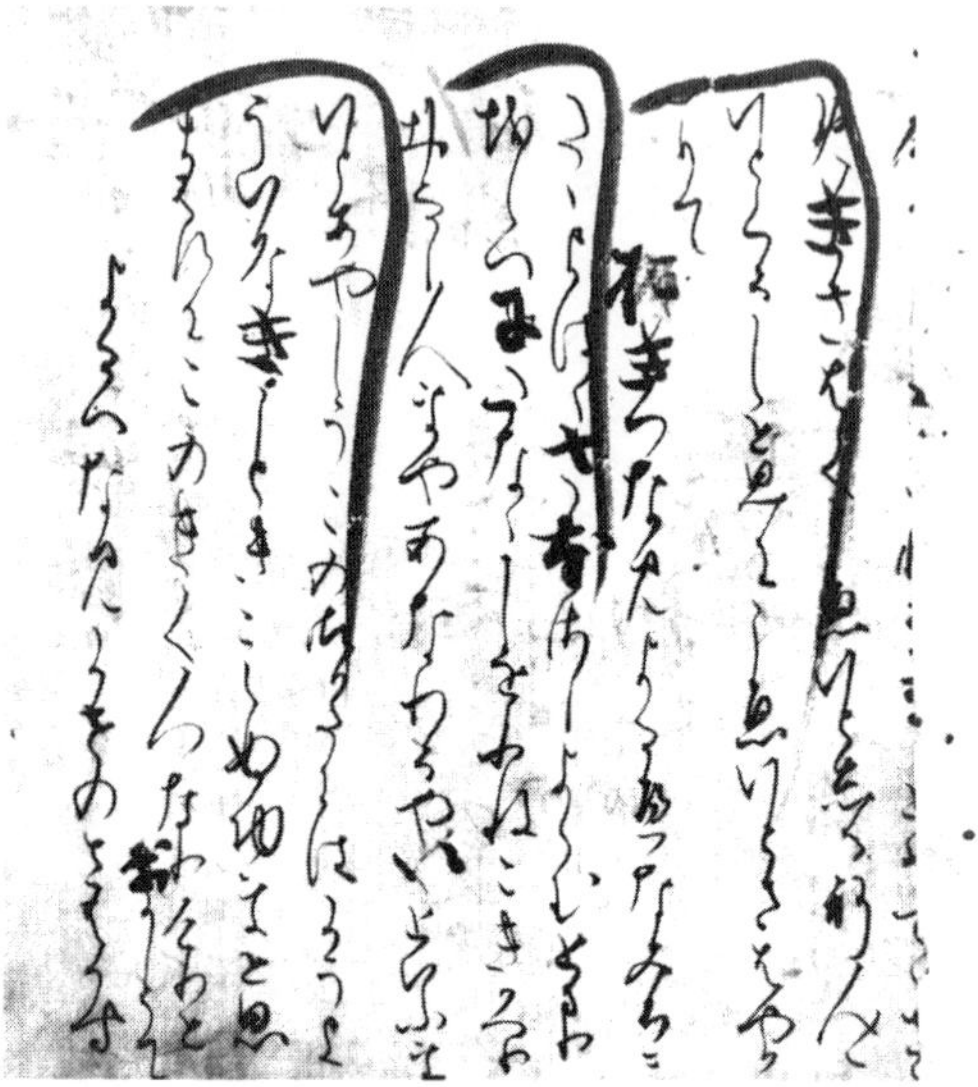

図2

1 めき（く）さはくこゑいとしるし人〳〵
2 いとくるしと思にこゑいとさはやか
3 にて
4 　お（を）きつなみよるへなみちに
5 たゝよはゝさほ（を）さしよらむとまり
6 をしへに（よ）たなゝしをふねこきかへり
7 おなし人をやあなわるや〳〵といふを
8 いとあやしうこの御かたにはかうよ
9 ういなき（く）こときこえぬ物をと思
10 まはすにこのきく人なりけりと
11 　　　　　　おかしうて
12 　よるへなみかせのさはかす
（以下裏面）
13 ふな人も思はぬかたにいそつたひ
14 せすとてはしたなかめりとや

う、この御方には、かう用意なきことを聞こえぬものをと、思ひまはすに、この聞く人なりけりと、をかしうて、

よるべなみ風の騒がす舟人も思はぬかたに磯(いそ)づたひせず

とて、はしたなかめりとや。

1行目　「く」の上に、太字で「き」と書くが、もとは「さざめく」としていた。
4行目　「を」の文字を削り、「お」とする。かな遣いの訂正。
5行目　「ほ」の下には「を」と書かれていたようで、かな遣いの訂正。
6行目　「よ」の上から太字で「に」としたと判断される。
7行目　「あなわるや」の次に「〳〵」を書き、削った上に「〃」と抹消の符号を付す。もとは「あなわるや」を繰り返す表現にしていた。
9行目　「く」の上から「き」と書く。
10行目　太字の「お」の下は別の文字だったようだが、判読できない。

右に示したのは、六半本からうかがえる書写の実態で、切断されなかった本文部分には、数多くの訂正や書き入れがなされていたはずである。ここから見てとれるように、定家は所持本を絶えず見直すことによって、よりよい本文にしていこうとの思いがあったのであろう。なお、訂正

前の定家本の本文が、「河内本」や「別本」と共通することなどは、煩雑になるためここではすべて省略する。

源氏が玉鬘を引き取ると、評判の高さから若い貴公子たちは心をはずませ、願いどおりに六条院は訪れる人びとではなやかさを増してくる。実の娘とは知らない内大臣（かつての頭中将）は、源氏をうらやみ、自分にもどこかにひっそりと育つ娘がいるはずと探しまわり、見つけたのが近江の君であった。田舎育ちの粗野で、貴族の教養も身につけていなく、内大臣は今さら引き取った娘の扱いに苦慮してしまう。その近江の君が、あろうことか夕霧に思いを寄せ、歌を詠みかけるのが右の「真木柱」巻の末に描かれる。

歌の末句の「とまりをしへよ」について、定家も当初は『奥入』の残存本文に見るように「よ」としていたのを、「とまりをしへに」と改めた。近江の君は、「私の乗っている小舟の棹を操って、そちらに寄って行きましょう」と、自らの意思を夕霧に伝える。「とまり教へよ」になると、「あなたはどこに泊まるのか、その場所を教えてほしい」と、命令的な確認を求める表現に変化する。「あなたの泊まる場所を教えてくだされば、棹をさして、あなたのそばに寄りましょう」という、やや強要する意味になってくる。

定家が訂正した「とまりをしへに」となると、「私が泊まる場所を教えるために」と、動作の目的を示す助詞となり、夕霧の泊まる場所ではなく、近江の君のそれとなる。わずかな「よ」と「に」の違いで、意味がまったく異なってくる。夕霧に「泊まる場所を教えてくだされば、私は棹をさして寄って行きましょう」という前提をつけた内容から、「私の泊まる場所を教えるために、小舟をあなたのそばに寄せましょう」と、近江の君は積極的な歌を詠んだと知られる。迫られた夕霧は、あわてて「寄るべ」がない私でも、「舟人」の訪れは困ると断ってしまう。定家は「に」にすることによって、二人の歌のおもしろさを強調したのだろうが、ふたたび「よ」に戻したのか、その後の定家系諸本には引き継がれない。

「初音」と「真木柱」巻の例を検討しただけで、そこには定家が本文の校訂に情熱を注いだ姿勢の一端をうかがい知ることができる。「河内本」が多数の本文を取捨選択して出現した混成本であるのに対し、定家本は古い本文に手を加えることなく書写しているため、より平安時代に近い『源氏物語』の姿をとどめていると評価されてきた。しかし実態はそうではなく、文字を削り、補入し、訂正するなどさまざまな方法を用いて新しい本文の作成に向かっていた。批判された巻末の注記は切り離して別冊にし、残された本文はその後も校訂の手を緩めなかった。本文の訂正を長年継続し、「証本」として書写したのが嘉禄元年本ではなかったかと思う。自筆『奥入』に残されたのは、定家の校訂作業の過程を示す本文なのであろう。それと注目されるのは、定家が訂正する以前の所持本は、「別本」や「河内本」と重なる性格をもっていたことである。

『奥入』の本文

このように定家が所持本から切り離して冊子本に仕立てた『奥入』には、その痕跡をなまなましく見ることができる。巻によっては、書写された料紙の都合上、裏面の注記だけではなく、表面の末尾の本文も一緒に切り取られ、物語の最後が欠けてしまう。元の冊子には料紙を継ぎ足し、欠けた本文の補写をしたはずだが、その伝本は残されていない。

『源氏物語』の大量の諸本を調査した池田亀鑑は、各巻の末尾に転記され、切り出される以前の状態の『奥入』を第一次本、切り離されて別冊になったのを第二次本『奥入』と称した（池田亀鑑の調査結果と、それがもたらした研究への影響については、のちの章であらためて確認する）。

定家自筆『奥入』の形状を「若紫」巻の例で示す。〔図3〕には末尾の本文を見ることができる。〔図4〕はその裏面で、本来は書かれていなかったのだろうが、右端の余白にA「若紫」と巻名を書き入れる。定家としては、〔図4〕Bの裏面以降の注記部分が必要だったが、一葉を切るとなると、どうしても反対面の本文も一緒についてきてしまう。このままでは「若紫」巻の末尾が切り取られて読めなくなってしまうため、あらためて紙を継ぎ足し、本文を元の冊子に補ったはずである。〔図3〕の大きく線を引いて消すのは、この部分が注釈ではなく、本文なので『奥入』には必要がないとの印である。

新発見の「若紫」巻を含む定家本の五巻と、切り離された自筆『奥入』一巻とは、判型をまったく異にしている。前者は四半本（タテ二一・九センチ×ヨコ一四・三センチ）と呼び、教科書や雑誌のA5判に近い大きさ、後者の定家自筆『奥入』は六半本（一七・五センチ×一七・四センチ）で、やや小ぶりな正方形に近い枡形本（ますがた）である。

このように同じ定家本であっても、四半本と、巻末を切り取って仕立てられた『奥入』の六半本とでは、判型が異なるため、定家は少なくとも二種の『源氏物語』の書写本を作成、保有していた。これ以外にも所持していた可能性はあるであろう。現存する本文からすると、四半本は比較的訂正が少ないのに対して、六半本に残る巻末の本文には、定家の訂正した痕跡が各所に見られる。六半本は日ごろ手もとに置き、校訂を繰り返していた本文なのかもしれない。定家は後白

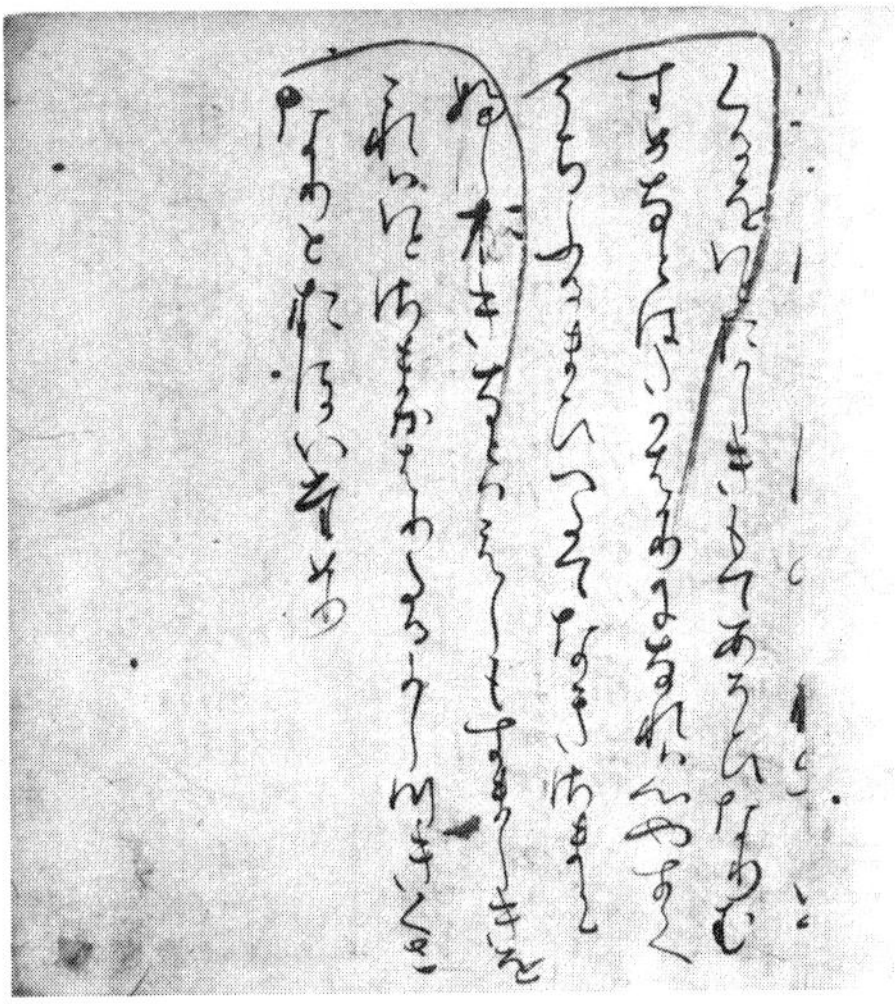

図3

B　A

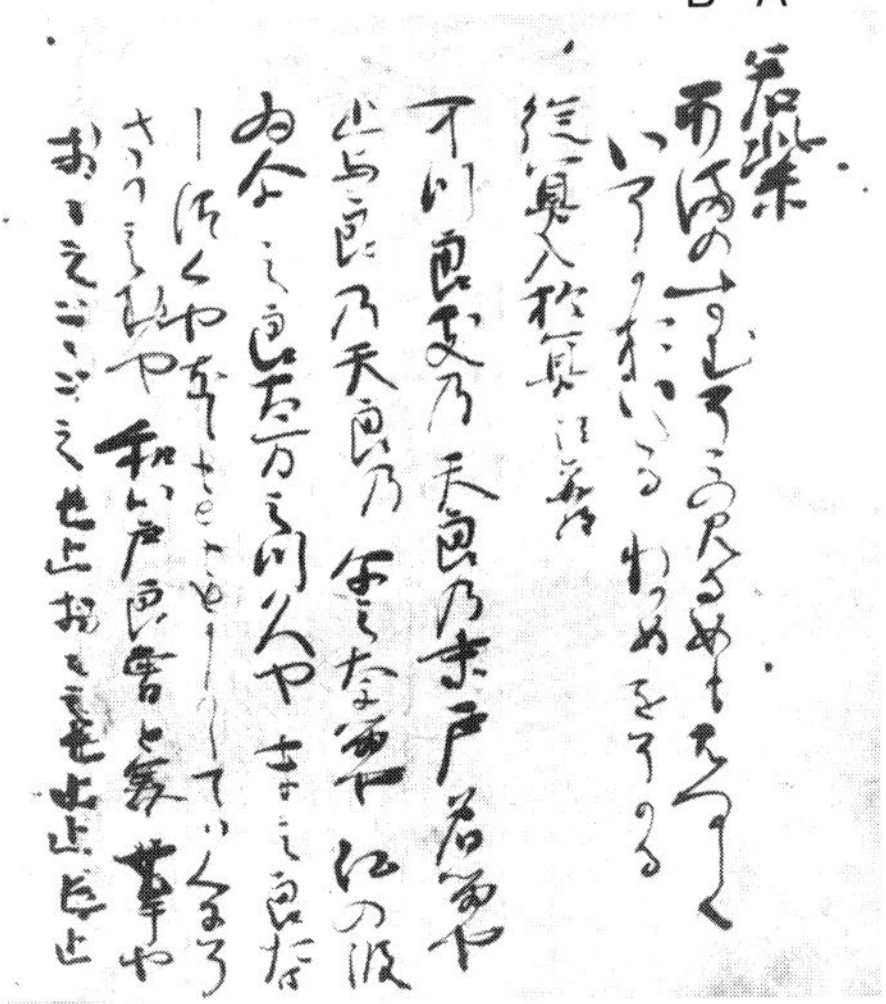

図4

河天皇の内親王、宣陽門院の所蔵本を書写し、それをもっぱら自家の本として利用していたのではないかと思う（これについてはのちに詳述する）。

嘉禄元年二月の書写本では、やや大きめの四半本に判型を変更したのであろう。ただ四半本から切り出した『奥入』は、今のところ残されていない。

池田亀鑑は『奥入』の成立順序を、新出の「若紫」巻に見るように、巻末に注記が付された形態を第一次本とし、切り出して別冊にした体裁を第二次本と想定した。注記内容がまったく同じであれば問題はないのだが、第一次本と第二次本では注記の異なりや増減も多く、むしろ逆の成立順ではないかとの見解も多く、現在も複雑な論議が重ねられている。単純に第一次から第二次へ、または第二次から第一次へといった問題ではなく、それぞれの段階において定家が絶えず注記の見直しをしていたのは確かなようだ。

『奥入』の識語に「桑門明静」とあるからといって、出家したのちに本文から切り離したとは限らない。すでに指摘したとおり、別冊となった第二次本『奥入』は、内容からはむしろ第一次本以前の成立ともされる。『奥入』の諸本には注記の多寡もあり、成立順を扱うには複雑すぎる。別冊にしていた『奥入』を、晩年になって整理し直し、成立のいきさつなどを書き入れたとも考えられるが、ここではこれ以上深入りしないことにする。

三　物語の歌合

『物語二百番歌合』の成立事情

従一位太政大臣の後京極良経は、学才にすぐれ、和歌や漢詩にもたくみで、自撰家集『秋篠月清集』があり、『新古今集』の撰進にも関与した。先にも述べたように、『六百番歌合』を主催して俊成に判を求めるなど、当時の歌壇には大きな存在であった。物語の歌を編纂して歌合の体裁にすることを、定家は良経から求められ、『源氏物語』『狭衣物語』の歌一〇〇首ずつの『百番歌合』（『源氏狭衣百番歌合』）と、『源氏物語』と『夜の寝覚物語』以下一〇作品の物語の歌を抜き出した『後百番歌合』（『拾遺百番歌合』）を作成する。二つをまとめて『物語二百番歌合』と称しており、成立した時期は不明だが、建久年間（一一九〇―一一九八）、定家三十歳代ではなかったかとされる。定家が『源氏物語』を盗まれた時期に相当し、以後嘉禄元年に至るまで家には「証本」がなかったと表明する。

『物語二百番歌合』の巻末に、

此の歌、先年、後京極殿の仰せにより、宣陽門院御本の物語を給ひて撰進するところなり、私草借失はれ了はんぬ。仍て更に書写本を求め、これを書き留めせしむ。

（この歌合は、先年、良経の仰せにより、宣陽門院〈後白河院内親王覲子〉所蔵の本を借りて、撰集して提出した。私の『源氏物語』は、人に貸したまま失ってしまった。そのため、本を借り出して書写し、架蔵本にした）

と定家は書きつける。『源氏物語』の歌を抜き出すには、本文が手もとになければ仕事にならない。定家とはどのような関係があったのかわからないが、宣陽門院の所蔵本を借り受けたという。後白河院は覲子をことのほかかわいがり、建久二年（一一九一）に院号を授け、膨大な遺産も譲与しており、その中に院秘蔵の『源氏物語』も相伝したのではないかと想像する。

良経邸での和歌の詠作にもしばしばかかわっていた定家は、俊成の「源氏見ざる歌詠みは遺恨のことなり」の影響もあり、『源氏物語』の和歌の撰進が求められたのであろうか。折あしく、定家が所持していた本は人に貸して返却されないままとなっており、手元には歌集に用いるほどのよい本文がなかった。この事実は、『明月記』の嘉禄元年二月の条に「建久のころ盗まれ了んぬ」としていた記述と符合する。宣陽門院本は、世に知られた素性のよい本文ということもあり、和歌の関係によるのか事情は明らかではないが、しばらくの貸与を願い出たのであろう。

『物語二百番歌合』の作成を機会に、定家は借りていた宣陽門院本を書写して架蔵本とした。定家はこの転写本をもっぱら愛用し、校訂を重ねることによって「証本」へと成長させていったのではないかと思う。自筆『奥入』の六半本がその折の本なのか、別途転写本を作成していたのかなど、推測を重ねていくときりがない。

『明月記』元久二年（一二〇五）一二月七日に、

院より召しあり、未の時（午後二時頃）ばかりに馳せ参る。……清範朝臣を以て仰せられて云はく、「物語の中の歌書き参らすべし、源氏以下也」、有家朝臣とともに此の事を承る、但し荒涼極まりなし、仍て粗歌の事を書き出だし、よろしき物語の名奏覧を経る、此れ等書くべき由仰せごとあり。

と、物語和歌の抄出についての記述を見いだす。

後鳥羽院の御所に参上すると、近侍する藤原清範（俊範）を通じて「物語の和歌を抜き出すように」との命である。内容は「源氏以下」とするので、定家がすでに作成したことのある『物語二百番歌合』と似たような内容だった。『六百番歌合』に出詠し、定家とも親密な藤原有家朝臣との共同の作業である。定家は「荒涼極まりなし」と述べているので、漠然としすぎた、きわめて大ざっぱな内容と感じたようだ。おおよその歌について書き、『源氏物語』以外の物語の名も列挙して御覧に入れると、「この方針でよい」との仰せであった。

五日後の一二月一二日にも、院の御所に参上して謁見したのち、「家長を召し返し、物語歌、有家朝臣と両人に仰す。仰せを承り退出す」とある。歌会のために参上したようで、退散しかけるとしばらくとどめられ、後鳥羽院から源家長を通じて、有家と二人に「物語歌」の「仰せ」があったとするのは、催促したのであろう。

定家は『明月記』に、建久のころ、『源氏物語』が盗まれ、嘉禄元年に念願の「証本」の書写を果たすまで、三〇年ばかり家に本文がなかったと記していた。まったく所持していなければ、歌人としての活躍もおぼつかないはずで、幾度か指摘してきたように、家の本とすべき「証本」が存在しなかったにすぎない。後京極良経から求められて『物語二百番歌合』を作成したのは、盗難に遭った直後だったようで、信頼に足りる本文が家にはなかったため、定家は宣陽門院本を借覧していた。

定家は宣陽門院を転写し、家の本にしたとしているので、後鳥羽院は一連の経緯を知った上で、物語の和歌抄出を求めたのであろう。定家は、新たに手にした後白河院から伝わる素性のよい本文を重宝し、注記を書き入れ、本文の校訂も長年にわたって続けたはずである。定家の「証本」の源流が、後白河院から伝わる伝本であったとするのも一つの仮説にすぎないが、定家は少なくとも宣陽門院本を書写して所持したのは確かである。それが切り出された『奥入』につながると想像したいところで、本文は「河内本」や「別本」と共通する性格をもっていた。定家は長い年月の間、他本とも校合を重ね、自分なりの『源氏物語』の姿を求めて校訂を続け、やがて「証本」に定着したと、私なりの本文の成立過程を示しておきたい。

『物語二百番歌合』に残る本文

『物語二百番歌合』の冒頭は、次のような歌の組み合わせで始まる。

一番　恋部

左　中将ときこえし時、かぎりなく忍びたる所にて、あやにくなる短夜(みじかよ)さへほどなかりければ　六条院

見てもまた逢ふ夜まれなる夢のうちにやがてまぎるる我が身ともがな

右　譲位のこと定まりて後、忍びて斎院にまゐりて、いでさせ給ふとて　御製

めぐりあはむかぎりだになき別れかな空行く月のはてを知らねば

左の歌は、源氏が中将であったころ、内裏から里に退出していた藤壺中宮のもとに強引に忍び入り、翌朝「あやにくなる短夜にて、あさましうなかなかなり」(若紫)と、逢瀬の短さを嘆き、別れの悲しみを訴えて歌を詠みかける。「六条院」は源氏の最終の呼称で、歌合全体をとおして用いられる。歌が詠まれた背景の説明として、『源氏物語』の内容を要約し、傍線の部分のよう

に一部は原文を引いて詞書とする。

右は『狭衣物語』（巻四）の引用で、狭衣大納言が帝位に就くのに伴い、幼いころから思慕していた源氏宮が斎院となり、賀茂を訪れて別れを惜しむ場面を要約して示す。「御製」は、狭衣が最終的に帝となったことによるもので、巻一の引用から統一して帝とされる。

以下、詞書として引用する『源氏物語』の本文の性格を検討していく。

冷泉院の后の宮、あやしと聞きし夕べこそはかなく消えにし露のよすがも、ときこえ給ふに

1　君もさはあはれをかはせ人しれずわが身にしむる秋の夕風（八番左）

源氏が冷泉帝に入内した秋好中宮を訪れ、はかなく亡くなった六条御息所（中宮の母）を回想して歌を詠みかける。『源氏物語』には、「いつとなきなかに、あやしと聞きし夕べこそ、はかなう消えたまひにし露のよすがにも思ひたまへられぬべけれど」（薄雲）と、ほとんどそのまま本文を引用する。違いは「消えたまひにし」の「たまひ」がないだけだが、定家は歌合の詞書にするため、意図して削除したとは考えられなく、依拠した宣陽門院本にはなかったのであろう。

紫上隠れたまひて次の年、祭の日、かたはらに置きたる葵を院御覧じて、「このかざ

しよ、名さへ忘れにけり」との給はせければ　六条院中将

2　さもこそはよるべの水に水草（みくさ）ゐめけふのかざしよ名さへ忘るる（八十六番左）

紫上は前年の秋八月一四日に、四三年の生涯を終える。悲しみに暮れる源氏は、翌年四月の賀茂の祭の日を迎え、傍らに置かれた葵の花を目にしても、髪に挿して飾る「葵」（「逢ふ日」をかける）の名さえも忘れてしまったと口にし、控えていた女房の中将の君が「さもこそは」の歌を詠む。「大島本」の本文を引くと、

葵をかたはらに置きたりけるを、寄りて取りたまひて、「いかにとかや、この名こそ忘れにけれ」とのたまへば（幻）

とあり、詞書とほぼ共通する。具体的に説明するため、「かたはらに置きたる葵を」と「葵」のことばを補う。ただ源氏の発言する「いかにとかや」は、詞書の「このかざしよ、名さへ忘れにけり」とはかなりの違いである。

夕立ちのなごり涼しき宵のまぎれに、温明殿（うんめいでん）のわたりをたたずみ歩（あり）きたまふに、琵琶をいとおもしろく弾けば、東屋（あづまや）を忍びやかにうたひて、立ち寄りたまへるに

3 源典侍

立ち濡るる人しもあらじ東屋にうたてもかかる雨そそきかな（『後百番歌合』七番左）

夕立のあと、源氏が温明殿のあたりを歩いていると、琵琶を弾き、歌う声が聞こえるため、「催馬楽」の「東屋」の一節を口にして部屋に寄っていくと、内から源典侍が歌を詠みかけてくる。本文には、

夕立して、なごり涼しき宵のまぎれに、温明殿のわたりをたたずみありきたまへば、この内侍、琵琶をいとをかしう弾きゐたり。……東屋をしのびやかにうたひて、寄りたまへるに、（紅葉賀）

とあり、傍線を引くまでもなく大半は本文をそのまま引用する。「をかしう弾きゐたり」が、詞書では「おもしろく弾けば」とあり、「寄りたまへるに」は「立ち寄りたまへるに」と、それぞれの違いが見られる。とりわけ「をかし」と「おもしろく」は定家の写し誤りとはいえず、「立ち寄り」にしても、定家は依拠した本文に従ったまでであろう。

内裏の御使ひにて、桐壺の御息所の母のもとにまうでて、待ちおはしますらむと急ぎ

帰るに、月入り方近き空清く、風涼しく吹きて、草むらの虫の声々（こゑごゑ）もよほし顔なるに
靫負（ゆげひ）の命婦（みやうぶ）

4　鈴虫の声のかぎりを尽くしても長き夜あかずふる涙かな（『後百番歌合』五十一番左）

桐壺更衣が亡くなり、里の母北方のもとに、桐壺帝は靫負の命婦を弔問に遣わす。夜も更けて月は西に傾きかかり、空は晴れ渡って風は涼しく吹き、草むらにはしきりに虫がなごり惜しそうに鳴く。帰参して帝に報告しなければと、急ぐ命婦の心を引き留めるようでもあった。「大島本」では、

月は入りかたに、空清う澄みわたれるに、風いと涼しくなりて、草むらの虫の声々もよほし顔なるも、（桐壺）

とあり、「月入りかたに」は「月入り方近き」、「いと涼しく」は「涼しく」とし、それぞれ違いを見せる。

紫上隠れたまひてまたの年の夏、御前の池の蓮（はちす）さかりなるを、いかで涙のとながめくらさせたまふ夕つ方、ひぐらしのはなやかに鳴きいでたるに

5　つれづれと我がなきくらす夏の日をかごとがましき虫の声かな（『後百番歌合』九十七番左）

先にも引いた、紫上が亡くなった翌年の夏、池の蓮の花が今をさかりと咲いているのを目にし、しおれるばかりの自分の姿と対比し、源氏はますます悲しみに浸る。「大島本」には、

池の蓮の盛りなるを見たまふに、「いかに多かる」など、まづおぼしいでらるるに、ほれぼれしくて、つくづくとおはするほどに、日も暮れにけり、蜩(ひぐらし)の声はなやかなるに、（幻）

と描写される。

源氏が「いかに多かる」のことばが浮かんだのは、『伊勢集』（九世紀の宇多天皇中宮温子に仕えた、女流歌人伊勢の私家集）の、

悲しさぞまさりにまさる人の身にいかに多かる涙なるらん

の歌を、連想したことによる。さらに伊勢の歌が詠まれた背景は、敦慶(あつよし)親王（宇多天皇皇子）が亡くなり、四十九日の法要も終えて、人びとがそれぞれ帰ってしまったあとの寂しさを歌う。敦慶親王と伊勢との間には、歌人としても知られる中務(なかつかさ)が生まれていた仲である。

伊勢は恋人を失った悲しみに嘆き、源氏は紫上を亡くして一年の月日が過ぎても、変わらず涙のあふれる思いだけに、二人の死者への追懐の情は重なってくる。

藤原定家は、「いかに多かる」の典拠は伊勢の歌を引歌として『奥入』に示し、その解釈は現代の注釈書でも変わらず継承される。ところが定家が『後百番歌合』で引用した本文は、「いかで涙のとながめくらさせたまふ夕つ方」とあり、ここから伊勢の歌は浮かび上がらない。「いかで涙の」のことばをもつ古歌としては、

知る人もなくてやみぬる逢ふことをいかで涙の袖にもるらん（『元輔集』）

を見いだす。清原元輔（九〇八―九九〇）は三十六歌仙の一人で、清少納言の父であり、『後拾遺集』（巻十二、恋二）にも入集し、広く知られた歌であった。「知る人もなくて済んだ恋だったのに、どうして涙は袖に漏れ、人にも漏れ知られたのであろうか」とし、故人への追憶の涙でないため、紫上への悲しみに耽る源氏にはふさわしくないかもしれない。

『源氏釈』には伊勢の歌を引くので、伊行所持本も「いかに多かる」の本文だったのであろう。ただ定家が用いた宣陽門院本は「いかに涙の」とあり、その本文を用いて『後百番歌合』を作成した。平安時代末期には、少なくとも定家も認める有力な本文として流布していたのであろう。定家はかつて信頼のおける本文を所蔵していたはずだが、「建久の頃」に盗まれてしまった。

そのころに後京極良経から『物語二百番歌合』の作成を依頼されるが、幸いにも後白河院皇女の宣陽門院本を用いて作成することができた。すぐれた本文の所在を知った良経が、定家のためにと借り出してくれたのかもしれない。後鳥羽院からも、同種の歌合作成の依頼があり、ここでも宣陽門院本を用いることにした。そのようにして生まれた二種の「物語歌合」だが、そこに引かれた本文は、現存する「青表紙本」系統の写本とはかなりの違いを各所に見いだす。煩瑣になるので指摘しなかったが、多くは「河内本」や体系的に整理のできない「別本」の本文と共通する。

定家は宣陽門院本を転写して架蔵本にしたと述べているように、この本文が定家本の基本となったのであろう。『古今集』や『伊勢物語』の作業で確認したように、定家は理想とする本文の校訂作業を持続していく。その具体的な姿を示す一つが、残存する自筆『奥入』の「六半本」である。一応の成果を得た定家は、嘉禄元年に五四帖の「証本」にすべく、四半本にした書写に踏み切ったものと思われる。

定家本がはじめから現在見る「青表紙本」の本文として存在していたわけではなく、「証本」の出現までには、「河内本」や「別本」と称する他の本文とも共有する性格ももっていた。「いかに多かる」の引歌一つにしても、よりふさわしい場面の表現を追求し続け、時には削除し、新しい典拠を求めて本文を変えるなどの判断を続けたのであった。

七章　御子左家の「青表紙本」の相伝

『源氏物語団扇画帖』「紅葉賀」
(『日本古典籍データセット』国文学研究資料館蔵より)

一　定家「青表紙本」の伝来

「青表紙本」の帰属争い

定家は御子左家を確固たる歌の家とするため、勅撰集の『古今集』から私家集、私撰集、『伊勢物語』の物語類など多岐にわたる古典籍の収集に務め、女房たちも動員して書写作業を進めてもいた。父俊成の『源氏物語』を含むコレクションも、膨大な集積となっていたはずである。子の為家も書写に務めているため、御子左家の蔵書は当時稀有な存在として世に知られていた。

父定家の没後、為家は歌壇でも重きをなすようになり、勅撰和歌集の撰進をし、鎌倉将軍宗尊(むねたか)親王の信任も得て歌道師範家の地位を安泰にしていた。康元元年(一二五六)に五九歳で出家し、晩年は嵯峨の中院山荘で安嘉門院四条(のちの阿仏尼)と過ごし、建治元年(一二七五)五月に七一歳で亡くなる。

御子左家の争いが生じたのはこのあとで、長兄の為氏、弟の為教、異母弟為相（母は安嘉門院四条、為家没後出家して阿仏尼と名乗る）との三者の間で遺産相続の問題が生じ、二条家、京極家、冷泉家に分立してしまう。為家は播磨国細川庄を為氏に譲ることにしていたが、側室の安嘉門院四条の求めにより、譲り状を書き換えて幼い為相の名とする。それが領地をめぐっての争いとなり、出家の身となった阿仏尼は、弘安二年（一二七九）に鎌倉幕府へ訴訟のため都を出立する。東海道を下る旅日記と、鎌倉滞在の生活などをまとめたのが、よく知られる『十六夜日記』である。

為家の遺産は土地だけではなく大量の古典籍もあり、それぞれ三家への分割相続となり、時代の変転に翻弄され、現在では冷泉家だけが存続し、数多くの定家筆本及び収集本が残される。為家は『風葉和歌集』の編纂者かとされ、歌集の詞書に用いられた本文には「巣守君」が登場するなど、所持していた『源氏物語』は定家の「青表紙本」とは異なる内容をもっていたことはすでに述べた。定家が長年の努力の末に完成させた「証本」は、世間においても、身内であってもまだ『源氏物語』の一般的な本文として利用されてはいなかった。

定家——為家＝頼綱女
　　　　├（二条家）為氏——為世——為通——為定
　　　　└（京極家）為教——為兼
為家＝阿仏尼
　　　　└（冷泉家）為相——為秀

御子左家系図

天皇から勅撰和歌集の撰集を命じられるのは、歌人としての名誉であり、歌道の家にとっては必須の要件でもあった。八番目の『新古今集』(後鳥羽院)、九番目の『新勅撰集』(後堀河天皇)は定家が撰者となって以降も、為家が一〇番目の『続後撰集』、一一番目の『続古今集』と続き、一二番目『続拾遺集』は二条為氏、一三番目『新後撰集』は二条為世と、為家のあとを受けて歌道家の師範の地位を保ったのは二条家であった。

皇統は持明院統と大覚寺統とによる皇位の継承で均衡を保っていたが、足利尊氏が光明天皇(持明院統)を擁立したことで、政争は一気に表面化する。対抗して後醍醐天皇が行宮を吉野に移し、京都の北朝と南朝に天皇が同時に在位するという、異常な南北朝の世が五七年も続くことになる。

歌道家もその混乱の渦に巻き込まれ、浮沈の憂き目に遭遇する。一四番目『玉葉集』は持明院統の伏見院によって京極為兼が撰者となり、一五番目『続千載集』は後宇多院(大覚寺統)の勅命により二条為世、一六番目『続後拾遺集』は後醍醐天皇から二条為定へと戻ってくる。持明院統の花園天皇は、歌道の師であった京極為兼に勅撰集の撰集を求めるつもりだったが、阻止に動いたのが二条為世であった。為世は延慶三年(一三一〇)一月に、花園天皇の父伏見院(大覚寺統)に、為兼は撰者として不適当であると訴える。為兼は反駁して陳状を提出するなど、両者で三回にわたる訴陳が繰り返される。争いは相伝した文書から歌学の内容にまで及ぶほどで、経緯は『延慶両卿訴陳状(えんきょうりょうきょうそちんじょう)』によって概略を知ることができる。

注目されるのは、二度目の為兼による陳状で、

> 彼卿（為世）相伝の文書は、定家卿自筆の古今集一部、貞永記（じょうえいき）廿巻、青表紙源氏物語一部なり。源氏物語においては、為氏卿の存日に、猶（なほ）借り失はれ了（をは）んぬ、今においては一向これ無しと云々。

と、二条家が相伝した典籍を具体的に記す。「定家卿自筆」の表現は「古今集一部」の後の、「貞永記廿巻」「青表紙源氏物語一部」にもかかるのであろう。定家が書写、所持していた『源氏物語』が「青表紙」と呼ばれる記録の初見で、青色の表紙で装丁され、御子左家の継承者である二条家に伝えられていた。「青表紙源氏物語」と称するのは、定家本の中でも特別な本文と認識され、正統な存在を示す証（あかし）でもあった。

訴状では、「俊成卿自筆古今集」が武家にもち去られたとか、為相は記録類一合（資料を入れた箱）を貸したまま放置しているなどと、二条家における伝来資料の粗略な扱いを指摘する。自家の正しさを述べ、相手方を非難する論弁なので、真偽のほどは明らかでない。

撰者の任命をめぐっての紛糾は続くが、花園院の強い意志のもとに編纂は進められ、南北朝統一後の貞和五年（正平四、一三四九）に、為兼が『風雅和歌集』（一七番目の勅撰集）として撰集を果たす。為兼の没後京極家は断絶し、一八番目の『新千載和歌集』は二条為定が任にあたった

とはいえ、二条家も数代後に血脈が絶えてしまう。冷泉家は争いの舞台である京都を離れ、鎌倉幕府に仕えて和歌や連歌の師範として活躍したこともあり、家系は途絶えることなく現代へと多くの古典籍も保存されていく。

「建久の頃」に『源氏物語』は盗まれてしまったが、すでに述べたように、定家は宣陽門院本を書写して架蔵本としていた。定家はそれを基本とし、注記を書き入れ、各種の伝本と照合して本文の校訂を続けていった。最終的に御子左家の所蔵本とするため、「家中の小女等」の動員によって書写し終えたのが嘉禄元年二月で、「昨日表紙訖」とするのが青色の表紙であり、「証本」と位置づけていた。ほかに転写した本文が存在したかもしれないが、定家がもっとも大切にしていた五四巻だったのであろう。為兼は訴陳において、反駁の材料の一つに、重要視されてきた定家の「青表紙本」は為氏の時代に人に貸して失っていると暴露し、二条家は勅撰集の撰者になる資格はないと糾弾する。

為世は「二条家の所蔵する文書を為兼が知るはずはなく、いいかげんなことばで不都合なこと」と主張し、二条家の文書はすべて先祖から受け継ぎ保有していると強く反論する。「青表紙本源氏物語」の紛失は、不当な難癖にすぎないといいたいのであろう。

「継母抑留の文書においては、まづ七合召し下さるるの間、皆雑文書たるの間、返し遣はされをはんぬ」と、冷泉家の継母（阿仏尼）との間でも書籍も含む文書の所有権争いがあり、留め置かれていた資料箱の七合が二条家に戻されたが、内容は雑文書ばかりだったので返却したとも記す。

為家没後の文書の分割は、遅滞なく進められたとは考えられず、三家で帰属を求めて何かと激しい駆け引きもあったのであろう。勅撰集の撰者に任命されると、過去の数々の和歌資料の確認もしなければならず、未収録のすぐれた歌の採録、意義づけなどと、歌学者としての見識も問われてくる。

京極家から、二条家の文書の扱いは粗略で紛失もしている、などとあげつらわれると、為世は嫌疑を晴らさんとばかり、これまで二度の火災に遭遇したが、「文書においては、一紙といへども、焼失せざるものなり。世の知るところ、人の存ずるところなり」と、強い調子で、伝来する文書は一枚たりともおろそかにしたことはなく、世間周知の事実だと表明する。京極家との争いは具体的な典籍の例を示すほか、歌道の理念にも発展するなど尽きることがなかった。

「青表紙本」の行方

『源氏物語』の基本ともなるべき「証本」は、早く為氏のころに紛失しているとの為兼の非難に、為世は反駁しても、具体的に所持しているとの証拠は示していない。すでに二条家では所蔵していなかったのかもしれない。これ以降も、「証本」としての「青表紙本」と、定家が所持していたほかの『源氏物語』の写本とが混同されたり、あるいは同一視されたりしていく。定家が「建久の頃」に盗まれたという『源氏物語』も定家本であり、宣陽門院本の転写本も定家本、嘉禄元年の「証本」と称した本文も、総称すれば定家本となる。とりわけ定家が喜びを表明した五四巻の「証本」は、青色の表紙で装丁され、御子左家の本として為家から為氏へと引き継がれていたのであろう。

為氏に関しては、室町時代末期に成立した注釈書『岷江入楚』（中院通勝著）の「諸本不同」に、興味深い逸話が残される。

此の青表紙は定家より為氏まで伝はりたるを、ある時、為氏見くたびれてこの本を枕にして、そとまどろまれたるを、為氏の継母阿仏の見つけて、家本を聊爾にすると為家卿へ訴へて、取り返されたるとなり。其の後、また為氏卿へ返しつかはされけるが、阿仏和讒にて奥入をば切り出して、物語の本ばかり為氏へ返されたりといひ伝えたるぞ。此の事三光院内府のものがたりにてはべりき。

中院通勝は内大臣三条西実枝（三光院、実隆孫）の『源氏物語』の講釈を聞いた中で、青表紙本の伝来について興味深い話を書き留めたようだ。ありえないことだが、為氏は「青表紙本」を読んでいて疲れてしまい、つい本を枕にしてうたた寝をしてしまった。それを見つけた阿仏尼が、家の大切な本を軽率な扱いをすると為家に訴え、すでに為氏へ譲渡していたのであろうか、取り戻してしまったという。

為家と阿仏尼（出家前）は同居していたのか、一部の「文書」類はすでに三家に遺産分けされていたのであろうか。「青表紙本」を粗略にしていると非難して引き取り、「和讒」とするので、為家にはうまく取り込み、為氏の中傷をし、巻末の『奥入』を切り離して手もとに留め、本文だけを返却したとする。現存する定家自筆六半本の『奥入』によると、各巻末を切り離して別冊にしたのは、出家後の定家自身の作為だったはずである。嘉禄元年の「証本」も、『奥入』だけ別冊に仕立てていたのであろうか。

為家の手もとから、生前か没後かは不明だが、「証本」とも呼ぶべき『源氏物語』が、二条家の為氏に伝えられたのは『延慶両卿訴陳状』によって確かであろう。定家が所蔵していた複数の『源氏物語』の巻末注記を、すべて切り離して『奥入』としていたわけではなく、裁断したのは六半本であり、嘉禄元年に書写した「証本」と混同してはならない。通勝が聞いた話も、そのあたりが絡み合って伝えられていたのであろうが、阿仏尼が為氏のもとから『源氏物語』をもち去ったとか、手を加えて返却したなどといったあたりは、古典籍をめぐる遺産相続争いが背景にあったと想像される。

『源氏物語大成』に引かれた「現存重要諸本」の項目には、

鳳来寺本源氏物語　冷泉為相・二条為世両筆
徳本旧蔵本源氏物語　為相による正応四年（一二九一）に「青表紙本」を書写したとの識語
前田家本源氏物語　為氏筆「椎本」巻

といった貴重な古写本が紹介される。ほかにもしばしば「定家本」とか「青表紙本」を用いたとし、伝承筆者には為家、為氏、為相などの名が示される。定家の評価が高まれば高まるほど定家本に人気が集まり、ゆかりのある為氏とか為相の名に仮託した書写本も出回ったのであろう。すでに指摘したように、嘉禄元年の「証本」が「青表紙本」だったのか明らかでないまま、「六半本」以外にも定家のかかわる『源氏物語』は存在しただろうが、いずれも判別することなく混用してしまった感がする。

室町時代の歌僧として知られる正徹（しょうてつ）筆による、徳本旧蔵本『源氏物語』の「桐壺」巻末には、

> 去る正応四年の頃、此の物語一部、家本を以て一字違（たが）はず模す所也、此の巻は舎兄慶融法眼筆也、証本たるべきか　通議大夫藤為相判

とし、さらに「多本を以て校合すといへども、猶青表紙正本（定家卿本也）不審の処は、為相卿正応の比、青表紙書写の本を以て出来るの間、一校を加ふる処云々」と記される。為相は家の本を用いて書写し、「桐壺」巻は義理の兄で歌人としても知られる慶融（けいゆう）（父は為家、仁和寺僧）の筆跡とする。正徹は嘉吉三年（一四四三）七月から『源氏物語』の書写に取りかかり、三年かけて終えている。多くの本を見て作業を進めたが、不審な箇所も多くて困っていたところ、思いがけなくも為相本

が出現した。正応四年（一二九一）ころに、為相が「定家卿本也」とする「青表紙本」によって書写したと、記述は続いていく。正徹は為相本と読み合わせ、誤りも正して全巻の書写を無事果たすことができたという。残念だが、その為相本は現在伝わらない。「正本」とするのは、定家が日記に記す「証本」の意なのか、かつて為氏が父為家から伝えられた「青表紙本」と同一なのか、厳密なところは判然としない。

正徹は冷泉家の門流にあり、その祖ともいうべき為相による「青表紙本」の書写本を見いだし、感動して自分の本に転記したのであろう。為相が「家本」と称する定家の「青表紙正本」は、正応四年以前に二条家から冷泉家の所有になっていたと知られる。為兼はこの事実を取り上げ、為氏の生前にすでに「借り失はれ了んぬ」と、二条家には存在しないとし、勅撰集の撰者になる資格はないと指弾したのであった。「青表紙本」が漂流するはじまりでもある。

流浪する「青表紙本」

「青表紙本」が二条家から離れた事情は明らかではないが、背景に阿仏尼の強引な動きがあったのかもしれない。阿仏尼が為家に訴えて取り返したというのは事実に反し、二条家に伝えられていたはずだが、「青表紙本」は冷泉家の遺産とする約束であったとか、細川庄の領有争いで鎌倉へ下るほどの情熱があるため、訴訟の関係で手放す結果になったのか、さまざまな想像もしたくなる。阿仏尼は、見返りとして冷泉家本になっていた六半本定家自筆『奥入』を為氏に譲渡したとも考えられる。複雑な伝来の経緯が、歌人たちの間で語り継がれ、通勝は「青表紙本」の伝来を実枝から聞いて興味ある話と、『岷江入楚』に書き記したのであろう。

宮内庁書陵部所蔵『源氏物語』（五四巻）の「桐壺」巻末には、次のような記述がある。

延元々年三月廿一日、青表紙御本京極入道中納言家御自筆を申し出で候ふ。一条猪熊旅所、写功を終ゆ。御子左黄門御入筆所々にこれあり。重宝たるべきか。
康永二年七月廿八日　校合訖んぬ、　兼好宣名

『徒然草』でも知られる兼好が、延元元年（一三三六）三月に定家自筆「青表紙本」を願い出て書写し、七年後の康永二年（一三四三）七月に校合を終えたとする内容である。現存するのは兼好筆本ではなくその転写本だが、「一条猪熊旅所」で書写し、後年に再度本文の点検をしたという。冷泉家が仮の住まいとしていた場所なのか、別の貴族の仮御所だったのか、これだけでは判明しない。

今川了俊（一三二六―一四二〇）の『師説自見集』（源氏六帖抄）には、

抑も青表紙本と申す正本、今は世に絶たる歟。昔かの本未失時、兼好法師を縁にて堀河内府禅門の本に校合有し時、一見仕し也、其は詞もあまた替りてみえし也、其時草紙の

寸法までも写したりし本在之。

凡天下に今源氏物語の号は河内本・青表紙本此二本也、説のかはりたる事はおほからぬ歟。多分同物也、さのみ才覚をいはんとて、素寂か注加たる事等多歟。然間定家卿の注には不審、未考などとかかれたる事も有にや、如何様にも詞は青表紙の本猶面白く存也、

とあり、了俊はかつて兼好のつてによって、堀河内大臣具親のもとで「青表紙本」を見る機会を得て校合に用いたという。これによれば、「一条猪熊旅所」は具親が滞在していた場所となり、冷泉家の所蔵ではなかったことになる。具親は暦応三年（一三四〇）に出家（四六歳か）しているので、了俊が「青表紙本」を見たとするのは、これ以降になる。具親に親しく仕えていたのが兼好であり、一連の記述に矛盾はない。了俊の目にした「青表紙本」は、「其は詞もあまた替りてみえし」とし、当時流布していた本文と定家本はかなり相違があったという。了俊は、拝見した折に寸法までも測って写し取っていたが、「青表紙本」はその後所在不明になってしまった。

了俊によると、今の世に流布するのは「青表紙本」と「河内本」の二本で、両者の説はそれほどの違いはなく、河内家の素寂は注釈内容が多く、定家の注記には「不審」「未考」などと書いている部分が多いともする。多くの伝本で混乱していた時代が続き、「青表紙本」と「河内本」の出現によって両本に淘汰されていった。注とは『奥入』を指しているようで、堀河具親のもとで目にしたのは六半本の別冊本ではなく、「青表紙本」の巻末に付された状態を指すのであろう。

現存する『奥入』の第一次本・第二次本には、「不審」「未考」の書き入れはなく、後者に「未勘」を二例見る程度なので、成立については複雑な事情が想像される。

時代的な傾向なのか、それまでは河内本が主流をなしていたが、「如何様にも詞は青表紙の本猶面白く存也」と「青表紙本」の評判が高まっていた。定家自筆本の行方は知れないが、その転写本が世に広まり、「河内本」よりも本文はすぐれているとする。このころを境にして、「青表紙本」の評価が定着し、河内本は少しずつ隅へと押しやられていく。

弘和元年（一三八一）に成立した、長慶天皇による『仙源抄（せんげんしょう）』は、別名「源氏いろは抄」とも称されるように、語釈をいろは順に並べた辞書である。世に流布する注釈内容が煩雑すぎるため、簡便に一冊にまとめたとし、「定本」「定家説」などとする定家の本文や注記も五〇例近く引用する。同書に「定家卿自筆」本は「極楽寺入道所持本」とするので、鎌倉幕府執権北条義時の三男北条重時（しげとき）（一一九八―一二六一）の所持本であったことになる。同家に伝存する定家本の存在を知り、長慶天皇は注釈書を作成するのにあたって借り出したのであろう。「青表紙本」とはないが、鎌倉在住の冷泉家から北条氏に伝来したことは充分に考えられる。

定家本は鎌倉から京都の堀河具親に流伝し、兼好が転写し、了俊が閲覧したというのであろうが、それが正統な「青表紙本」であったとの保証はない。

二　阿仏尼の貢献

教養書としての『源氏物語』

阿仏尼は安嘉門院（邦子内親王、弟は後堀川天皇）の女房として仕え、安嘉門院四条と呼ばれ、勅撰集にも多数入集する。為家との間に為相が生まれたのは、為家が六六歳の弘長三年（一二六三）なので、二人の間にはかなりの年齢差があった。そのころから、為家と嵯峨での生活をしていたようだ。

阿仏尼作とされる『乳母のふみ』（『庭のをしへ』）は、為相より先に生まれていた娘（紀内侍）への宮仕え心得の教訓書として書かれたようで、そこには次のような文言が見える。

さるべき物語ども、源氏おぼえさせ給はざらんは、むげなることにて候。かき集めてまいらせて候へば、ことさら形見ともおぼしめし、よくよく御覧じて、源氏をば、難義目録などまで、こまかに沙汰すべきものにて候へば、おぼめかしからぬほどに御覧じあきらめ候へば、難義目録、同じ小唐櫃(こからびつ)に入れてまいらせ候、古今、新古今など上下の歌、そらにみなおぼえたきことにて候。

宮中に出仕するにあたって、女房はいかに教養をもって勤めなければならないか、具体的に懇々と説明していく。しかるべき物語はいうまでもなく、『源氏物語』は重要な作品だけに、主な場面は覚えておく必要があり、知らないのはまったく論外でもあるという。「かき集めてまいらせて候」というのは、各所にあったばらばらの巻を、ともかく五四巻にまとめたというのか、「書き」集めて揃い本にしたのか、自分の形見と思ってほしいとまでいい添える。本文はよくよく読み覚え、解釈するだけではなく、「難義目録」も詳細に知っておかなければならないとする。「難義」と「目録」は一語なのか、二つに分けるべきか明らかではない。『源氏物語』の〈秘説〉を知っておくことも重要で、「目録」は秘説のリストか、『更級日記』の異本に「譜具して」とあったような「譜」に相当する登場人物の系譜とか各巻のダイジェストであろうか。

阿仏尼は、娘が天皇に近侍するため、厳しく教養のほどを求め、『源氏物語』の知識も必須だとする。和歌に象徴される王朝文化が漂う宮中では、『源氏物語』の存在は重要であるとその意義を説き、関連する書物も小唐櫃に入れておくという。『古今集』『新古今集』は、上の句を問われても、下の句を問われても、すぐに答えられるようにすべて暗唱しておかなければならないと述べる心得は、母の阿仏尼も実行してきたのであろう。

この時代にはほかにも各種の女子教育の、かな書きによる〈教訓物〉がまとめられており、『乳母の草子』（作者未詳）には『源氏物語』の女性たちの生き方の説明をし、「人はかうこそあるべけれ、ただおそろしく、言ひ腹立つことようなし」と、控えめで穏やかなことが肝要と説き、同じく作者未詳の『身のかたみ』にも「この物語に漏るることは候はず候。この物語を御覧じても、女房の進退、御立ち居に御心がけ候べく候」とまで述べる。女性のありようについては、『源氏物語』にすべてが書かれているとし、教えの書として読むのを勧めるのである。

王朝文化を継承し和歌の規範とされた『源氏物語』は、鎌倉から室町時代に移ってくると、教養として読むことが求められ、女性の教訓書として受容されてくる。一条兼良の『小夜の寝覚』では「男女の中、色なることどもは、光源氏にこまかに申しはべりければ、今さら申すに及ばず」と、女性の生き方の道徳の書にもなってくる。『源氏物語』は〈物語〉として読むべきだとする本居宣長に至るまで、歌詠みの必読の書と評価され、儀礼や故実を知り、婦女の庭訓書（家庭の教訓）の位置づけにあった。

男性にとっても『源氏物語』は大切な存在で、武家の教訓書である斯波義将著作の『竹馬抄』には、

尋常しき人は、必ず光源氏の物語、清少納言が枕草子などを、目とどめて幾返りもおぼえはべるべきなり。何よりも人のふるまひ、心のよしあしのたたずまひを教へたるものなり。そ

れにてをのづから心のある人のさまも見知るなり。あなかしこ、心不当に人のため悪くふるまひ、かたくなに欲深く、能なからん人を友とすべからず。

とまで推奨し、人のありかたまでも説いていく。権力を失った貴族たちにとっては、自分たちの世界を描いていると矜持をもてたが、精神的なよりどころをもたない武将は、評判の高い『源氏物語』や『枕草子』に人倫道徳の規範を求めようとする。義将は室町幕府第二代将軍足利義詮の管領として仕え、和歌を好み、『源氏物語』の注釈書『河海抄』の著者四辻善成から物語の教えを受けていた。

四辻善成の『河海抄』は、貞治の初め（元年は一三六二年）に義詮の命により作成された二〇巻からなる注釈書で、秘説を含む有職故実、典拠の考証など内容は多岐にわたる。冒頭に記された「料簡」によると、諸家によって七派にも分かれていた秘説の数々を、師の典薬頭丹波忠守が相伝していたが、それらを善成が継承し、さらに広範囲に考察を深めて一書にしたのが『河海抄』だとする。善成は将軍義詮の求めにより『源氏物語』の講釈をし、併せて注釈書も献上する。講筵の場には、義詮のほかに管領の斯波義将も列していたのであろう。

鎌倉時代以来の、仁義礼知信「五常」の徳目による儒教政策は、室町幕府においても踏襲された。それに加えて、父の尊氏と同じく義詮も和歌や連歌に親しむなど文化に造詣が深く、四辻善成から『源氏物語』の教えを受け、物語の世界に武将の徳目が存するのを見いだしたのであろう。

斯波義将が『竹馬抄』を著作した名目は子孫のためとするが、義詮の意向を汲み、足利家に仕える武将にも広く読ませる意図があったに違いない。「主君に仕えるのは、忠義に務めて奉公すべきで、とかく世を恨む心をもつべきでなく、精神を落ち着かせて学問に励み、他人への思いやりの利根を養うべきである。人間としてのありようを知るのは、『源氏物語』をよく読むことである」などとも論ずる。

『源氏物語』には、従来にない新しい道徳意識の涵養をもたらすとまで述べており、中国の古典思想を理念とする発想とは大きな懸隔があったといえる。その後の足利幕府の政治姿勢に、『源氏物語』がどれほど生かされてきたのか不明だが、個々人の虚偽をもった行動は「ことさら合戦に悪(わろ)き」と、精神だけではなく武力抗争にも『源氏物語』の教えをもち込むのは異例ともいうべき古典文学の受容だった。

飛鳥井雅有の『源氏物語』聴聞

飛鳥井雅有が、為家と阿仏尼の隠棲する嵯峨野の中院荘を訪れて、『源氏物語』の講釈を聴聞したのは、文永六年（一二六九）九月一七日のことであった。雅有は鎌倉時代を代表する歌人として知られ、鎌倉と京都との間をしばしば往還し、源親行からは河内家の源氏学の教えを受け、京都にあっては二条家、京極家、冷泉家とも交流して古典学の継承にも努めていた。姉は為氏の室となっており、かかわりも深かった。

九月一六日に、雅有は弟と二人で嵯峨野の為家邸を訪れ、『伊勢物語』の秘説が授けられ、翌日からは『源氏物語』を読むことを確約する。日記の『嵯峨のかよひ路(じ)』には、次のように記されている。

十七日　昼ほどに渡る。源氏始めんとて、講師にとて、女主人(をんなあるじ)を呼ばる。簾(す)の内にて読まる。まことにおもしろし。世の常の人の読むには似ず、ならひあべかんめり。若紫まで読まる。夜にかかりて、酒飲む。主人方(あるじがた)より女二人を土器(かはらけ)取らす。女主人、簾のもとに呼び寄せて、「此の主人は千載集の撰者の孫(むまご)、新古今・新勅撰の撰者の子、続後撰、続古今の撰者なり。客人(まらうと)は同新古今撰者の孫、続古今の作者なり。昔よりの歌人、かたみに小倉山の名高き住処(すみか)に宿して、かやうの物語の優(やさ)しきことども言ひて、心をやるさまありがたし。このごろの世の人さはあらじなど、昔の人の心地こそすれ」など、さまざまに色を添へて言はる。男主人、なさけある人の年老いぬれば、いとど酔(ゑ)ひさへ添ひて、涙落とす。暁になれば、あかれぬ。

嵯峨には母（北条実時女(さねときのむすめ)）の嵯峨山荘があり、雅有はしばらく滞在したようで、そこから為家のもとへと通っていた。『源氏物語』の講釈は為家がするのかと思っていたところ、「女主人」の阿仏尼を呼び、御簾の内で読み始める。とてもおもしろく、世間の読み方とは似ていなく、雅有は見習うべきだと思ったという。「若紫」巻まで進み、夜になりかけて酒宴となったというので、

『源氏物語』の講釈は、音声による〈読み〉が中心で、昼から夕方までに「桐壺」巻から「若紫」巻に至ったとする。

為家は、阿仏尼を御簾の近くまで呼び寄せて、「主人の私は、『千載集』の撰者俊成の孫、『新古今集』『新勅撰集』の定家の子、『続後撰集』『続古今集』の撰者であり、客人の雅有は『新古今集』撰者藤原雅経（まさつね）の孫、『続古今集』に入集するなど昔からの歌人であり、お互いに小倉山に住まいをもち、物語のような優美な話をして心を慰め合うのはめったにないこと、このごろの世の人は風情もなくなり、雅有は昔の人の感じがすると、ことばを飾って話をする。為家は心のやさしい情のある人で、七二歳という老齢と酒の酔いもあり、涙をこぼしていた。明け方になったので、辞去した」と、一日の記録を残す。

この日をはじめとして、雅有は為家の中院山荘を訪れ、阿仏尼の〈源氏読み〉を聴聞することになる。以下、阿仏尼の講釈と雅有の聴聞の記録は、『源氏物語』の伝授にはきわめて興味深い内容なので、詳細にたどることにする。

十九日　午（うま）（昼一二時前後）の末つ方より末摘花を始む。申（さる）（四時前後）の中ほどより、にはかに雲立ち乱れ、風荒くして夕立す。

二十日　暮るるほどに行きて、須磨・明石ばかり聞きて帰りぬ。

二十一日　巳（み）（午前十時前後）の刻（とき）ばかりに行きて、澪標（みをつくし）を始む。半（なか）ばにて、主人（あるじ）の孫柏木

（左兵衛、為世二十歳）なる人、狩の姿にて出できたり。蓬生果てて、酒取り寄せて飲む。

二十三日　夕づけて行きぬ。関屋より薄雲に至りて、夜更けぬ。

二十四日　朝顔より初音に至る。昨日聞きし巻に、小鳥を荻の枝に付くることありき。折節、小鳥を人のもとより贈る。荻の枝に付け、下げ具して、二人自ら持ち持ちて、主人の前に置く。ことに興ぜらる。

二十六日　胡蝶より常夏に至りて日暮るれば、いとど小倉の山の陰なり。

二十八日　入道の子の大納言（為氏）有馬より帰りて、初めて来たれりとて、消息あれば行きぬ。今日は騒がしとて、ことさら篝火の巻ばかりなり。

神無月一日　例の中院に行きぬ。行幸より真木柱に至る。

二日　今日は梅が枝より若菜の半らばかりにて暮れぬれば、帰りぬ。

五日　若菜の残りより柏木に至る。

九日　横笛より夕霧になりて、客人来たれりとて、出で会へば、帰りぬ。

十日　御法より竹河の端つ方に至りて、日暮れぬ。

二十三日　竹河の残り、聞き果てぬ。

十一月一日　椎本を読み果てて、また酒飲み、（以下略）

八日　例の源氏、総角なり。

十四日　例の中院にて、早蕨談義あり。
十九日　宿木半らばかりにて、日暮るれば、帰りぬ。
二十日　宿木の残り、東屋果てぬ。
二十一日　浮舟の初め、（以下略）
二十三日　蜻蛉読みて、帰りぬ。
二十四日　手習。
二十七日　手習の残り、夢浮橋果てぬ。やがて、古今取り寄せて、ひとわたり読むべき由を言へば、主人興に入りて、家の秘本、記ある所には点合ひ、読みにくきことには左右注したる本を取り出でて、「これは、起請を書きて、人に見せぬ本なれども、心ざしありがたければ、授け奉らん」とて、「まづ、その本を読むべし。悪き所どもをも聞きてなほさん」とて、次第に点定写し、難儀をたづね究む。
二十八日　巳の刻ばかりに行きて、古今廿巻を習ひ通して、奥書取りぬ。暮れぬれば、例の酒あり。主人の曰く、「大納言いまだこれほど詳しく受け通したることなし。況や源氏沙汰せず。また異人に、はたかく細かに沙汰したる人、昔も今も聞かず。ありがたき由、返々色代せらる」大方は、源氏にも古今にも不審残る所々あれど、外はなきに同じければ、これほど、我が国の才覚ある人はあらじとおぼゆ。

雅有は為家邸を訪れ、阿仏尼の『源氏物語』講釈を受け、一度に四、五巻の日もあり、正味二五日間で読み終える。これによって、雅有は御子左家の〈源氏学〉をほぼ習得したことになり、思いがけなく〈古今伝授〉までも受けることになった。『源氏物語』の講釈がなされない日は和歌や連歌を詠み、管弦、蹴鞠に興じ、後は酒宴になるという王朝文化の余韻に浸る日々を過ごす。雅有は翌年に鎌倉へ下り、関東幕府の廷臣としての務めを果たす。その後もしばしば都と鎌倉を往復し、両者間の文化交流に重要な役割を果たす。

雅有が為家の教えを受けたのは二九歳、『源氏物語』への探求心を一層深めたのか、鎌倉に戻っては源親行の門弟となって教えを受け、〈秘説〉とされる数々に関心を示して尋ね求めもする。阿仏尼が『乳母のふみ』で指摘していた「難義目録」は、女房以上に官人にとっても不可欠な知識であった。

雅有の自撰家集『隣女和歌集』（巻四）では、源親行（法名覚因）との間に次のような贈答歌がなされていた。

河内入道覚因の許へ、揚名介事、問ひ侍るとて

君ならでたれにか問はん夕顔の花のあるじは知る人もなし

返事
夕顔の花のあるじも白露のおきわすれにし袖ぞ濡れそふ

「夕顔」巻において、源氏は乳母（惟光の母）の病気見舞いに五条あたりの家を訪れ、隣に咲く白い花（夕顔）をきっかけに、隠れ住むようにしていた夕顔と知り合う。どのような素性の女性なのか知ろうと宿守を召して尋ねると、「揚名介なる人の家」ではあるが、住む人は知らないという。「揚名介」とはどのような役職なのか、早くから実態がわからず、知っている者は〈秘説〉として一般に公開することなく、特定の人にだけ伝えるというありさまである。子弟の契約をした者に限り伝授する形式も生まれ、〈一ケの秘事〉〈三ケの大事〉〈七箇秘事〉〈十ケ条口伝〉〈十五ケ別勘〉などと、『源氏物語』の研究（源氏学）が盛んになればなるほど、各種の秘説が生まれ、家々によって伝えられていく。

雅有は、京都では為家から『源氏物語』の教えを受け、鎌倉では河内学派の成果を取り込み、〈秘説〉の「揚名介」について覚因（親行）に、

あなた以外にどなたに尋ねることができようか、夕顔の花の咲く宿主の〈揚名介〉について、ほかに知る人がいないので教えてほしい。

と、直接に問いかける。『源氏物語』の講釈の場において、〈秘説〉の部分になると教えを受けることができず、〈別伝〉として披露されない。親行は、「夕顔の宿主に、〈白露〉ではないが、知らぬ間に露はさらに袖を濡らす」と、雅有に婉曲に秘事の伝授を断る。家々に伝わる秘説は、求められても容易に開陳しなかったようだ。『原中最秘抄』で「揚名介」について、「吾家の秘説」とするだけで、雅有に対しても教えるわけにはいかなかった。現代の注釈書では、実務も俸禄もない名誉職の国司で、売買もされた地位とされるが、確実な根拠があるわけではない。

雅有は〈秘説〉の収集に熱心だったようで、弘安三年（一二八〇）七月には、

　二十九日、二条大納言入道資季卿のもとに向かひて、日本紀・源氏の物語、難儀ども、また出仕方のことども、日暮し尋ね聞きてぞ、（『春の深山路』）

と、当時の歌人で有識者として知られる二条資季から、『源氏物語』の〈難儀〉の教えを受ける。宗尊親王の求めにより、資季は為氏らと「源氏之系図」の作成をするなど、源氏学の継承者でもあった。努力のかいもあったのか、『弘安源氏論義』では、「藤原雅有なん、源氏の聖なりける、これは君も臣もみな許せるなるべし」と、名実ともに権威者と知られるようになっていた。『古今集』も同じで、難解な注釈などが〈秘説〉となり、師から弟子へ伝えられる〈古今伝授〉が生まれ、中世になると仏道や神道と結びついて神秘化し、歌道家の流派によっても諸説が生じ

てくる。歌道家を権威化するために秘伝化し、子弟の間で相伝する儀式も整えられるなど、解釈とは離れて形骸化する面もあった。

中世から近世にかけて、〈秘伝〉はますます学問や各種の芸道の世界にも広まっていく。伝授には誓紙を必要とし、〈一子相伝〉といった、親子でも一人にしか伝えないなどと、修業の厳しさを示すことばにもなってくる。

三 『源氏物語』の読みの方法

阿仏尼の源氏読み

雅有が為家の山荘で聴聞した『源氏物語』は、思いがけなくも阿仏尼の〈読み〉で、それは「世の常の人の読むには似ず」と絶賛する。初日などわずかに半日で「桐壺」から「若紫」巻まで進むというのは、たんなる朗読ではなかったのだろう。読むだけであれば、現代なら一時間か二時間もあれば、五巻くらい終えることができる。「おもしろし」とするので、抑揚を付けた、いわゆる〈節〉のある語りだったのではないかと思う。『紫式部日記』において、一条天皇が女房の読みを聞いて、「まことに才あるべし」と感動したのも、平板に淡々と読んだのではなかったのであろう。

雅有は阿仏尼の〈読み〉を聞き、世の常の人の〈読み〉とは異なるとするので、それまでも〈源氏読み〉を耳にしていたはずで、独特な音調があったと思われる。孝標女は「源氏の五十余巻」を手にし、「一の巻」から昼は一日中、夜も起きている限り読み続けたとあったが、それは今日の読書と同じで、わざわざ声に出す必要はなく、黙読だったはずである。小声で読んでも黙読に等しく、〈源氏読み〉が生まれるのは、人前で語るのが目的であった。

『源氏物語』の写本は、かな書きを中心にし、句読点もなく、濁音の表示もない。平安時代と鎌倉時代、貴族と武家中心の社会、京都と鎌倉とでは、同じことばでも発音やイントネーション、アクセントも違ってくる。「あはれ」ひとつであっても、「アハレ」と発音するのか、「アファレ」か「アワレ」なのか、音読だと曖昧にはできない。

阿仏尼の〈読み〉は世の常とは異なり、「まことにおもしろし」と感嘆し、「ならひあべかんめり」とする。「慣らひ」「習らひ」の漢字を当てたとしても、「練習して馴れているようだ」とも、「古くから伝えられた、ならわしの読みのようだ」とも解釈できる。阿仏尼に対して「読み慣れている」というのもふさわしくなく、後者の「御子左家に伝えられた読み方」の意味ととりたい。

阿仏尼は歌人としても知られ、『乳母のふみ』に見られるように『源氏物語』に早くから親しみ、『十六夜日記』を書くほどの文筆にもたけていた。為相が一三歳の年に父為家が亡くなり、遺産をめぐっての兄弟の争いから三家に分裂したことはすでに述べたとおりで、冷泉家を支え、二条家・京極家と対抗するには、御子左家の古典学を身に付けていなければならなかった。為家と過ごすようになった阿仏尼は、架蔵する古典籍に精通するだけではなく、継承されてきた歌学、中でも俊成、定家以来の『源氏物語』の教えも受けたはずで、その披露の一つが雅有を前にしての〈源氏読み〉であった。雅有は、さすがに伝統のある〈読み〉として、一般とは異なる味わいに深い感動を覚えたのであろう。

為家は、ことさら阿仏尼の〈読み〉を、鎌倉でも知られる雅有に聞かせる意図があったのかもしれない。雅有としては、漠然と聞いているだけでは意味がなく、五四帖を持参し、耳にしたアクセントなども本文に書き入れたはずである。『源氏物語』の本文もすべて漏らすことなく読んだとは限らず、あるいは留意すべき部分の章節だけだったとも考えられる。阿仏尼が読み終えると、為家は重要なことばや故実の解釈、〈難儀〉とされる秘説なども説いたのであろう。

「夢浮橋」巻を終えたのち、雅有は『古今集』も一通り読みたいと願うと、為家は快く「家の秘本」を取り出してくる。本に付されたことばの読解について、「点合ひ」（承諾する意）とするので伝授の願いを許してくれ、行間に注記が付された「左右注したる本」ももち出し、「神仏に祈って起請文を書かなければ、人には見せない本だが、学究の志の深さにより、伝授しよう」といってくれる。「まずは本を読み、間違っていれば訂正しよう」と進め、雅有は「点定（てんじょう）」とする「読み方」の注記も写し取り、難儀も尋ねて教えを乞うた。

翌日も『古今集』の読解を続けて二〇巻を習い終え、雅有持参の本に為家の手で「奥書」を書いてもらった。為家は、自家の説を雅有に伝授した旨を書き入れたのであろう。酒宴となり、為家は上機嫌のまま、『古今集』をこれほど詳しく全巻にわたって教えたことはなく、まして『源氏物語』は講釈することはなかったと述べる。不審な点は残るが、わずかにすぎないので、すべて明らかになったのに等しいともする。重要な〈秘説〉に限っては、為家も雅有に公開はしなかったのであろう。

為家は阿仏尼などの一門には、歌学を継承するために古典学の秘説なども相伝していたはずだが、雅有には学派の広がりの意図もあり、特別のはからいで『源氏物語』と『古今集』の伝授を許したようだ。京都から鎌倉へと学説が継承され、多くの学派の乱立もあり、統合と対立が繰り返され、論争もされていくのがこの時代だった。

〈源氏読み〉比丘尼祐倫の芸

『源氏物語』の写本をもち、注釈書などを手に入れて独力で作品を読む者もいる一方、世に源氏学者と認められた人物のもとに通って講釈を聞くこともあった。中原康富（やすとみ）に『康富記』という日記があり、古典に通じた漢学者らしい公卿の生活を書き留める。文安元年（一四四四）二月三〇日の条に、次のような興味のある内容が記される。

予、朝飡以後早く出で了んぬ、一条殿（兼良）に参りて源氏御談義を聴聞せしむ、今日初めて参入するところなり、乙女巻、あそばし始めらる。中程に至り、大納言殿御方・日野前大納言（有光）・正徹書記・冷泉中将持為朝臣・常光院尭孝僧都・北面定衡随身兼任・大夫史篤忠朝臣・季長朝臣・盛長朝臣・宗砌、其外発起禅僧遁世者等、済々参り候ふ。予、いささか遅参す、

前摂政左大臣一条兼良は、和歌・連歌にすぐれ、有職故実から古典学に至る〈無双の才人〉とされ、一条室町の邸宅には桃華坊と呼ぶ大量の蔵書を収める文庫を擁していた。康富は一条邸で催されていた『源氏物語』講釈へははじめての訪れだったようで、すでに「少女」巻まで進んでいた。阿仏尼のように〈読み〉が中心ではなく、〈御談義〉とするように、講釈がなされていた。三月六日も「少女」巻とあり、進捗状況によると詳細な内容だったようで、講釈は前年か、それ以前には始められていたのであろう。記録された名を見ただけでも、和歌や連歌史に名を残す錚々たる人物と知られ、「其外発起禅僧遁世者等、済々参り候ふ」と、多才な人脈が参集していた（大納言は複数在任して特定できない）。およそ二〇人ばかりはいたのであろうか、現代の講座のように兼良が談義し、聴聞する人びとからの質疑もあり、成果は各人の『源氏物語』の本文やノートに記録されていく。正徹、尭孝といった歌人たち、連歌では七賢人の一人とされた宗砌など、僧籍の人びとが多く参加していたのも特色で、『源氏物語』が貴族社会から鎌倉時代には武

家社会に引き継がれ、地下（一般の庶民）の文人による享受層へと広がった様相を知ることができる。

康富は伏見宮貞成親王のもとにも出入りして『論語』『書経』の講義を担当し、和漢の連句を詠むなど、当時の公卿の古典とのかかわりの一端を見る思いがする。四月五日の兼良邸では「蛍」巻と「常夏」巻の半ばまで進み、その後の康富の兼良邸への訪れも記すが、講釈の記述は途絶えてしまい、最後の巻まで聴聞したのかどうかはわからない。

兼良は寛正二年（一四六一）一一月に後花園天皇の求めで参内して『源氏物語』の講釈を始めており、将軍足利義政も参列する栄誉に浴する。各種の講釈の蓄積により、文明四年（一四七二）一二月には、後代に大きな影響を与えた『花鳥余情』を脱稿する。それまでの故実や出典考証を重視した注釈態度から、兼良は歌人として文意・文脈を明らかにしようとする方法を示す。

兼良が講釈の場で用いたのは、『花鳥余情』の見出しによって知られるように「河内本」である。談義に参加していた人びとも、師と同じ系統の本文を読み、所持もしていたのであろう。兼良の具体的な講釈の進め方は知りようがないが、日程からすれば一巻に一日か二日かけているため、全文を読み上げるのではなく部分を取り上げ、その解釈を示すといった内容であったろう。本文の〈読み〉ではなく、注釈に重きを置いた〈談義〉であった。

兼良の講釈に強く影響を受けたのか、康富は河内家の『原中最秘抄』を書写し、四辻善成の『河海抄』を他本と校合するなど、『源氏物語』の世界に深く関心をもつようになる。日記の享徳三年（一四五四）七月五日の条に、次のような記述を見いだす。

晴、夕立下る、源氏読み比丘尼来りて宿す、夕顔中ほどこれを読む、

康富邸に夜になってのことか、〈源氏読み〉の老比丘尼が訪れ、「夕顔」巻を半分ばかり読み、泊まったという。七月一〇日には「老比丘、源氏を談ず、若紫端」、同二四日「源氏、老比丘、末摘花一帖を談ぜらる」、八月八日「老比丘来たる、源氏を読まる、葵巻、畢る」、同一二日「老比丘来たる、源氏を談ず、以前の残り帚木奥也、其後宿せられ畢んぬ」、同一三日「老比丘、源氏若紫の奥を談ぜらる、以前聞き残しし所なり」などと、老比丘尼が訪れて『源氏物語』の読みとか談義をした記事が断続的に続く。享徳四年四月六日の「老比丘尼祐倫、明石巻の末を談ぜられ了んぬ」とするのが最後で、日記にはその後、記されない。

老尼の祐倫は康富邸を訪れ、『源氏物語』の〈読み〉を披露し、その後に「談」とする講釈もしていたのであろうか。巻を追って進め、都合によって飛ばした巻は後日補うこともあり、日記では「明石」巻が最後となる。康富は「源氏読み比丘尼」と記すため、祐倫は〈源氏読み〉で知られた老尼だったようで、夜に訪れて遅くなると、そのまま泊まることもあった。康富とて漠然と聞くだけではなく、『源氏物語』の本文を手にし、〈読み〉のおもしろさに感動し、のちに続く談義も聞いて書き留めることもしたのであろう。

雅有は、阿仏尼の〈読み〉を「世の常の人の読むには似ず」としているので、『源氏物語』の本文をたんに朗読するのではなく、物語の世界の内容にふさわしい抑揚をつけての語りがなされていたのだろう。「源氏読み比丘尼」と記されるに至ったのは、読みが〈芸〉として知られ、康富邸だけではなく、各所にも招かれて語っていたのではないかと思う。南北朝のころから流行した、琵琶を弾き、『平家物語』を語る琵琶法師の「平曲」の存在が知られるが、〈源氏読み〉は楽器を用いて、曲節をつけてまでの芸能には成長しなかった。

祐倫には、宝徳元年（一四四九）に『山頂湖面抄』、享徳二年（一四五三）には『光源氏一部歌』という著作が残される。前者は「源氏物語巻名歌」の注釈、後者は『源氏物語』のダイジェストに語釈を付し、「口伝」とする秘説の解釈も加える。『河海抄』とか『花鳥余情』といった堂上の注釈内容ではなく、地下層に伝えられた俗説も含まれるなど、『源氏物語』の広がりが知られ、それを公卿が聞くという、これまでとは異なる享受の逆転の現象といえる。

『源氏物語』は、個人で読む場合は一人で物語の世界に浸ればよく、「黙読」であろうがつぶやくような「音読」であってもかまわない。だが他者に読み聞かせるとなると、「音読」による朗読という行為が伴い、阿仏尼などは御子左家の伝統ある読みがなされ、素性が明らかではない祐倫になると、さまざまな俗説を吸収し、独特の〈芸能〉としての〈源氏読み〉を生み出していたのかもしれない。

一条兼良邸での講釈を聴聞していた正徹は、応永二五年（一四一八）七月に尾張の清洲で、『源氏物語』を知りたいと宿の主人から求められ、本文の引用を中心とする『源氏物語歌双紙(そうし)』をまとめている。

逃(のが)れがたくして、ただつれづれなるままに、互ひの暇(いとま)をかぎりに、つづしり読みはべるほどに、この秋までになりて、やうやう事はてぬべし。

二カ月ばかりで終えたという「つづしり読み」とは、口をもぐもぐするようなたどたどしい読みの語感をもつが、正徹の謙遜なのであろう。全巻ではなく、部分的な正徹なりの〈源氏読み〉をし、一部については注記なども加えていた。人を前にしての「音読」は、抑揚を伴った朗読のスタイルとして継承されていたのであろう。

室町時代の古典学者としても著名な三条西実隆は、宮中に招かれ、語釈も交え、「文字読むばかり」の『源氏物語』の講釈をしている。たんなる音読ではなく、独特の発声によるリズムをもった朗読だったと思われる。

『源氏物語』の講釈には、阿仏尼のような〈読み〉を中心にする場合と、善成や兼良に代表される注釈を重視した方法との二種があった。祐倫の〈読み〉などは、〈芸能〉の領域にも入っていたのかもしれないし、該博な知識による『源氏物語』の〈講釈師〉も生まれていた。室町時代から江戸時代にかけての『源氏物語』は、教える側も、受ける人びとも多様な階層へと広がり、そこから新しい文化の発生ともなってくる。

　時代がいささかあとになるが、大坂夏の陣で豊臣家が滅びたのは元和元年（一六一五）五月、徳川家康はすぐさま京都の二条城に凱旋し、八月まで滞在する。その間、家康は古典学者として知られる中院通村（父は中院通勝）を招き、かねて親しんでいた『源氏物語』の講釈を求める。「桐壺」巻からの要望だったが、通村はめでたいのは「初音」巻であると進言し、冒頭だけを読んでいただきたいと、恐る恐る願い出る。家康はためらいもなく、「年たちかへる朝の空のけしき」と読み始める。『中院通村日記』（六月二〇日）に「コトノ外高声ナリ」と、家康はことのほかに甲高い声であったと記す。権謀術数にたけた家康は、低くて野太い声かと思っていたが、通村も意外だったのであろう、珍しくも声の性質まで記す。なお家康が所持していたのは「青表紙、美濃紙本也」とし、道村は自筆の六半本を用いたとする。歴代の徳川将軍にも『源氏物語』が尊重され、継承されて、江戸庶民にも広まったことは、もはや贅言するまでもないであろう。

八章　「河内本」と「青表紙本」との対立

『源氏物語団扇画帖』「紅梅」
（『日本古典籍データセット』国文学研究資料館蔵より）

一　「白氏文集」の受容をめぐって

桐壺更衣の美しさの比喩

源光行と親行の親子が、二代にわたる辛苦の末に校訂本の「河内本」を作成したことはすでに述べたとおりである。世に伝わる本文には乱れが多く、どれが正しいのかという人びとの迷いや悩みを払拭しようと、光行は家に伝わる『源氏物語』に句読点を付し、諸本と見比べてことばを正し、注記も書き入れていた。ひとりよがりになってはいけないと、故実に通じた歌人でもある藤原俊成に相談したところ、同じ思いであると賛同し、所持本を見せてもくれる。「河内本」の成立には俊成の存在が大きく、光行は『源氏物語』の枠組みも相談し、現在の五四巻に固定したのではないかと思う。平安時代末期に流布していた「巣守」「さくら人」といった巻々は、新しく校訂する本文には取り込まないとか、巻の順序、登場人物の呼称、ことばの読みや解釈本文もできるだけ共通にすることなどであった。光行の命によって親行も俊成のもとに通い、本文との校合に務めていた。

「桐壺」巻で桐壺更衣が亡くなり、悲しみにふける桐壺帝は、更衣の母、北の方のもとに命婦を見舞いに遣わす。北の方は命婦に、娘の形見の「御装束一領、御髪上の調度めく物」をもたせて返礼とする。「亡き人の住み処尋ね出でたりけんしるしの釵ならましかば」と、望んでも仕方がなく、帝は落胆するしかなかった。

「桐壺」巻は、「長恨歌」(白居易)の玄宗皇帝と楊貴妃との悲恋をモデルにしていることはよく知られる。玄宗皇帝は道士(幻術士)を使者として亡くなった楊貴妃の魂を求めさせ、神仙界で本人と出会った確かな証拠として、「金釵」が託される。皇帝は見覚えのある釵を手にし、楊貴妃の姿を偲んで悲しむしかなかった。桐壺帝は道士ならぬ命婦を遣わし、母親から形見の品を手渡されたが、せめて楊貴妃と同じく「しるしの釵」であったなら、と残念に思ったという。この場面からすぐさま「長恨歌」を連想し、物語には書かれていない詩句も口にするほどでなければ、読者としては失格である。

桐壺帝は、

このごろ明け暮れ御覧ずる長恨歌の御絵、亭子院の描かせたまひて、伊勢、貫之に詠ませたまへる、大和ことの葉をも、唐土の歌をも、ただその筋をぞ枕言にせさせたまふ。(桐壺)

と、桐壺更衣が亡くなってからというものは、朝に夕に「長恨歌」の屛風絵を目にし、楊貴妃と重ねて悲しみに沈む日々であった。亭子院（ていじいん）（宇多天皇）の命によって作成された屛風絵で、伊勢や紀貫之に歌を詠ませ、漢詩の「長恨歌」も該当する場面に書き込まれていた。歴史的事実と虚構とを織り交ぜた物語の手法で、桐壺帝はいつの間にか現実の姿となって、物語を読む者の前に出現し、幻想の世界に招き入れ、深い悲しみの思いを共有させていく。

> 絵に描ける楊貴妃の容貌（かたち）は、いみじき絵師といへども、筆限りありければ、いとにほひ少なし。太液芙蓉（たいえきのふよう）、未央柳（びあうのやなぎ）もげに通ひたりし容貌を、唐（から）めいたるよそひはうるはしうこそありけめ、なつかしうらうたげなりしをおぼし出づるに、花鳥（はなとり）の色にも音（ね）にもよそふべき方ぞなき。朝夕の言（こと）ぐさに、翼（はね）をならべ、枝をかはさんと契らせたまひしに、かなはざりける命のほどぞ尽きせずうらめしき。

屛風絵の楊貴妃の姿は、どれほどすぐれた絵師が描いたとしても、筆の力には限りがあるので、生きた姿には劣ってしまう。

「河内本」の本文では、「なつらしうらうたげなりし」のあとに、ありさまは女郎花(をみなへし)の風になびきたるよりもなよび、撫子(なでしこ)の露に濡れたるよりもらうたくなつかしかりし容貌けはひ、

とする一文が加えられる。

楊貴妃は、漢の武帝がつくった太液池の蓮の花や、未央宮殿の前の柳の眉にたとえられる美しさで、唐ふうの装いは端麗に思うほどに描かれる。それに比して桐壺更衣は、「河内本」によると、「女郎花(おみなえし)」や「撫子(なでしこ)」といった大和風の親しみのあるかわいらしさで、花の色や鳥の声にもたとえようのない美しさであったと思い出す。

「朝に夕に、更衣とは比翼(ひよく)の鳥、連理(れんり)の枝のように、いつまでも離れないで過ごそうと約束していたのに、その願いのかなわなかった命のはかなさだったのが、尽きることなく恨めしく思われる」と、桐壺帝は嘆息する。

「桐壺」巻の本文は、「長恨歌」の、

太液芙蓉未央柳　　太液の芙蓉、未央の柳
芙蓉如面柳如眉　　芙蓉は面の如く、柳は眉の如し

をそのまま引用しており、平安の世では人口に膾炙(かいしゃ)していた。

河内家の素寂の注釈書『紫明抄（しめいしょう）』によると、光行が俊成本を見ていて、

「絵にかける楊貴妃の容貌は、いみじき絵師といへども、筆限りありければ、いとにほひ少なし、太液の芙蓉、未央の柳も」と書きて、「未央の柳」といふ一句を見せ消（け）ちにせり、

とするのに気がついたという。「見せ消ち」（ミセケチ）は、美的感覚から不必要な文字を墨で塗りつぶすことはせず、印などによって消す意味を示し、下の文字も読めるようにした手法である。光行はすぐさま親行を俊成のもとに遣わし、ミセケチにした理由を尋ねさせる。「楊貴妃は芙蓉と柳に、桐壺更衣は女郎花と撫子にたとえ、それぞれ二句ずつそろえて表現しているのに、どうして未央の柳の文字を消しているのか」と問いただす。俊成の返答は、

我は、いかでかさる自由のわざはしはべるべき、侍従大納言行成卿一筆本に、この一句を見せ消ちにせり、紫式部同時の人にはべれば、申し合はするやうこそありつらめとて、これも墨をつけては侍れ、

と説明する。「どうして私が、勝手に本文を変えることがありましょうか。行成筆の本文に、この一句が見せ消ちにしてあった。行成は紫式部と同じ時代の人なので、きっと相談し、それなり

の理由があったのだろうと思い、私の本も同じく消すことにした」という。

対句表現

「河内本」では楊貴妃を「太液の芙容」「未央の柳」とし、桐壺更衣は、

萩の花尾花葛花(くずばな)撫子の花女郎花また藤袴(ふぢばかま)朝顔の花（万葉集、山上憶良）

と、歌にも詠まれる秋の七草として称えられる「女郎花」と「撫子」にたとえて、その美しさを表現する。さらに「撫子」は、

あな恋し今も見てしが山がつの垣ほにさける大和撫子（古今集、読み人知らず）

と、しばしば女性にたとえて愛でられる和歌にも由来する。

事情を聞かれた俊成は、「未央の柳」について言及するだけで、「女郎花」「撫子」については何も触れていないのは、問題にするまでもない当然の表現と考えていたのであろう。俊成本でも楊貴妃と桐壺更衣の美しさを二句ずつ用いて表現していたが、行成本に「未央の柳」だけがミセケチになっていたため、踏襲したにすぎないという。

「青表紙本」では、すでに引用しているように、「太液芙蓉、未央柳も、げに通ひたりし容貌を」として同じ本文であるが、「女郎花」以下はすべて削除する。定家は、父俊成本を継承しなかったのであろう。

ここから、私たちは新しい情報を得ることになる。藤原行成は能書家として知られ、『紫式部日記』にもその名が見えるので、行成自筆の『源氏物語』が存在したとしても不思議ではない。『水原抄』には具体的に「行成自筆本」の本文について言及するなど、俊成や源光行の周辺では利用されていた。一四世紀の『河海抄』の時代になると、「行成卿自筆の本も悉く、今世に伝はらず」とするので、南北朝時代までには散逸してしまった。「青表紙本」は行成本とかかわりなく「未央の柳」を採用し、河内家ではミセケチにしたためか、その後の「河内本」では削除してしまい、「女郎花」「撫子」の表現は残される。「青表紙本」と「河内本」の成立は、行成本を含むそれ以前の平安時代の書写本とは決別し、鎌倉時代の新しい本文の誕生になったといえなくもない。

『河海抄』の「女郎花の風になびきたるよりも」には、

　京極北政所(従一位麗子まんどころ)本には、尾花の風になびきたるとあり、或本にはこの句なし、

と注記する。河内家が主要な本文とした中に、「従一位麗子本、土御門右大臣女、号京極北政所」

があった。麗子は具平親王を父にもつ土御門右大臣師房女で、道長の孫師実に嫁した女性である（一四八ページ系図参照）。『新勅撰集』（巻十七、雑二）に、

源氏の物語を書きて、奥に書きつけられて侍りける　従一位麗子
はかもなき鳥の跡とは思ふとも我がすゑずゑはあはれとを見よ

とする歌が入集し、麗子が『源氏物語』を書写したのは確かである。河内家では、本文の校合において、有力な伝本の一つとして従一位麗子本を入手していた。

麗子本は「女郎花」ではなく「尾花」とあったとするので、風になびいてはかなく揺れる薄の穂に桐壺更衣を見立てた表現であった。「女郎花」と「尾花」の異同があり、河内家では前者を採用したことになる。『河海抄』に「或本にはこの句なし」とするのは、定家の「青表紙本」の流れを指すのであろう。

俊成女の作かとされる物語評論書の『無名草子』には、桐壺更衣について、

尾花の風に靡きたるよりもなよびかに、撫子の露に濡れたるよりもらうたくなつかしかりし御さまは、花鳥の色にも音にもよそふべき方ぞなき。

と評しており、麗子本と同じく「尾花」とする本文を用いたと知られる。河内家は「女郎花」を用い、定家本ではこの一文をもたないことから、平安時代に存在していた「尾花」は、『源氏物語』の本文からは消えてしまうことになる。本文の校訂というのは、いわば過去と断絶する冷徹な作業であり、当否はともかく、新しい時代に即した作品の創出であったともいえる。

二　濁点による意味の違い

喪服姿か、「ふくらか」な女性か

ある人が親行のもとを訪れ、阿仏尼が「親行は『源氏物語』を誤って読んでばかりいるらしく、あきれたことだ」と話をしていたと伝える。為家の没後、御子左家は三家に分裂し、冷泉家の為相は関東に活躍の場を広げているため、鎌倉での話なのであろう。親行は何を根拠に自分の〈源氏読み〉を非難するのかと、すぐさま阿仏尼の屋敷に出かけて問い詰めると、次のような返答だった。

夕顔の上の女房右近が、主に後れて黒服着たるをば、「服(ぶく)」とこそいかなる人も読むを、「ふくらか」に読みなさるると聞くをこそ、異様(ことやう)なりと申せ、（『紫明抄』）

「なにがしの院」で夕顔が亡くなった後、行くあてを失った女房の右近を源氏は自邸に引き取り、時おり用を命じて仕えさせていた。「大島本」には、次のように描写される。

君はいささかひまありておぼさるる時は、召しいでて使ひなどすれば、ほどなくまじらひつきたり。ふくいと黒くして容貌などよからねど、かたはに見苦しからぬ若人(わかうど)なり。（夕顔）

源氏は夕顔の死にいささか衝撃を受け、気弱にもなったのか床に就くありさまで、世の人は病気と噂をして大騒ぎとなる。右近は二条邸での女房生活にも慣れてきたようで、源氏は気分のよいときには召して夕顔の話などをさせる。右近をあらためて見ると、「ふくいと黒く」して、顔かたちはよくはないが、見苦しいというほどでもない若い女性であったと評す。

「ふくいと黒く」は喪による「黒服」を着ていると誰もが読むのに対して、親行が「ふくらかに」と読むのは間違っていると、阿仏尼は説明する。「ふく」は「ぶく」と濁って読み、「喪服」を意味するのに、親行は「ふく」と清音にし、「ふくらかに」と解釈するのは誤りだと指摘する。

親行の解釈を聞き、阿仏尼のもとに訪れた者が、河内家では「ふく」と澄んで読み、「ふくらか」と同じ意味の「ふっくらとして、とても色の黒い女」と説明していると話したのであろう。右近は主人の夕顔の死に遭遇し、関係の深さから同じ喪服でも濃い墨染の衣を身にしていたと解する、阿仏尼の教えとは異なっているとの報告である。

かな書きの写本には句読点がなく、濁音も付されていないため、文脈から判断して読まなければならなかった。漢字とかな交じり文はある程度の切れ目が判別できるが、かな文だけだとそうはいかない。不便さを解消しようと、平安時代になって仏典のアクセントを示す〈声点(しょうてん)〉符合の〈・〉が応用され、点を一つ入れることによって単語や表現の判別をするようになる。作業は読者に任されているため、人によって解釈も異なってくる。江戸時代の出版物になると濁点が付されるようになるが、明治時代の「大日本帝国憲法」はカタカナ書きで句読点、濁点がなく、正式に公文書で用いられるのは戦後になってからである。

「ふく」を濁って読むか、澄んで読むかによって、意味はまったく異なってくる。『源氏物語』の本文を校訂し、講釈をする家において、人から非難などされるのは重大事件となる。親行は、すぐさまそちらこそ説を正すべきだと、阿仏尼に反論する。

> 五条三位殿(俊成卿)に故光行申しあはせて、句を切り声(シャウ)をさして候ひき。京極中納言殿(定家卿)も冷泉前大納言殿(為家卿)も、よも難じさせたまひ候はじ。まして御難はいかがあるべく候、

読みについては、光行が俊成と談義して句点を切り、濁点も決めており、河内家も御子左家でもその点は共通しているはずで、定家も為家も非難するはずはないのに、阿仏尼はどうして異議を唱えるのか、との親行の抗弁である。

右近は主人夕顔の死に直面したため「喪服」を着ているはずで、

黒服の人、五句が中に出仕はばかりあり、いはんや初参の人黒服しかるべからず、

との認識により、「ふくらかにして、色黒き人」との解釈になっていた。「旬」は一〇日、四十九日の喪が明けないうちに出仕するのは憚(はばか)られるのに、新参者の右近が源氏の前に喪服を着て姿を現すとは考えられない、というのがかねて相談した光行と俊成の結論であった。二人の権威者が決めた説を河内家では踏襲しており、むしろ阿仏尼の「喪服」説は誤っていると追及する。

親行は追い打ちをかけるように、

持たせたまへる御本は、故三位殿(俊成)の御本にては候はず、其の故は「太液の芙蓉、未央の柳」と書きて、「未央の柳」一句を見せ消ちにとどめられて候に、これは二句ながら並べて書かれて候ふ、このひがごとによらば、いづくも誤りのみぞ候ふらん、

と、厳しく阿仏尼所持本の不当性を指摘する。俊成本であれば、「未央の柳」は行成本にならってミセケチにしてあるはずで、二句並べて書いてあるというのは、「その本は、俊成本の写しではない」とする。俊成本とは異なるのであれば、各所にまだ誤りがあるに違いないとも述べ、親行は「河内本」の優位性を説く。

阿仏尼が用いていたのは、二条家から伝えられた定家の「青表紙本」だったのか、そこには現在見るように、「太液の芙蓉」と「未央の柳」が続けて書かれており、俊成が行成本によってミセケチにし、「河内本」もそれに従った本文とは明らかに異なる。俊成と光行が互いに確認して校訂しており、「ふく」も濁点を付して「服」とするのは誤りだとの説明である。これだと定家は俊成本を継承していなく、独自の校訂によって「青表紙本」の本文を作成していたことになる。

なお、平安時代に書写された行成本は、俊成と光行が利用しており、たしかに鎌倉時代までは伝存していた。四辻善成の『河海抄』でも言及していたが、一条兼良の息男尋尊の『大乗院寺社雑事記』でも、文明一〇年（一四七八）七月二八日に『源氏物語』の諸本を列挙した条に、「世尊寺先祖行成自筆今世ニ不伝」とする。

俊成が行成本を見たとする記述から、俊成は行成本を書写し、定家に伝えて「青表紙本」になったとする説が存する。まったく想像の域を出ず、これまでの記述によっても知られるように、俊成と定家本とはかなり隔たりがあった。御子左家に俊成書写本は伝えられたはずだが、定家は俊成本の本文を継承せず、独自の校訂をして「青表紙本」を作成することになる。

「鈍色」か「緋色」か

源氏は一八歳の春三月、北山で見いだした美しい少女の若紫を、九月二〇日ごろに祖母尼君が亡くなって四十九日が過ぎる前に、二条院へ盗み出してしまう。思いがけないなりゆきに、若紫は不安なまま、その夜は「泣き臥したまへり」と寝てしまう。翌朝、源氏は若紫を起こしてやさしく語りかけ、「おかしき絵、遊び物ども」を取り寄せて慰める。二〇一九年に新出した定家本を引用すると（句読点を付した）、

> やうやう起きゐて見たまふににひいろのこまやかなるがうち萎(な)えたるどもを着て、なに心なくうち笑みなどしてゐたまへるがいとうつくしきに、われもうち笑まれて見たまふ。（若紫）

とある。「見たまふににひいろの」に読点を入れ、漢字にすると、「見たまふに、鈍色(にびいろ)」となり、二条院で一夜を過ごした若紫の姿は、鼠色の喪服を着ていたことになる。それに対して「河内本」では、「見たまふにひいろ」とあり、これだと「見たまふに、緋色(ひいろ)」となる。わずか「に」があるかないかによって、表現された内容が異なってくる。句読点の打ち方、一文字の有無によっても、文脈における意味の違いが生じてくるため、本文の校訂には細心の注意が必要だった。

光行が用いた本文は「見たまふにひいろ」とあり、読点を入れると「ひいろ」と読むしかなく、

「にひいろ」とあるべきとの思いはあったのだろうが、不用意に語句の訂正をしなかった。この事実から、「河内本」は読みやすく校訂したとの批判は当たらなく、むしろ伝えられた本文を重視し、そこから可能な限り解釈を求めていく態度だった。

喪の期間は血縁の関係によって決まり、両親などは〈重喪〉と称し、喪服の色も黒くした一年間、若紫の場合は祖母であっても母方なので〈軽服〉の三カ月で薄墨色のはずだが、ここではより黒い鈍色を着ていた。

『原中最秘抄』では、「起きゐて見たまふにひいろのこまやかなる」の項目を引き、「軽服」であっても、我が国ではすでに長く喪服を着る習慣がなくなり、代わりに「緋色」とか「紫色」を用いることがあったとする。若紫は祖母への思いの強さから、喪服として「緋色」にしたのであろうかと、本文の「ひいろ」を生かしての解釈をする。

河内家としては、校訂した本文を、解釈に合わせて変更するわけにもいかず、世の説との整合性に苦慮していたようだ。「紅葉賀」巻の本文に、

御服、母方は三月こそはとて、つごもりに脱がせたてまつりたまふを、また親もなくて生ひ出でたまひしかば、まばゆき色にはあらで、紅、紫、山吹の地のかぎり織れる御小袿などを着たまへるさま、いみじういまめかしくをかしげなり。

と、祖母といっても母方なので三カ月の喪を終え、一二月の末に喪服を脱ぐことになったとある。若紫は幼いころに母を喪い、実質的に祖母が母親のように育てたため、喪が明けたからといってすぐに晴れやかな衣装にするのもためらわれ、派手な模様のない無地の紅、紫、山吹色の小袿を着ることにした。その姿が、とても新鮮で、かわいらしいとする。

若紫は祖母が亡くなった「若紫」巻から「紅葉賀」巻までの三カ月の間、『源氏物語』の本文によってたしかに喪服を着ていたことがわかる。源氏が二条院に引き取った翌朝目にした若紫は、「にひいろ」か「ひいろ」の姿であった。河内家の素寂は『紫明抄』において、河内家の本文「ひいろ」を生かそうと、

初参の吉事によりて、一日紅衣を着たまへるならんかし、

と矛盾を解消する案を示す。若紫が喪服を着ていたのはたしかであるため、二条院に迎えられためでたい最初の日だけは晴の「紅衣」にしたとする。『河海抄』は「河内本」の本文を用いるだけに、河内家の「緋色」説を引きながら、結論としては「今案、猶鈍色也」と定家説に従う。

俊成女(しゅんぜいのむすめ)は、「紅葉賀」巻に若紫は喪服を脱いだとの記述があるため、それまでは「鈍色」を身につけていたはずだと説く。一方では光行説にも関心を示し、喪としての「緋色」の可能性も考えられるが、やはり「にびいろ」の本文を用いるべきであろうと、一人で自問自答をする。

わずかに一語の「に」から諸説が生じ、議論が沸騰してくるのも、鎌倉時代の〈源氏学〉の家々の対立が背景にあることによる。より正統と目される『源氏物語』の写本を所蔵し、自説の解釈を披露して世の人びとの支持を得なければならない。天皇や貴顕の有識者に認められると、世に源氏学者として尊崇され、門弟も増えてくる。そこから〈秘説〉の授受という、中世の特有な学問体系も生まれてくる。

説得力があり、権威のある浩瀚な解釈をもつためには、平安貴族の風俗習慣、衣食住、故実、歌学、古典籍、漢籍などと、該博な知識が必要であった。伏見天皇の春宮時代の弘安三年（一二八〇）に、当時の源氏学者八人による、『源氏物語』の秘説一六問を論難した『弘安源氏論議』が生まれたが、その背景がまさに研究の活発だった時代を象徴しているであろう。歌を学ぶ必読の書であった『源氏物語』は、古典学を集約した研究書として扱われるようになる。

そこまで深く入り込まないまでも、教養として『源氏物語』を知りたいとなると、〈講釈師〉のもとに出入りして正式に学ぶ必要があった。より平易に知ろうとすれば、祐倫のような〈源氏読み〉を自邸に招いて聞くこともできる。

中世に広く流布したダイジェスト版の『源氏小鏡』（作者未詳、一四世紀の成立）になると、

紫上、二条院へ迎へたまへりしあした、「ひいろのきぬを着たまへり」といふことあり。これは九月にうばぎみにおくれて、十月に源氏とりたてまつりたまへば、いまだ乳母君の服の

うちなれども、そのあしたばかり緋色の衣（きぬ）を着せたてまつるかとおぼゆ、これは秘事と言ひたり、

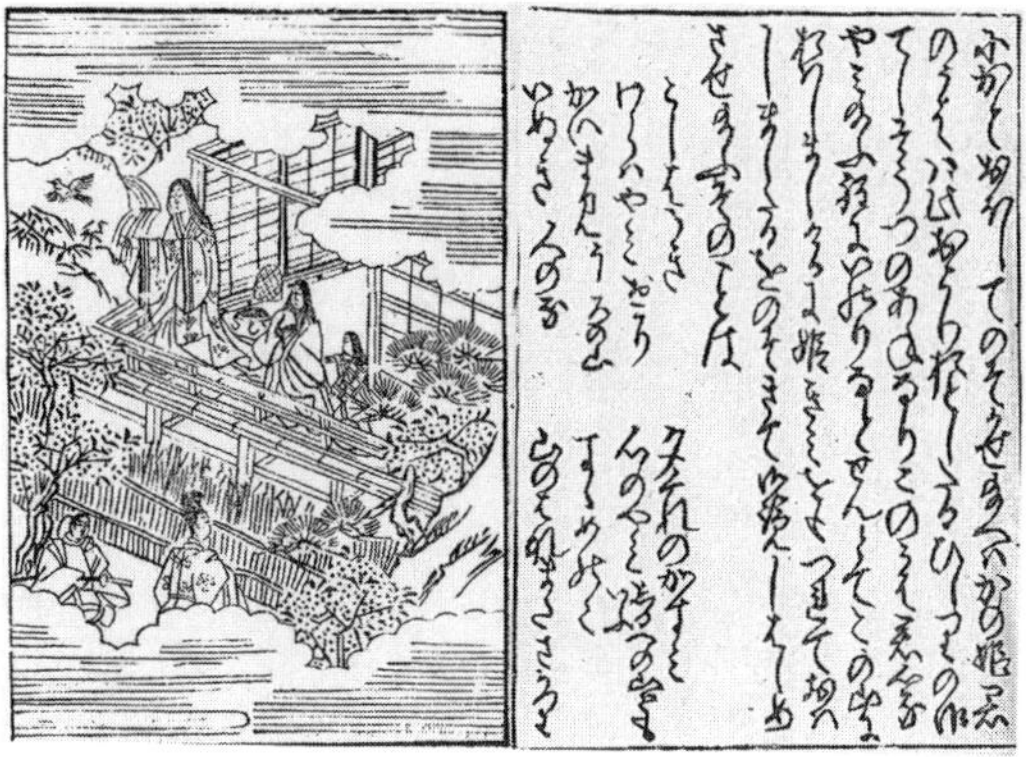

『源氏小鏡』若紫より

と、『紫明抄』の説が生き続けていた現実を知る。『源氏物語』の人気が高まり、多くの人が読みたいと思っても、五四巻の本文をそろえることなどできず、入手したとしても注釈書が必要であるし、その注釈書自体も故事・漢籍が引かれて一般の者には読めなくなってしまう。どこにいても気軽に読めるようにと、簡単なあらすじにまとめ、重要なことばの説明を加えるなどの梗概（こうがい）書が、『源氏小鏡』以外にもつぎつぎと生まれ、江戸時代には絵入り本まで出版されるようになる。

「河内本」説、「青表紙本」説などと、優位性を説いていた論争も、「鈍色」説がそうであるように、室町時代の中ごろからは定家説が圧倒してくる。もっともそれは表向きの学説としての解釈で、一般に流布した通説とは異なる。〈秘説〉なども、〈源氏学〉の家で厳密に保持さ

れていたわけではなく、俗説として流出し、さまざまに変貌して広まってもいた。右のように「緋色」説はいつまでも生き続け、右近が源氏に出仕した姿の「服いと黒くして」も、注釈の世界では解決したはずだが、『源氏小鏡』では、

かの右近をば、忌み過ぐるままに召し寄せて、局などして、いとねんごろに、はごくませまひて仕はせたまふ。ふくらかに色黒き女といふはこれなり。

と、河内家の説が俗説として民間に流布していた。祐倫の『光源氏一部歌』でも、

色黒くふくらかに見苦しからぬ若人なれば、口惜しからぬ下郎女房に人もゆるしたり、

と記す。祐倫は各所に招かれて〈源氏読み〉をし、右近を「色黒くふくらかに」などと説いていたに違いない。中原康富も、兼良の専門的な講釈を受ける一方では、研究世界の流行からは取り残され、巷間に根強く残った俗説も知識にしていたのかもしれない。

三　異説の発生

西円の「木の枝」説

あるとき、「源氏播磨西円（さいえん）」と名のる法師が親行のもとを訪れ、自分は『源氏物語』に通暁しているので、「いぶかしきことはべらば、答へ申さん」と広言する。西円は道場破りのような存在で、河内家の源氏学の権威者に、「疑問な点があれば何でも返答できる」と、いわば挑戦状を突き付ける。親行は、「松風の巻を読んでみてほしい」と手もとの一帖を渡し、どれほどの〈源氏読み〉の能力があるのか試してみる。巻末近くになって、

御本は疵（きず）なき玉とこそ思ひてはべるに、一字あまりてはべりけり。削らせたまへ。（『紫明抄』）

と、「河内本」は完全なすばらしい本と思っていたのに、「一字」余分な文字があるため削るべき

だという。源氏が桂の院にいるところに若い殿上人たちが訪れ、「小鳥しるしばかりひきつけさせたる荻の枝など、苞(つと)にして参れり」(松風)とする一文についての疑念である。小鳥を「荻の枝」に付けるのは誤りで、「木の枝」とすべきだと西円は論じる。本文の「小鳥しるしばかりひきつけさせたるおきのえだなど」とある部分の、「おき」の「お」を削り、「き」とするのが正しいというのである。

西円の説によると、「小鳥」は「木の枝」に付けるべきで、「荻」のような草に「枝」とは表現しないという。源氏が夕顔の花を「ひと房(ふさ)折りてまゐれ」と惟光に命じ、垣根に寄って行くと、宿の女が「これに置きてまゐらせよ。枝もなさけなげなめる花を」(夕顔)とする場面を引用し、「枝」といっているではないかと、親行が具体的な例をもち出す。和歌でも「草」を「枝」としていると説き伏せようとするが、西円は何かと理屈をつけて反論する。

それでは有職家に確かめようと、捕獲した小鳥は「荻の枝」なのか、「木の枝」に付けるべきなのか、鷹狩の家として知られる足利家三代目義氏に聞くことにした。昔は雉を「荻の枝」に結び、今日では「梅」とか「楓」、「柴」を用いる者もいる。小鳥を枝に付ける作法は、「秘事」でもあると説明する。これによって河内家の説の正しさが判明し、西円は恥じて身を隠してしまったという。

『河海抄』には諸説を引き、四条隆親(しじょうたかちか)(妻は義氏の娘)の説として「柴」は六七尺の長さにし、懐妊した産所には「根引きの小松」を用いるなどとし、最後には「秘事」だとする。貴族の世と武家の時代との違いもあるのだろうが、「荻」か「木」とするかで故実が説かれ、詳細になると秘伝とされるなど、『源氏物語』を読むにもさまざまな知識が要求されるありさまだった。

飛鳥井雅有の『嵯峨のかよひ路』には、九月二四日の条に「朝顔」から「初音」巻まで終えたところで、人から小鳥が届けられる記事がある。「荻の枝に付け」られた小鳥を見た為家は、このほかに興じたとする。「小鳥を荻の枝に付くること」が〈秘説〉と知った上で、『源氏物語』に詳しい者が趣向を凝らしたと思われる。「青表紙本」でも「河内本」でもオーソドックスな本文は「荻の枝」だが、民間では西円のように「木の枝」説が流布していたのであろう。

『源氏小鏡』では、

『源氏小鏡』より「松風」の挿図

> 若き殿上人、君達(きんだち)などあまた小鷹狩りのついでにまゐりければ、酒(みき)などまゐりて、月おもしろきあたりなれば遊びたまふ。小鷹狩りして、小鳥どもをきのえだに付けたりとあるは、うるはしきをぎと心得えべからず、こきのえだなりと心得べし、

と説明する。「をぎのえだ」は「荻」ではなく、「小木(こき)の枝」と解すべきだという。これだと西円の述べる「を」

を削除する必要はなく、「小さな木の枝」となる。
祐倫の『光源氏一部歌』には、

殿上人たち、小鷹(「鳥」か)しるしばかりおぎの枝などに付けて、つとにまゐれり。この「おぎ」二説あり。小木と書きておぎとなり。一説は草の荻の枝に付けたり。ちかき世に、草に枝まことしからず、ただ小木なりとつのる。

と、「おぎ」には二説あり、近年では草を枝と表現するのは正しくはなく、「小木」説が「つのる」(優勢になる)とする。西円などの説が、「荻」説を駆逐しているというのであろう。
ささやかな問題が、つぎつぎと広がり、歴史物語の『増鏡』(巻十)には、

雲雀(ひばり)といふ小鳥を荻の枝に付けたり。源氏の松風の巻を思へるにやありけん。為兼朝臣を召して、本院「かれはいかが見る」と仰せらるれば、「いと心得はべらず」とぞ申しける。まことに、定家の中納言入道書きてはべる源氏の本には、荻とははべらぬとぞ受けたまひし。

と記される。『源氏物語』の「松風」巻の趣向によるのか、荻の枝に付けた雲雀を見た本院(後深草院)が「これをどう見るか」と為兼に尋ねると、「とても合点がいきません」と返答する。

定家の書写本には「荻」ではなく「木の枝」であったと聞いているという。「青表紙本」は為兼の京極家ではなく二条家に伝えられたが、御子左家の本文を知らなかったはずはなく、為兼までも誤って解釈していたのか、俗説との混同が早くから生じていた。定家も親行も、一貫して「荻の枝」の本文である。

幕府の足利義詮に仕え、冷泉派の歌人としても知られる今川了俊の『師説自見集』によると、

私云、昔承り及びしは、小鳥を木の枝とは河内本なり、小鳥を荻の枝は青表紙説とこそ承りしを、このごろ『紫明抄』を見はべるに、木の枝の説は西円法師が説と云ひたり、

と、「木の枝」は河内家、「荻の枝」は「青表紙本」と聞いていたが、『紫明抄』を見ると、「木の枝」とするのは西円説だったと記す。さまざまな解釈が流布していく中で、いつの間にか河内家は「木の枝」説と誤解されていたようで、西円が親行を訪れて自説を述べたことが、混同されて伝わったのであろうか。

同じく了俊の『二言抄』(「和歌所への不審条々」)には、西円の消息を伝える。

昔、藤谷殿にて、八代集を人びとに、四季、恋、雑、六首を、各々の好みの歌を撰ばれ候ひて、持参して詠吟候ひて、御沙汰候ひける。または光源氏の巻々を、人びとに鬮を取らせ

られ候ひて、その巻のやうを書きいだして、よしあしを御沙汰候ひけり。これらもただ、物をこまかに見せられ候はむためのことと承り及び候ふ。是は阿仏の禅尼の御張行候ひて、西円など申しける才学の輩なども入りて候ひけるとかや。かやうの事も、常に御沙汰ありたく存じ候ふにて候ふ。

藤谷殿は鎌倉の藤ヶ谷に由来する冷泉家を指すため、鎌倉に居を構えて以降のことなのであろう。『古今集』から『新古今集』までの八代集のうち、四季、恋、雑の部から好みの歌六首を抜き出し、人びとは冷泉家に参集して詠吟し、解釈なり鑑賞を披露したという。和歌の勉強会といってもよく、取り上げた歌のよしあし、詠まれた情景、作者や内容などについて議論もされたことであろう。

別の機会には『源氏物語』の巻々をくじ引きにし、担当した巻をまとめて書き出すと、内容について批評が加えられる。主宰したのは阿仏尼で、和歌や『源氏物語』を、詳細に読み解く力を養うのが目的だったという。冷泉家の門下生の和歌修練の方法で、鎌倉の武将たちの参加のもとに『源氏物語』を読み、阿仏尼の講釈もあったことであろう。西円は「才学の輩」と評され、阿仏尼のもとに出入りし、連歌の会にも出座するなど、鎌倉では学識の僧と知られていた。「播磨西円」と名のるからには、もと西国の武将で、平家没後に出家して鎌倉に滞在していたとも想像される。『紫明抄』には『源氏物語』の解釈について、通説とは異なる無体な読みを示すなどし、人びとから嘲弄され、ついには鎌倉から「逐電（ちくでん）」してしまったと記す。都や鎌倉では講釈の会が開かれ、〈秘説〉の伝授もなされたにしても、地方の守護や知識階級にとっては『源氏物語』の内容を知る機会がなかった。評判になればなるほど知的欲求は増し、傍流の異説とは知らないまま、西円や祐倫といった〈源氏学〉の継承者が重宝され、人気もあって広まってもいく。

虚構による史跡

『源氏物語』は歌人たちに受け継がれ、読者は貴族から武家、庶民の富裕層へと拡大し、都から地方へと広がっていく。時代とともに変遷する典礼故実は複雑な注釈が生まれ、〈秘説〉としても数多く派生していった。その世界を普及させたのが、庶民的な人気の連歌に取り込んだ連歌師たちで、より平易に物語の内容を説明し、ダイジェスト版によって愛好者を獲得する。和歌は貴族の時代から蓄積してきた読みの伝統をもつが、連歌には『源氏物語』を作品に取り込む方法も実績もない。歌を詠むといっても、歌道に通じ、『源氏物語』を知っているわけではない。初心者用に工夫されたのが『源氏小鏡』のような梗概書で、巻ごとのあらすじと、代表的なことばが引用され、簡便に利用することができた。

源氏は政治的な身の危険を感じ、都を離れて須磨に下り、数人の供人と静かな生活を過ごす。「植ゑし若木の桜ほのかに咲きそめて」と、昨年の春に植えた桜は花が咲き初め、早くも一年が過ぎたのかと感慨深く、別れてきた人びとの姿を思い出す。

住まひたまへるさま、言はむ方なく唐（から）めいたり。所のさま絵に描きたらむやうなるに、竹編める垣しわたして、石の階（はし）、松の柱、おろそかなるものから、めづらかにをかし。

源氏の住まいは唐風の造り、須磨の海辺のさまは屏風絵のようだとし、庭には竹を編んで廻（めぐ）らした垣根、石の階段、松の柱という質素な建物にしかすぎないとはいえ、都の御殿とは異なる趣でもあった。『源氏小鏡』では、

かりそめの家居（いへゐ）なれど、あたりをかしくとりつくろひ、松の柱、竹の簀垣（すがき）、石の階（はし）、やう変はりてなかなかおもしろし。庭の立石（たていし）、桜などほり植ゑて、時のほどに見どころありてしなさせたまふ。

とし、この場面からのことばとして、

若木の桜　庭の遣水　庭の草　松の柱　石の階　竹垣

と、具体的に例示する。本文を読んでいない者でも、源氏の須磨での生活のさまを知り、引かれ

たことばを用いて和歌や連歌を詠めば、人は『源氏物語』を用いたと理解し、学識があると敬意が払われることになる。〈雅〉の和歌が基本となり、〈俗〉の連歌の世界にも通用することばへと変質していく。

「若木の桜」は、源氏が須磨のわび住まいの庭に最初に植えた小さな桜で、それが翌年には初めて花を咲かせたという、月日の過ぎたことを示す象徴的な存在で、歌人たちもしばしば歌語として用いた。

植ゑをきし若木の桜咲き初めば告げよ我が背子見に帰りこん（飛鳥井雅有『隣女和歌集』）

「我が宿に植えた桜に花が咲き始めたなら、旅にある私はすぐに都に残した愛しい方のもとに帰ってまいりましょう」となり、これでは源氏の須磨での生活を背景にした歌とは読み取れない。雅有は『嵯峨のかよひ路』でも知られる『源氏物語』にも通じた歌人であり、発想を逆転し、須磨での「植ゑし若木の桜ほのかに咲きそめて」を、都を離れる折とし、紫上と会えないまま早くも一年が過ぎた悲しみを歌う。「若木の桜」から須磨の源氏のわび住まいと、早く帰京したいとの思いが連想されないと、歌人としての素養のなさが疑われかねない。

「若木の桜」を具体的に詠んだ例としては、寛正五年（一四六四）二月に、大内教弘に招かれて山口に下向する正広（正徹弟子の歌人）が、須磨の浦を訪れたときの歌が残る。

それより源氏の住みたまふ所を知る人ありて尋ねはべるに、繁りたる山の麓に御堂あり、その前に桜あまたあり、この桜は、昔の若木の末と申すに、堂の柱に書き付けし

今は世に若木の桜老いにけり植ゑし昔の人や恋しき（『松下集』）

何とも奇妙な歌なのだが、源氏が住んでいたとされる場所には堂が建てられ、庭には桜の花が咲いていた。「かつて源氏が植えた若木の桜が、歳月とともに増えてこれほどの数になった」という。虚構の物語は史実となり、目の前に広がる現実と混同した展開だが、正広は別に不思議に思うことなく、堂の柱に「源氏が植えたという若木の桜も年老い、昔ここに住んでいた人が恋しく思われる」と書きつける。須磨寺（福祥寺）は源氏の須磨隠棲のモデルの地ともされ、紫上を恋しく思って植えた「若木の桜」の跡というのが、今では観光名所になっているのも、『金色夜叉』のお宮の松と同類であろう。

同じくダイジェスト版『源氏物語提要』（今川範政著、永享四年〈一四三二〉）には、

日数もやうやう移るままに、竹の垣、松の柱などして、庭には梅の古木、若木の桜、小柴垣、遣水、立石、心あるさまにしつらひて住みたまふ。

とし、『源氏小鏡』でもそうなのだが、『源氏物語』の本文に記されるのは「若木の桜」「松の柱」「石の階」で、「竹垣」ではなく「竹編める垣」であった。いつの間にか「庭の草」が生え、「梅の古木」があり、「遣水」が流れ、池も造られたのか「立石」も据えられる。源氏が住んだ建物には庭があったはずだが、訪れた春に植えた桜だけではなく、梅も、遣水もあったと、ダイジェスト版の作者はイメージをふくらませ、『源氏物語』には書かれていない新しいことばを追加してしまう。読者は、本文と照合するわけでもなく、源氏の須磨での生活を、これらのことばから想像して和歌や連歌に取り込んでいく。

同じく正広には、

須磨の浦や若木の桜咲く梅のまづ花匂ふ春の山風（『松下集』）

の歌があり、ここには「若木の桜」のほかに「梅」が詠まれるのも、新しく作られた源氏の住まいの庭が想念にあったのであろう。同じような例を、以下いくつか示しておく。

石の階(はし)松の柱も苔むしてふりにしかたを恋ひわたるかな（『平親清四女集』）
松の柱竹編める垣同じくはなほ奥山にしのびはてばや（『将軍家歌合』文明一四年六月）
音に聞く若木の桜見てゆかん磯近く漕げ須磨の浦舟（熊谷直好『浦のしほ貝』）

『源氏小鏡』の「須磨」に続く「明石」巻は、「この巻に源氏、須磨より明石の浦伝ひたまへば、明石の巻といふべし」とし、激しい暴風雨の中を、明石入道が源氏を助けに迎えの舟を出す。「そのほどのことば」として、

迎ひの舟　這ひ渡るほど　舟出　追ひ風　浦伝ひ　浦より遠

と、和歌や連歌に用いることばを列挙、それを用いての作品が生まれてくる。

異文を用いた俳諧

物語では、夢に父桐壺院が現れ、「住吉の神の導きたまふままに、はや舟出してこの浦を去りね」と告げ、ほどなく明石から入道の迎えの訪れがあり、「舟出だしはべりつるに、あやしき風細う吹きて、この浦に着きはべりつること」「例の風出で来て、飛ぶやうに明石に着きたまひぬ。ただ這ひ渡るほどに」と、源氏は風雨の激しい須磨から無事に救出される。「這ひ渡るほど」「舟出」などは『源氏物語』本文の引用だが、「迎ひの舟」「追ひ風」などは、読者が内容を的確に理解できるようにとの造語である。読む者が『源氏物語』のことばと判断し、連歌や俳諧に利用していくと、また異なった物語の世界が広がる。

江戸時代の俳諧の例を示すと、

飯蛸(いひだこ)も這ひわたるほどや須磨明石（『貞門俳諧集』時勢粧）
月光る色や明石の迎ひ舟（『源氏鬢鏡(びんかがみ)』渋谷以重）

といった句を見いだすが、これらが「明石」巻の特有のことばとして用いられていた実態を知るであろう。

ダイジェスト版が用いた本文は、中世に一般化する「青表紙本」ではなく「河内本」の亜流本か「別本」だったようで、注釈も正統からは離れた傍流や俗説がしばしば引用される。この種の異説が、民間にはいかに広く流通していたかが知られてくる。

源氏が末摘花の鼻の赤いのをからかい、若紫の前で自分の鼻に紅をつけて見せる。源氏は鼻の紅を拭きとる真似をし、「さらにこそ白まね、用なきすさびわざなりや」と、「もとのように白くならない、つまらないいたずらをしたものよ」と嘆くと、若紫は本気になり、そのまま染(し)みついてしまうのではないかと心配し、「寄りて拭(のご)ひたまへば」（末摘花）という場面がある。『光源氏一部歌 幷(ならびに) 詞』（作者未詳、江戸時代初期成立）では、

源氏、御鼻なる紅を、そら拭(のご)ひして、さらにこそ落ちねとのたまへば、紫上さもや染みつか

んと危ふげにて、陸奥紙を硯の瓶の水に濡らして拭ひたてまつりたまへば、

と説明し、『源氏小鏡』にはこの場面のことばとして、

陸奥紙　そら泣き　硯の水

を示す。ダイジェスト版だけからは、『源氏物語』の本文もこのように描かれ、具体的にはこれらのことばを用いて表現されていると考え、和歌や連歌に趣向を凝らして取り込んだはずである。「青表紙本」では、源氏が鼻の紅がなかなか落ちないとふざけると、若紫は心配してすぐに寄ってきて拭きとったとするだけで、ここには「陸奥紙」も「硯の瓶の水」も出てこない。「河内本」では、

いといとほしと思ほして、御硯の瓶の水に陸奥紙を濡らし、寄りて、拭ひたまふ。

とあり、若紫は厚みのある陸奥紙を、硯の瓶の水で湿して源氏の鼻の紅を拭ったと、具体的な行動の説明をする。「別本」を見ても、

そら拭ひをして、「さらにこそ落ちね、ようなきすさびわざをして、内裏（うち）にいかにのたまはんとすらん」と、いとまめやかにのたまへば、いといとほしとおぼして、硯の瓶の水に紙を濡らして拭ひたまふ。（陽明文庫本）

と、ここではたんに「紙」とするが、「青表紙本」のように若紫が寄って拭いたとはしていない。いきなり鼻の紅を拭いたとあっても、若紫は素手なのか、何か用いたのか、「青表紙本」では説明がなく、表現はことば足らずというほかない。源氏は、「困ったことに、拭いてもとれない」と、若紫の前で「空泣き」をした本文もあったのであろう。

定家以前の『源氏釈』には、

紫上に、鼻に紅つけて見せたまふ所、御硯の瓶の水に紙を濡らして拭ひたまへば、

とあるし、「河内本」を用いた『紫明抄』『河海抄』でも、見出しは「御硯の瓶の水に、陸奥紙を濡らして拭ひたまふ」とする。「河内本」の恣意的な校訂などではなく、「別本」にも見られるように、古くは確かにそのような本文が伝流していた。定家は必要がない表現と判断し、大幅に削ったことになる。物語に直接関係しない、説明とか挿話的な話になると「青表紙本」では削除していくというのが、定家の本文づくりの基本的な方針だったようである。

室町時代以降になると、読者層の拡大に伴い、『源氏物語』の多種多様なダイジェスト版が生み出されてくる。一冊か二冊で内容がわかる程度で、手軽に懐にして用いることができた。依拠するのは「青表紙本」ではなく、古くから伝えられた本文が用いられ、異説や傍流の説も含まれることもあった。一般の読者はそれで充分で、引かれたことばを用いて和歌や連歌を詠めばよく、誤りだと人からとがめられるわけでもない。正統的な研究とは異なる世界では、俗説・異文をもつ『源氏物語』が現実には根強く用いられていた。

四　優位に立つ「青表紙本」

了俊の評価

「青表紙本」の名称は、京極為兼が御子左家の相伝文書に関して二条為世を非難した記録に残されていたが、本文はすでに二条家から冷泉家に譲渡されていたようだ。これまでの経緯から推測すると、「青表紙本」は定家が〈証本〉と称した特定の五四巻を指し、それ以外の本文とは区別していたのであろう。もっとも、これは確実ではなく、〈証本〉が「青表紙本」であったとの確証はない。鎌倉時代には「河内本」が広く用いられ、室町時代になっても講釈の場や、注釈書の作成においては、河内家の本文と学説が有力であった。「青表紙本」へと逆転するのは、和歌の世界における俊成の影響力と、定家への尊崇の念の高まりに伴う背景があった。

冷泉家に伝えられた「青表紙本」もほどなく流出するが、兼好が寸法まで写し取った本が存在するなど、定家本の評判は早くから人びとの間で支持され、転写も重ねられていた。世の中には数多くの伝本が流布し、徐々に「河内本」と「青表紙本」との二つの系統に淘汰されてくる。大きな転機を示すのが、すでに述べた冷泉家の歌学を受けた今川了俊の『師説自見集』あたりからで、『源氏物語』の本文について、「いかやうにも詞は青表紙の本なほ面白く存ずる也」としていた。定家の歌人としての思いだけではなく、客観的に本文の比較をし、定家本に表現の価値を見いだす態度を示す。

おおまかな表現をすれば、「河内本」は説明を補った散文的な文章であるのに対し、「青表紙本」は簡潔な文体と情趣的なみやびやかさをもつ。そのスタイルが歌人たちには好まれたようで、注釈についても傾向は同じであった。

源氏が方違え（かたたがえ）で訪れた「中川のわたりなる家」について、「京極河のあたり」とか、「道長邸と上東門院彰子邸との間に流れていた川」などと、具体的で詳細な考証をするのは河内家の注釈書で、定家は『奥入』において問題にしようともしない。作品を解釈する上において、どこであってもよいとの定家の姿勢なのであろう。源氏が夕顔を連れ出した「なにがしの院」についても、それがどこなのか、「河原院」がモデルではないかなどと、河内家では考証をするが、定家は顧慮することもない。判明したところで、物語を味わう上では関係がないとの立場なのであろう。定家は父俊成説を受けて本文の情趣を味わい、中川が流れていた場所とか、「なにがしの院」はどこの屋敷に該当するなどと、現実の世界と重ねて読む方法にはくみしなかった。

「けしきことに」と「けしきばかり」

本文に関して今川了俊が『師説自見集』において、「青表紙本」を評価する考えを端的に示す例を見ておこう。須磨から明石に迎えられた源氏が、八月一三日の月の美しい夜更け、

むすめ住ませたるかたは、心ことに磨(みが)きて、月入れたる真木(まき)の戸口けしきばかりおし開(あ)けたり。（明石）

と、明石君のもとを訪れる情趣深い場面を引いて説明する。

「月入れたる真木の戸口けしきことにおし開けたり」これは紫明抄説なり。「月入れたる真木の戸口けしきばかりおし開けたり」これは青表紙説なり。定家卿云はく、「この言、源氏一のおもしろき言云々」なり、とぞ定家卿は申されける。また、紫明抄云はく、「月入れた

る槇の戸口とは、

真木の戸をやすらひにこそささざらめいかに明けぬる秋の夜ならん

この歌のことばを証歌となすと云々。私云はく、この言必ずしも本歌の心を取りたるにはあらざる歟。ただ、その時のけしきを云ひたればこそおもしろき言とは、定家卿も申されつらめと存ずるなり。……

月見るとてもとより開けたる戸口を、源氏を引導のけしきにおし開きたるよしを、明石入道のしたればこそ、げにもおもしろくはべれ。源氏を見るに心もつき、言もうるをふと教へられたるに、則ちこのことにや、

河内家の『紫明抄』では「けしきことに」とするのに対し、「青表紙本」は「けしきばかり」とあり、定家は「源氏第一のおもしろき言」だと述べたという。『紫明抄』の素寂は、「真木の戸をやすらひにこそ」(未詳歌)を引き、この歌のことばを背景にし、明石入道は「真木の戸口」を「ここからお入りください」と「ことさら」開けていたのだとする。歌の内容は、

美しい秋の月をいつまでもながめたくもあり、もうやめようと思いながら、いつでも外に出て見ることができるようにと、ためらいながら真木の戸口を閉ざさないでいると、長い秋の夜も、もう夜明けになってしまった。

といったところで、いつでも月を見ることができるように、ためらいないながらも戸口を開けていたとする。「けしきことに」とは、その詠者の意図を示していると解する。
了俊は、引歌と物語の情景が重なっているとの河内家の素寂説に同意を示さず、むしろその場の風情がおもしろいとする定家の考えに賛意を示す。明石入道が月を見ようと、もともと開けていた戸口を、源氏がためらいもなく導かれて入るようにと「けしきばかり」開けたままにしていた。源氏が何気なく自然に入れるようにと、すこしばかり戸を開けていたのだという。

「河内本」になると、「ことにおし開けたり」と、明石入道が月を見ていた時よりも戸口を広く開け、「さあ、こちらからお入りください」と言わんばかりの表現となり、定家の風情ある読みにくらべて劣ってしまう。了俊は「ばかり」と「ことに」の違いから、「青表紙本」と「河内本」の性格にまで論調は拡大する。

俊成は「源氏見ざる歌詠みは遺恨のことなり」と述べたが、まさに一つひとつのことばから「匂い」「心むけ」「風情」の味わいに浸ることができ、表現によって物語に「心が引かれ」「豊潤な思いに」なり、いかに細心で精妙な心が必要なのか、定家の指摘によって本文の読みの方法が教えられてくると、了俊は縷々述べて「青表紙本」の優位性を説く。それほど複雑に読まなければならないのかと、いささか定家に加担しすぎるようにも思われてくる。

了俊は、かなりむずかしく、微妙な読みの方法を示す。「ここが戸口だ」とことさらに戸口を開けているのではなく、「忍びやかに導き入れるように開けられた戸口」と、明石入道の心配りと、源氏がためらって訪れる心情とを重ねて読む必要があるとする。定家本は和歌の情趣にすぐれていると評価し、素寂は即物的で具体的な説明の姿勢だというのであろう。河内家は詳細な訓古注釈に向かうのに対し、定家は必要最小限の注記にとどめ、本文の繊細な読みに徹していく。了俊によれば、「青表紙本」は和歌の世界に通暁した上で読む必要があるとするが、その巧緻な表現を発見することこそが定家の求めた『源氏物語』の世界でもあった。

しかし現存諸本を見ると、「河内本」では「けしきことに」とし、「青表紙本」でも「けしきばかり」とする伝本は限られており、定家本の内部でも混乱が生じていた。「青表紙本」を継承すると評価される「大島本」においても、本来の本文は「けしきことにをしあけたり」とし、江戸時代になって「ことに」をミセケチにして「はかり」と書き込む。すると、「大島本」はもともと定家本を継承していなかったことになる。

河内家の学説は散文としての物語を読み解こうとし、一つのことばから故実典礼を解き、和歌の典拠を求め、故事・漢籍を引くなど、詳細の度をきわめていく。定家は和歌的な情趣深い本文の作成に主眼を置き、文脈のリズムに合わないと判断したことばは簡略にする傾向にあり、注釈も最小限度にとどめていた。

「帚木」巻での「雨夜の品定め」で、頭中将が姿を隠した夕顔の思い出を語り、あの女性だって時には自分を偲び、「胸こがるる夕べもあらむとおぼえはべり」とする解釈について、『紫明抄』

では空海の仏書『三教指帰』に引かれる「術婆伽」の詳細な故事を用いて説明する。了俊は、

胸こがるるといふことは、ただ思ひの胸を焼くまでのこと云々。あながちにかかる古事まで引くべきにあらざるよし、定家卿は申さるる歟。あまりにことをうづだかに言はむとて、漢才まで引くことといかがとぞ、

と素寂説を批判する。「胸こがるる」は、定家も述べるように、「思いが強く、胸が焼けるほど」の意でよく、ことさら故事を長々と引くまでもないという。学識をひけらかすように、「胸こがるる」の説明のために中国の古典籍まで引く河内家の方法には反対であった。

別の箇所でも、

河内本にはあまりに才学を申さむとて、さして証歌に足らざることを考え加へたる歟、

と、河内家は学問の家を自負するだけに、注釈を必要としないことばにまで考証を加えているのは、定家と根本的に『源氏物語』の読みが異なると説明する。簡単な解釈で済ませるものを、詳細な注釈を連ね、出典を振りかざすのは、衒学的な河内家の注釈方法だと一蹴する。これでは、河内家の辛苦を重ねた出典考証も無意味になりかねない。

了俊が定家と河内家との注釈方法だけではなく、本文の違いにも及ぶ内容は、すべてではないにしても、肯綮にあたる指摘だとは思う。「青表紙本」は和歌的な情趣を重んじて表現の豊かさを求め、「河内本」はより説明的で論理としてもわかりやすさがある。そのような判断によるのか、「源氏、見なれざる人のためには、河内本大切のこと歟」（手習）と、「青表紙本」は読みにくさもあるため、初心者には「河内本」が「大切」（「重要で必要性がある」）だとする。『源氏物語』の本文は一つに絞るのではなく、読者によって使い分けるべきだとする考えであった。きわめて興味深い指摘で、優劣を論じているわけではないが、享受者の主流は歌人だっただけに、定家への信奉も高まり「青表紙本」に重きが置かれるようになっていく。

『河海抄』でも、「青表紙本」と「河内本」との表現の違いに出くわすと、いずれも両家の〈証本〉なので「各好むところに随ふべし」と一方を排除するのではなく、ともに認める態度を示している。了俊は両本の意義を認めた上で、「詞は青表紙の本」と指摘していたのに、室町時代の半ばを過ぎると「河内本」はすっかり駆逐されてしまう。

五　「青表紙本」の性格

定家本尊崇の機運

「青表紙本」が主流となるに伴い、「河内本」の実態は理解されないまま、本文については関心が失われてしまう。二条家から冷泉家へと伝えられた定家の〈証本〉は依然として行方は知られず、転写本が流布するだけで、異文が混入されていても、「青表紙本」で読んでいると人びとは認識するしかなかった。定家本と称しても、体裁の上でも「四半本」と「六半本」との違いを見たように、本文は一様ではなかったはずである。

鎌倉時代の了悟による『幻中類林』(「光源氏物語本事」)には、

京極(定家)自筆の本とて、こと葉も世の常よりも枝葉を抜きたる本、文字仕(つかひ)……

と、定家本の性格についてきわめて重要な指摘をする。「青表紙本」では桐壺更衣を「女郎花」

と「撫子」にたとえた長い描写をもたず、源氏が鼻に塗った紅を、驚いた若紫がいきなり近寄って拭ったなどと、描写や説明は不十分である。若紫が「陸奥紙」を「硯の瓶の水」に濡らし、源氏に近寄って鼻の紅を拭ったとするほうが、はるかにわかりやすく、読む者には具体的な場面状況の説明になるのだが、定家本ではすべて切り捨ててしまう。河内家でことさら補ったわけではなく、平安時代の本文にも存していたが、定家は必要がないと判断して削除したのであろうか。

平安時代の書写本がまだ残されていた時代に、具体的に多くの本文を披見してきた了悟にとって、「青表紙本」は世に流布する本文に比して「ことば」も「枝葉を抜きたる本」との感想を抱いていた。不要と考えられたことばや、本筋にかかわらない説明的な表現は省略したことを意味する。「青表紙本」では冗長な表現は少なく、緊密で情趣的な表現が基調になっているのは確かで、逆に了俊が「見なれざる人のためには、河内本大切のこと歟」とする指摘とも通じるであろう。

俊成は『源氏物語』を和歌の指南書と位置づけ、『六百番歌合』で歌人必読の書としていたことはこれまでしばしば紹介してきたが、

源氏集を皇太后宮大夫俊成卿に借りて、返し送るとて、書きはべりし
世の中の色なる水を厭(いと)へどもなほみなもとのうちに染みぬる（実定『林下集』）

とあるのを見ると、俊成は「源氏集」なる書をもち、同時代の歌人でもあった後徳大寺実定に貸してもいた。『源氏物語』の和歌を抜き書きした書なのか、利用方法の注記も付していたのか、俊成はみずから学ぶために作成していたのであろう。「和歌の読みの教えは世の中にさまざまあり、どれか一つの色に染まるのは嫌だが、それでも和歌の教えの根源〈みなもと〉ともいうべき『源氏物語』には染まってしまった」と、実定は本の返却に歌を添える。

定家も父の教えを受け、『源氏物語』を歌論書として読み、そのことばなどを用いた和歌作品は多数存するが、本文や学説などはそのまま継承しなかった。夕顔の住むあたりの、「このもかのも、あやしくうちよろぼひてむねむねしからぬ軒のつまなどに」（夕顔）の「このもかのも」について、俊成は「筑波嶺のこのもかのもに陰はあれど君が御陰にます陰はなし」（『古今集』巻二十、東歌）を用いて「筑波山」の特有のことばとするのに対し、定家はたんに「こちら側も、あちら側も」の意だとする。引用する『河海抄』では、「父子の義相違歟、如何」と二人の見解の相違を指摘する。

歌合や歌会などの場において、「唐衣」とか「円居」といったことばを用いると、なんとか一首の歌を無難に詠むことができる。「衣」の「裁つ」を「発つ」にかけて「唐衣立田の山の」とかし、「衣」の「着」は「来」、連想して涙を受ける「袖」「袂」となり、「衣」は「裏返す」ことから人を「恨み」「帰す」などと、「唐衣」の実体は知らなくても、一語から多様なことばが生みだされる。「円居」にしても、集まって座っていることから、「まとゐせる夜」とし、「弓」の「的」

をかけて詠むなど、さまざまなことばと安易に結びつけてしまう。決まり文句は初心者にとって基本であっても、そこから先に進まない者もいた。

源氏は末摘花がいつも同じことばにこだわっているため、「唐衣また唐衣唐衣かへすがへすも唐衣なる」（行幸）と揶揄し、「円居離れぬ三文字ぞかし」（玉鬘）と、「円居」のことばから離れられない歌の読み方にあきれる思いだった。この本文について、『河海抄』によると、俊成本には「まとゐはなれぬかし」あるのに対し、定家本では「まとゐはなれぬみもじぞかし」とすると、二人の本文の違いも明らかにする。

『万水一露』（能登永閑による室町時代末の注釈書）でも、「朝顔」巻の「神さびにける年月」の注記で、俊成が『六百番歌合』の判詞で「さびてこそ」と「褒美の心」で用い、他の歌合でも「その姿、詞、言ひしりて、さびてこそ見えはべれ」と、当を得た表現をしていると賛意を示したのに対し、定家は「剣刀をこそさびたるとはいへとて、父卿を難」じたという。「さび」のことばは、歌の評価に用いるのは誤りであると、父俊成に反論したのであろう。

これ以外にも俊成と定家との解釈や本文の違いが具体的に示されており、連歌師肖柏の『弄花抄』では「河内本」と「青表紙本」との二つの流れがある中でも、「俊成卿父子の本、猶異有り云々」とする。「青表紙本」を伝えた一人の肖柏だけではなく、ほかにも二人の本文の違いが指摘されるなど、定家は俊成本は受け継がなかった。俊成と光行とは本文の相談をしてきたとするように、むしろ俊成本は「河内本」に近い内容だったのであろう。河内家が諸本の校訂に用いた伝本の注記に、「五条三品俊成卿、京極黄門定家卿」とし、それぞれ独自の存在として扱っているのも一つの証跡といえる。

定家本が父の俊成本と異なり、「河内本」とも違いがあるというのは、独自に校訂した結果というほかはない。定家が平安時代の由緒正しい本文に手を加えることなく写し、そのまま今日に残されているのであれば、たとえ転写を重ねていても、古い姿を留める貴重な存在といえる。「青表紙本」が現代でも高い評価を得ているのは、古写本の一本を継承しているとの認識を前提にしており、定家が河内家と同じく諸本を参照し、みずからの和歌的な情趣という美的な判断のもとで本文を校訂していたとすれば、論の前提は崩れてしまう。

中世において、「青表紙本」の優位性が認められたのは、諸本を公正に比較検討した上ではなく、定家という歌学における権威者を尊崇し、了俊などの指摘する和歌的な表現の情趣深さに引かれての結果であった。

了俊の「青表紙の本、なほ面白く存ずる也」との評価が以降の本文の流布に大きな影響を与えていくが、当時は「河内本」も評価は高く、『仙源抄』には両本を引いて客観的な判断を下す。

こまの物かたり　古物語の名なり。枕草子にもあり。「くま野の物かたり」と書きたる本もあり。証本ことに「こま」とあり。愚案、定本「くま野の物かたり」とあり如何、紫上が「くまの物語絵」を目にし、「いとよく描きたる絵かな」（蛍）と見る古物語について、「河内本」は「こま野の物語」とし、『枕草子』にも「こま野の物語」（二一二段）と記される。ところが定家本に「くま野の物がたり」とあるのは、いかがであろうかと疑問視する。一方では孤立した本文を主張する定家には、それなりの根拠があるのであろうとも肯定する。長慶天皇は「青表紙本」と「河内本」の両本を手にし、具体的に比較し、公平な判断のもとに優劣を論じる姿勢ではなく、両本の存在を容認する立場にあった。

一般の読者は世に流布する「河内本」と「青表紙本」を読み比べ、優劣を判別したわけではない。定家本の評価の高まりに伴い、識者は両本を見分ける必要も生じてくる。その要望によって生まれたのが、『千鳥抄』（『河海抄』の著者四辻善成の講釈を聴聞した平井相助の聞書）などに付された「源氏物語青表紙定家流河内本分別条々」で、そこには判別する簡単なことばが列挙される。

源氏が瘧病で北山に赴き、北山の聖の療治を受ける場面を示しておく。

うち笑みつつ見たてまつる、いと尊き大徳のさまなり。さるへきふむ作りてすかせたてまつり。

青表紙にはさるへきものつくりてとあり、

「さるべきふむ」をつくって源氏に飲ませ（すかせ）たのは「河内本」であり、「さるべきもの」

とするのは「青表紙本」であった。両本を見分けるのは、「さるべきふむ」か「さるべきもの」となる。

「青表紙本」による現代の注釈書では、「さるべきもの」について、「ここでは梵字を書いた護符(ごふ)を飲ませるかという。まじないの一種」「ここでは仏の徳を表わす梵字一字を書いた護符」などとするが、「もの」には具体的な意味はなく、文脈からの判断による。谷崎潤一郎訳でも「御符などを作つてお飲ませ申し上げたり」とし、いずれも「護符」の意と解する。「青表紙本」による注釈書『細流抄』(三条西実隆著、室町時代中期)では、「さるべきもの」に「符などなるべし、河内本にはさるべきふんとあり」と、「河内本」に依拠した解釈を示す。

祐倫『光源氏一部歌』には、「さるべき封作りてすかせたてまつる」として、「口伝」だともする。符(護符)を書き、災厄から身を護るため肌に着け、お守り札として柱に貼り、一文字ばかりの薄葉紙に書かれた呪文を飲むこともあった。

「河内本」の「ふむ」は、『紫明抄』で「符也」とし、『河海抄』でも、

符　すかせは飲ますする也。世俗に飲み入るるをすき入るると云也。

と説明する。「もの」では不明なため、「河内本」の「ふむ」を用いて解釈するしかない。

二つの本文が認められ、両立していたころには、違いを知る必要があった。「青表紙本」が標

準になると、もはや「分別条々」などは必要性を失う。定家本がすべてであり、異なる本文は排除されてしまう。

「河内本」と「青表紙本」との本文の違い

室町時代の中ごろから「青表紙本」が優勢になったとはいえ、世の中はまだ「河内本」が大きな存在を示していた。「青表紙本」は情趣的な文体で表現にすぐれているとされ、定家崇拝ともあいまって「河内本」を駆逐するまでに至ったのは室町時代中期の三条西実隆の出現以降である。二つの系統の本文は内容が異なっているわけではなく、基本的には表現も大半は共通するが、全巻にわたって顕著な違いも存するため、以下いくつかの例を取り上げてみる。

源氏が瘧病の治癒のため北山に赴き、大徳の護身と「さるべきもの」の処方によってすこし快方し、後ろの山に登って景色を眺め、供の良清から明石入道の話を聞く（本文は新出の定家本による）。

1　さいつころ、まかり下りてはべりしついでに、ありさま見たまへ寄りてはべりしかば、京にてこそところ得ぬやうなりけれ、そこらはるかにいかめしう占めて造れるさま、さは言へど、国の司(つかさ)にてしおきけることなれば、残りの齢(よはひ)ゆたかに経(ふ)べき心がまへ二なくしたりけり。（定家本、若紫）

明石入道は近衛中将の官職を捨て、みずから願い出て地方役人の播磨守として赴任し、任期を終えた後も帰京しないままその地に住み着き、広大な敷地を占めて生活をしているという。「以前に寄ってみたところ、都では恵まれなかったが、国司として蓄財に励み、余生を豊かに過ごせるだけの用意も充分にしていた」と良清は語る。同じ箇所を「河内本」で示し、違いの部分には傍線を引いておく。

さいつころ、まかり下りたりしついでに、ありさまをも見たまへんとて寄りてはべしに、京にて思ひこそ心えぬやうなりけれ、そこらはるかなる浜をこめて造れるさまいとめづらしく、さは言へど、国の司にてしおきけることどもいと多かりければ、残りの齢ゆたかに経べき心がまへ二なく、（河内本）

子細に比較すると、同じ内容を述べていても、さまざまな違いも見いだすだろう。良清が明石入道の屋敷を見ると、「はるかにいかめしう占めて」は「そこらはるかなる浜をこめて」と、「河内本」では浜辺までも所有していたと、その広大さを表現する。

その後に源氏が夕暮れ時に、惟光と見いだしたのが尼君と、十歳ばかりの少女の姿であった。

2　いとなやましげに読みゐたる尼君、ただ人と見えず。四十余ばかりにて、いと白うあてに、痩せたれどつらつきふくらかに、まみのほど、髪のうつくしげにそがれたる末も、なかなか長きよりもこよなういまめかしきものかな、とあはれに見たまふ。（定家本）

「やや気分のすぐれないさまをして経を読んでいる尼君は、普通の身分とは見えず、年は四十余ばかり、色は白く上品で、体はほっそりしているが顔はふっくらとし、目もとのあたり、髪が背中あたりで美しく切りそろえられている端も、長い髪もよりもかえって今風のはなやかなさまであると、源氏は心をそそられてつくづくと見ていた」と、小柴垣の隙間から見た室内の情景が、源氏の目を通して語られる。「河内本」で読むと、

読みゐたるさま、ただ人とは見えず。四十余ばかりにて、少し痩せたれど、白くあてにてつらつきいとふくらかに、まみのほど、髪のをかしげにそがれたるなど、なかなか長きよりはさまかはりてあはれと見たまふ。（河内本）

と、表現内容はほとんど変わりなく、「青表紙本」の文字数のほうが多いくらいである。尼君が病弱であったのはたしかなようで、「なやましげ」に「中の柱に寄りゐて、脇息の上に経を置きて」いる姿を源氏は見たようだが、「河内本」はそのことばをもたない。「少し」痩せており、

「うつくしげ」が「をかしげ」とあり、「こよなういまめかしきもの」が「さまかはりてあはれ」と見えるなど、表現の意図に違いを見いだす。依拠した本文を書写して生じた異同ではありえなく、まったく別の本文というわけでもない。「なやましげ」「少し」は、転写の過程での見落としと考えるにしても、他の表現はどのようにして派生したのか両本の比較では理解できない。河内家としても諸本を見比べ、正統と思われる本文を採用したはずで、勝手に省略することなどありえなかったはずである。

尼君は病もよくなるが、北山から都の自邸に戻り、ほどなく亡くなってしまう。源氏は幼い若紫を二条院に連れ出そうと思って語りかける。

3 「いざたまへよ。おかしき絵など多く、雛遊び（ひひなあそび）などするところに」と、心につくべきことをのたまふけはひのいとなつかしきを、幼きここちにもいといたうおぢず、さすがにむつかしう寝も入らずおぼえて身じろき臥したまへり。（定家本）

この部分を「河内本」では、次のように表現する。

「いざたまへよ。おかしき絵、雛（ひひな）などいと多かるところに」と、心につくべきことどもをのたまふけはひもいと若くなまめかしければ、幼きここちにもいとうはおぢず、泣きなどはせ

ねど、さすがに寝も入られずむつかしうおぼえて身じろき臥したまへり。（河内本）

些細な点まで指摘すると、「河内本」では「絵」も「雛」なども「いと多」いと述べて若紫を誘うことばにし、「けはひのいとなつかしき」だけではなく、「けはひもいと若くなまめかし」と、幼いあどけなさに心引かれる優美さをもつという、定家本の「なつかし」とする親しみの情とはやや異なる微妙な感情を抱く。「子供心に、それほど怖がりはしなく、それでも不安な恐ろしさをもつのか、寝られない思いで、身じろぎをし、横になっていた」とするのと基本的に変わりはないが、「怖がって泣いたりはしないが、さすがにすぐ寝入るわけでもない」とする。「河内本」には「泣きなどはせねど」と、少女の不安な思いを補うなど、短い一文の中にも場面にふさわしい独自の表現をもつ。

定家本と「河内本」との、「若紫」巻から顕著な違いの場面を引いて比較したが、なぜこれほど両者に異なりがあるのか、語られた内容に変わりがなく、不思議としかいいようがない。平安時代末期には、同じ内容を語っていても、これ以上に表現の異なる本文が氾濫していたともいえる。

河内家では写本二一本を集め、その中から有力な八本を中心に、正統な本文を模索し、古伝本のことばや表現を選り分けながら校訂していく。一つの本文に定めることで、平安朝の難解で古風な表現は消え失せたかもしれない。本文を都合よく改作したのではなく、多くの中から取捨選択した結果で、桐壺更衣の「未央の柳」、夕顔の右近の「ふくいと黒く」も、俊成との相談の上で慎重に定めたとする。そのようにして成立した「河内本」と定家本との間に、これほどまでの違いが見られるのは、定家はまた異なる基準で校訂したとしかいいようがない。

「巣守」や「さくら人」の別伝の巻を排除し、世尊寺伊行のころには「関屋」「蓬生」の巻序であったのを、「蓬生」「関屋」の順序に入れ替えるなど、大枠で基本的に共通するのは、河内家と俊成との認識と了解が背景にあったはずだということである。『源氏物語』を歌の世界に取り込むには、乱立した本文を整理し、鎌倉の新しい物語にして受容することが、俊成の願いでもあった。定家は基本的な合意を継承し、複雑にからむ本文の整理にあたって、河内家とは視点を異にし、流伝する多様な中からむしろ自分の美的感覚にふさわしい、簡潔で緊迫した表現を採択していった。「河内本」は初心者向けの「わかりやすい説明的な本文」との評は、意図して古写本からそのような表現を選び出したのでもあろうし、時には錯綜する本文を書き改めたかもしれない。源光行は本文の採否の決断に際し、俊成に相談し、教えを受けたこともあり、「河内本」の性格と多分に共通していたはずである。

むしろこれまでも具体的な本文の性格を比較したように、定家本と父俊成本とはいささか乖離していた。『弄花抄』にも指摘するように、世間では俊成と定家の本文は違いがあるとの認識である。定家とて古写本の一本を忠実に転写しただけではなく、諸本を求めて校訂をし、ときには改変の手を加えてもいたであろう。『古今集』を例にすると、俊成本も定家本も現存するが、本文がすべて一致しているわけではない。定家は生涯に少なくとも一七回は『古今集』を書写しており、その一部が今日も残される。定家はそのつど校訂し、同じ本文はなく、理想とする姿に近づけようと努力を怠らなかった。『源氏物語』にも、古典籍に対峙する校訂姿勢は変わらなかったに違いない。

定家本の簡略化

定家は俊成本を継承することなく、別に本文の校訂を長年にわたって続け、〈証本〉と称する「青表紙本」をつくり上げた。「青表紙本」は定家が手を加えた最終的な本文として伝承され、二条家、冷泉家、北条氏と伝わり、兼好が「一条猪熊旅所」で書写して以降は所在不明となる。室町時代後半からは「青表紙本」の寡占状態となり、「河内本」が再発見されたのは近代に入り大正時代になってからであった。その後に池田亀鑑が膨大な諸本の調査整理によって、本文素性の明らかな〈青表紙本グループ〉と〈河内本グループ〉に大別し、いずれにも属さない本文群を「別本」と仮称した。

「別本」は残された数は少なく、相互に関係性はないが、河内家や定家の影響を受けない古い姿を残している可能性があり、そこに見いだされる特異な本文は注目される。具体的には平安時代末期成立の『源氏釈』に引用された本文が、「別本」の陽明文庫本と近似する例など、「河内本」や定家本とは異なる物語の世界も見られる。

『国宝源氏物語絵巻』の「詞書」も定家本とは距離をもっている。これらによっても、現代の読者は平安時代の『源氏物語』を読んでいるわけではないことがあらためてわかる。「古系図」もそうだったが、河内家や定家の校訂本の出現は、それ以前の混乱した本文を否定し、鎌倉時代の物語として再編、変質した姿ともいえる。

本文の大きな流れからすると、「河内本」はときに「別本」と共通するなど古体をとどめ、定家本と距離をもつのは、新しい作品に再生しようとの定家の意識が根底にあったからかもしれない。

紫式部の手から離れた『源氏物語』は一本ではなく、複数の本文にすでに違いが生じていたのであろうし、人びとに書写されるに従い異文が派生するのは仕方のないことである。それだけ興味深い作品として、読者は享受し楽しんでいたはずだが、二〇〇年ばかりのちの鎌倉時代になって、伝本によって異なる本文を一本化しようとしたのが、河内家や定家の校訂本であった。残念なこととはいえ、現代の私たちは平安時代の『源氏物語』ではなく、鎌倉時代に定家の方針のもとに整理し直された本文で読んでいることになる。よしんば平安時代の伝本が残っていたとしても、異なる表現の多さに振り回され、作品の解釈には困難が伴い、人気のある作品として読まれていたのかおぼつかなくなる。定家の校訂によって、紫式部の意図を汲んだスタイルの『源氏物語』が復活したのだとも考えたい。結果として紫式部の原典に近づいたのか、むしろ表現がそぎ落とされ、和歌的な要素の横溢した鎌倉の作品になってしまったのか、それ以上は想像するしかない。

このような背景を視野に入れ、定家本とそれ以外の本文の特色をあらためて見直してみたい。二六四頁に引用した1の「はるかなる浜をこめて」とする「河内本」は、「別本」の陽明文庫本と一致し、2定家本の「いとなやましげ」は「河内本」になく、「長きよりはさまかはりてあはれと」は陽明文庫本と共通し、定家本とは異なる。3についても同じで、河内家が勝手に手を加えたのではなく、諸本の中から一つの表現を選択した結果であり、平安時代末期の本文を伝えるかともされる陽明文庫本と重なりを見せる。定家本が簡略な表現になっているのは、独自の判断によるのかどうか明らかではないが、冗長で説明的な本文を避けたのは確かである。数多く残された本文の中から、定家は美的感覚によってむしろ簡潔な表現を優先し、自分の思い描く『源氏物語』の再現に努めたのだといえる。

桐壺院が譲位し朱雀帝の即位にあたって、賀茂斎院の御禊の行列が一条大路をきらびやかに進む。沿道には祭の見物客が詰めかけ、とりわけ源氏が参列するだけに、一目見ようと人気は高まるばかりであった。出産前で鬱々(うつうつ)とする葵上と、葵祭の見物に出かけたい女房たちとの場面を、まず「青表紙本」(具体的には「大島本」)を引き、次に「河内本」を示して違いを見ることにする。

4　若き人びと、「いでや、おのがどち引き忍びて見はべらむこそはえなかるべけれ。おほよそ人だに、けふの物見には、大将殿をこそは、あやしき山がつさへ見たてまつらんとすなれ。遠き国々より妻子(めこ)を引き具しつつも参(ま)うで来(く)なるを、御覧ぜぬはいとあまりもはべるかな」と言ふを、大宮聞こしめして、「御ここちもよろしきひまなり。さぶらふ人びともさうざうしげなめり」とて、にはかにめぐらし仰せたまひて見たまふ。（大島本「葵」）

葵上は懐妊中でもあり、出かける気はなかったが、「行列に参加する大将（源氏）を見たく、身分の低い人までが見物しようと、遠い国からもわざわざ妻子まで連れて来るのに、見物なさらないのはつまらないこと」と、若い女房たちは催促する。母の大宮がそれを聞き、「ご気分もよさそうなので、お出かけなさい。女房たちも、ものたりなさそうです」と勧め、急に出かけることになった。このあと、六条御息所との車の場所争いが起り、御息所の怨念が物の怪(け)となって葵上を死に至らすという事件が引き起こされる。

若き人びと、いでたちて、「いでや、おのがどち引き忍びて見はべらむこそはえなかるべけれ。おほよその人だに、けふの見物(みもの)には、大将殿をこそ、あやしき山がつ、たびしかはらまでかねてより見たてまつらんことをあらそひはべるなれ。遠き国々よりも聞き伝へて、わざと妻子(めこ)を引きつつのぼり参(ま)うで来(く)るたぐひ多くはべるなるを、御覧んぜざらんはいとあまり埋(む)もれいたきわざかなと」と口々つぶやくを、大宮聞こしめして、「御ここちもよろしきひまなめるを、御覧ぜよかし。さぶらふ人びといとさうざうしげなり」と、そそのかしきこえ

たまひて、にはかに御車ども御前（ごぜん）などめぐらし仰せたまひて見たまふ。（河内本）

これほどの違いになると、それぞれが依拠した本文はどのような状態にあったのか、想像もつかない。「山に住むような身分の卑しい者までも、源氏の姿を見ようとしているようです」とするのに対し、「河内本」では「山がつ」だけではなく、「たびしかはら」と称される「瓦礫（がれき）」のような「取るに足りない」者までも、あらかじめ準備をし、一目でも源氏を見たい思いから、争うように都大路へ出かけていると、かなり詳細な説明をする。源氏が行列に加わるという噂を聞き伝え、遠い国々の者までも、ことさら妻子まで引き連れて上洛しているとする。

「青表紙本」によると、母の大宮は葵上を見て、気分も「よろしきひまなり」と判断し、「女房たちはものたりなさそうです」と告げると、急にお触れが回って見物となったとする。「河内本」では、「よろしきひまなめるを、御覧ぜよかし」と、「気分がよろしいようなので、御覧にお出かけなさい」と勧め、女房たちにも「そそのかしきこえ」てと、見物に行くように誘い出す。その前提があり、車とか前駆の者たちを集める下命があって出かけることになった。「河内本」は具体的で詳細な説明がなされ、簡略な「青表紙本」とは明らかに異なる。

「河内本」では読者の理解を深めようとことばを補った結果、独自の本文となったのかと疑いたくもなる。ところが、別本の「陽明文庫本」においても「あやしき山がつ、たびしまで見たてまつらんことを、あらそひはべるなれ」とするなど、以下「河内本」と共通する本文が続く。河内家で勝手に説明を加えたのではなく、校訂に採用した本文が、現存する別本と同種の祖本に依拠していたにすぎなく、かえって古い姿を留めている可能性もある。

「青表紙本」の叙述は簡潔だといっても、「河内本」のように「地方からも聞き伝え、わざわざ妻子まで引き連れて上洛する人が多いと聞いている」とか、「今日は気分がよさそうだから、お出かけなさい」と大宮がことさら慫慂（しょうよう）して車や従者の手配を命じたと書かれなくても、各地から階層の隔てなく人びとが都に上っているとか、牛車で出かけるには前駆が必要なことは説明するまでもない。

了俊が指摘していた、「源氏、見なれざる人のためには、河内本大切のこと歟」とする、初心者には「河内本」がふさわしい本文だとする認識と重なり、定家本が「ことばも世の常よりも枝葉を抜きたる本」（『幻中類林』）とする言及と通底してくる。定家は、葵祭の見物に出かけるまでの経緯を、こまごまと説明する必要はなく、葵上と六条御息所との「車の所争い」による緊迫した場面に早く移行する方が効果的と判断したとも考えられる。了俊のいう「詞は青表紙本なほおもしろく」とは、『源氏物語』に習熟した者にとってはリズムのある文体として評価するとの意になる。

もう一例、「松風」巻の源氏が大井の明石君を訪れた翌朝の描写を引いておく。

5　たをやぎたるけはひ、皇女（みこ）たちと言はむにも足りぬべし。帷子（かたびら）ひきやりて、こまやかに語らひたまふとて、とばかりかへり見たまへるに、さこそ静めつれ、見送りきこゆ。（大島本「松風」）

「帰京する源氏を、悲しみを内に秘めた明石君の〈たをやぎたる〉とするしなやかさは、皇女といっても不足のない姿である。源氏は几帳の垂れ布を引きのけ、情愛深く語りかけようと、しばらくふり返って御覧になると、別れの悲しみを抑えて伏していた明石君も、見送りなさる」と、情趣深く語られる。明石君は受領階級の娘には似ず、優美な姿は内親王と評してもよいほどだと称賛する。

これが「河内本」になると、

たをやぎたるけはひ、皇女たちといはむにも足りぬべし。帷子ひきやりて、こまやかに語らひたまふ。御前など、立ち騒ぎてやすらへば、出でたまふとて、とばかりかへり見たまへるに、さこそ静めつれ、見送りきこゆ。

と、傍線部分が加えられる。「源氏は几帳の垂れ布を引き上げ、奥の明石君に別れのことばを語りかける。出立しかけて騒がしくしていた前駆の者たちも、源氏の語りかけようとする姿を見て動作を停止する。その振る舞いを目にした源氏は、いよいよ帰る間際にもかかわらず、しばらく部屋の奥を御覧になると、やっと明石君は見送りなさる」と状況が詳しく語られ、場面がよくわかる。「新編日本古典文学全集」の頭注でも、「河内本」のほうが「文意はよく通る」とし、「新日本古典文学大系」では「青表紙本の脱落か」するほどで、「青表紙本」は脱文かと思われるほどのそっけない表現をする。「大島本」だけではなく、「青表紙本」系統の諸本はすべて共通した本文なので、誤写ではないのだろう。

「御前など、立ち騒ぎてやすらへば」は、源氏の供人として自然な配慮で、主人の意向を無視して勝手に帰りを急いでいるわけではない。「河内本」だけではなく「別本」も同じ本文をもっているため、むしろ定家が説明的な部分は省略したのではないかと、疑いたくもなる。定家の改変とも取れるし、伝えられた一つの本文に依拠したとも、これ以上は判断のしようがない。

「河内本」と「青表紙本」の本文を並べると、多くは同じ文章が続き、ささいなことばの異なり、語順の違いが目につく程度である。例文によって知られるように、「青表紙本」は「河内本」に比べて文章量が少ない傾向にあり、詳細な叙述がなされていても、内容の展開にかかわらない場面になると定家本では簡略化する傾向があり、それだけ緊密な文体の表現になったともいえる。

定家が採用した本文には存在しなかったのか、むしろ意図して説明的な文辞は省き、情趣深い文体にしたのか、判断はつきかねる。ただ定家が自分の描く理想の物語にするため、文章を改作したとまでは考えられず、多くの諸伝本から本文を選択して校訂した結果が、「河内本」や「別本」との違いになったと考えたい。もし定家が手を加えたとしても、平安時代の紫式部の文体を再現するための、最小限度の訂正であったろう。

「河内本」はときには「別本」と共通した性格をもち、鎌倉時代に同種の本文が存在したと知ると、逆に「青表紙本」が孤立してくる。表現を重んじた「青表紙本」はいわば玄人好みの文体といってもよく、講釈する者は知識を披歴し、自分なりの物語の場面を語る余裕が生まれる。定家の情趣に富んだ表現は歌論書として重んじられ、定家崇拝の時代の流れにより、「青表紙本」は『源氏物語』の標準テキストとして世の中を席捲(せっけん)していった。

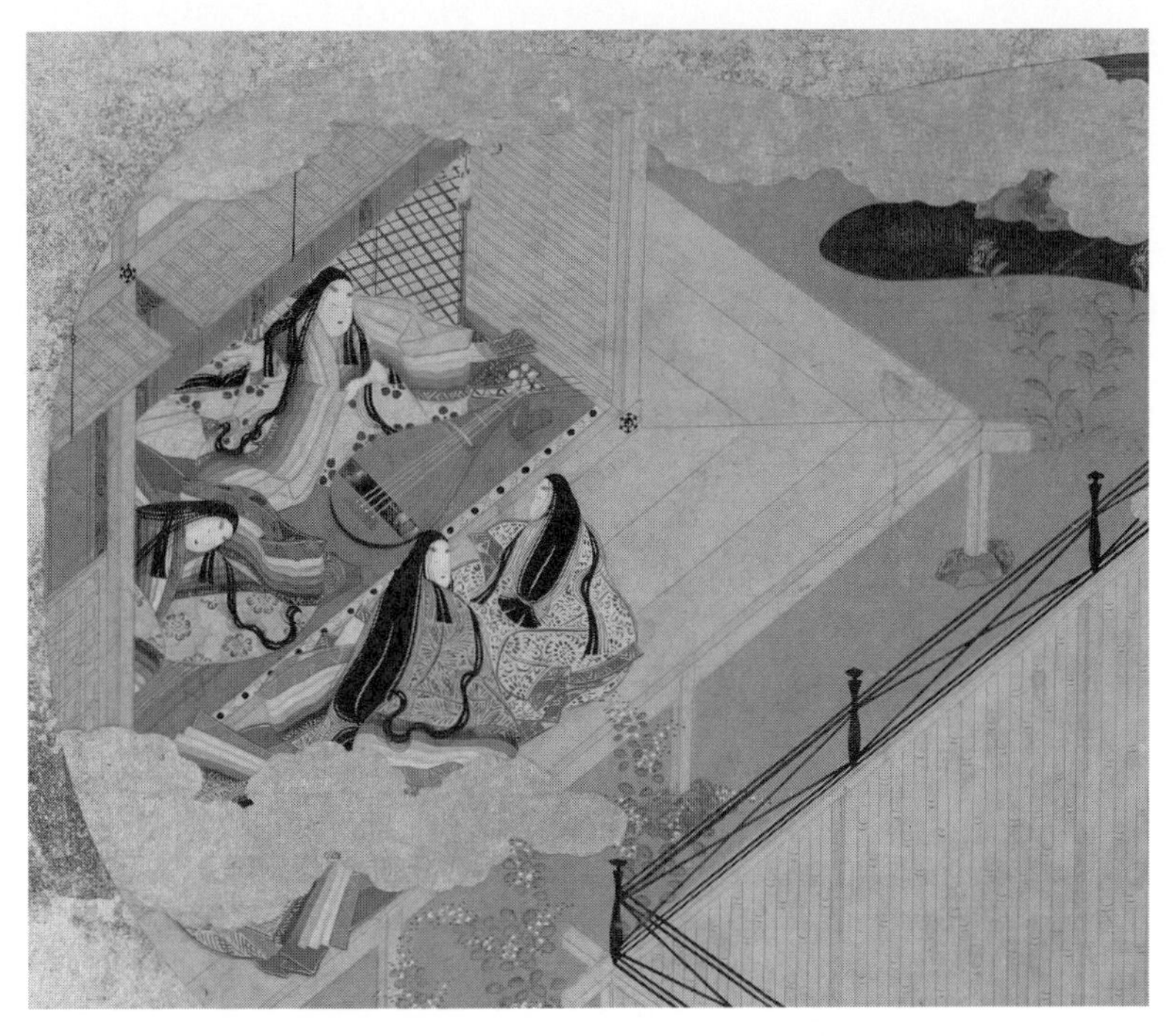

九章　「青表紙本」の再発見と流布

『源氏物語団扇画帖』「橋姫」
（『日本古典籍データセット』国文学研究資料館蔵より）

一　一条兼良の『源氏物語』研究

応仁の乱による焦燥感

定家の「青表紙本」は、兼好法師が「一条猪熊旅所」で書写したころまでは伝存していた。その後行方不明となり、了俊が「抑も青表紙本と申す正本、今は世に絶たる歟」と述べるように、所在はわからなくなっていた。

それから六〇年余ののち、「応仁の乱」が勃発（一四六七年）し、世の中は戦乱と混乱の時代となり、一条兼良邸の膨大な書籍を収めていた文庫「桃華坊」が焼失するなど、各地の文化財の損失ははかり知れないものがあった。兼良の手もとに残された資料は、奈良に住む息子尋尊（じんそん）の隠居所成就院（じょうじゅいん）に運び込まれていた。日常利用する書籍にすぎなく、それを用いての文学活動をするしかなかった。

兼良は和漢に通暁した稀代の碩学とされ、『源氏物語』の研究にもかかわりは深く、宝徳元年（一四四九）には『源氏和秘抄』、享徳二年（一四五三）には源氏と薫の年齢によって物語の全体を組み立てた『源氏物語年立（としだて）』を作成している。自邸や各所で『源氏物語』の講釈もしており、聴聞した一人に中原康富がいたことはすでに触れたところである。営々と蓄積し、書写してきた大量の書物や資料を戦火で失った兼良は、『源氏物語』の注釈書を早くまとめておきたいとの焦燥感もあったようで、奈良に移り住んで五年目の文明四年（一四七二）一二月に三〇巻からなる『花鳥余情』が成立する。兼良はすでに七一歳、『源氏物語』の注釈の歴史においては四辻善成の『河海抄』に次ぐ貴重な成果で、後世に大きな影響を与えることになる。

世の中は「青表紙本」が次第に流布し、兼良は旧来の河内家の本文を用いていたが、定家本の特色を知ると、所持本との違いを書き留めていた。兼良は世の評価に耳を傾け、歌学者の立場からも、定家本を無視できなくなってくる。

『花鳥余情』の「太液の芙蓉、未央の柳もげに通ひたりし」（桐壺）の見出しは、「青表紙本」の本文で示される。「河内本」は、「未央の柳」の語句をもっていなかった。兼良は所持本に、部分的に「青表紙本」を書き入れていたのであろう。注記では、

> 行能自筆の親行が本には、未央の柳の一句を除きたり。始めはみせ消ちにしたれども、後には一向に略したるにや。為相卿本には未央の柳のことばあり。

とし、親行から浄書を求められた世尊寺行能筆の「桐壺」巻には、すでに「未央の柳」の一句は除かれていた。父光行は、俊成の見解もあって、当初はミセケチにしていたが、最終的には消すことを決断したのだとする。

今日でも、伝来する写本が「青表紙本」系統か「河内本」系統かを判別する基準の一つに、「未央の柳」の有無があるが、『花鳥余情』の見出し項目にこのことばを引くのは、兼良の立場がすでに河内家から離れかけていたことを意味してくる。河内学派である兼良は、注記の中で「定家卿の歌はおほくはこの物語よりいでたりと見えはべり」とし、

源氏などを一見するは、歌などに詠まんためなり。詠まんにとりては本歌、本説を用ゆべきさまを知らずしてはいかがと思ひはべれば、いときなき人のため、かやうに記しつけはべるなり。(花宴)

と、『源氏物語』を読む効用は和歌の詠作にあり、典拠を知る必要から初心者にも理解しやすく書いたと、定家説を敷衍して注釈の意義を述べる。各巻で定家の歌を引き、典拠となる『源氏物語』のことばが具体的にどのように用いられているのかも解説していく。

本文は「河内本」がまだ主流であったとはいえ、注釈の付け方は故事、出典の重視から、『花

鳥余情』に見るように、文脈をたどり、表現の豊かさを味わう内容へと変質していく。当時の読みも、物語に横溢する情趣深さを知り、和歌の手引書にする人が多くなってきていたのであろう。兼良自身も、一部に「青表紙本」を用い、定家の和歌への応用を積極的に注釈に取り込む。優位を占めていた「河内本」から、少しずつ離れて変革していく過渡期にあった。

弁と命婦

源氏の強引な逢瀬により、「暑きほどはいとど起きも上がりたまはず。三月(みつき)になりたまへば、いとしるきほどにて」(若紫)と、藤壺中宮は懐妊して三月になってしまい、仕える女房たちは今まで気づかなかったと、あわてて桐壺帝に奏上する。「青表紙本」を用いた本文では、

御乳母子の弁、命婦などぞあやしと思へど、かたみに言ひあはすべきにあらねば、なほのがれがたかりける御宿世(すくせ)をぞ命婦はあさましと思ふ。

と表記し、薄々事情を知っていたのは藤壺の乳母子の弁と命婦であったとする。源氏は王命婦に藤壺と逢う手引きをしきりに求めていたため、「命婦」とあるのは他の巻にも登場する「王命婦」のことであろう。「御乳母子の弁、命婦などぞ」と複数のことばが用いられ、「かたみに言ひあはすべきにはあらねば」と、「互いに相談すべきことでもないので」とする。藤壺の懐妊について、

とても話などできるはずではないと、事情を知る人物が二人いたことをうかがわせる。

桐壺院の崩御後、三条宮に退出していた藤壺のもとに源氏が忍び入った折にも、「近うさぶらひつる命婦、弁などぞ、あさましう見たてまつり扱ふ」（賢木）と、ここにも二人が登場するので、「弁」と「命婦」であったと、さかのぼって推断することができる。

「御乳母子の弁、命婦」の表現について、藤壺の乳母子とするのは弁だけで、命婦は「王命婦」とも呼ばれるように、「王家」（皇族）出身の女房であろうか。『花鳥余情』では、「御乳母の弁命婦」として、次のような注記をする。

> 諸本に相違あり。一本には御乳母子の弁命婦云々。王命婦は御乳母なり。その人の子を弁命婦といふなり。親行本には、弁と命婦との間に句を切りて二人の名とす。弁も御乳母なり。それと王命婦との二人なり。また御乳母の弁命婦と句を切らねば、弁命婦は一人の名なり。

「河内本」は「乳母子」とはなく「御乳母の弁命婦」とし「弁」と「命婦」との間に句点を入れて二人とし、いずれも「乳母」であったとの解釈をしていた。身分が高くなれば、乳母が複数いたのは当然で、成長後も二人は藤壺の近しい女房として仕えていたことになる。

兼良は「河内本」の本文を用い、「御乳母の弁命婦」というのは、母親が「王命婦」という「御乳母」であり、その子が「弁命婦」であると一人説を主張する。親行が句点を付して二人とし、いずれも乳母であったとする説に反対したのであろう。写本には句読点や濁点がなく、どこで切るのか、澄むのか濁って読むのかによっても意味が変わってしまう。「青表紙本」を受け継いだ三条西実隆の『細流抄』では、「弁命婦」の項目のもとに、

二人の名なり。河内本には句を切ると云々。青表紙には弁の命婦と読むなり。一人なり。王命婦が娘なり。ただし二人に読みて心得よかるべきにや。

とし、「青表紙本」では「弁の命婦」と読み、王命婦の娘とする。兼良の時代になると、「河内本」に「青表紙本」の本文が部分的に混入し、注釈についても新旧が入り乱れる混乱期でもあった。

新出の定家本「若紫」巻では、

御めのとこの弁命婦などそあやしとおもへと（御めのと子の弁命婦などぞ、あやしと思へど）

とあり、これだけでは明らかではないが、実隆の注記するように「弁の命婦」と「の」を入れて読んだのであろうか。

江戸時代中期の本居宣長による『源氏物語玉の小櫛（たまのおぐし）』では「御乳母子の弁命婦」の本文を用い、

「青表紙本」の一人説を排して「弁」と「命婦」の二人説とし、

さてなほのがれがたかりけるといふは、命婦一人が思ふなり。さる故に命婦はと、二たび名を言へり。源氏君の密通のことは、弁は知らず、命婦のみ知れることとなる故に、かく分て言へるなり。

と新しい解釈を示す。源氏との密通に気づいたのは命婦だけで、弁は事情を知らなかった。そのために句点を入れて二人の人物とし、「あやしく思へど」と思ったのは命婦だけだったとする。現代の注釈書では宣長説はまったく継承されなく考慮もされない解釈だが、再考してもよい説だけに惜しくは思う。

「賢木」巻にも登場した「近うさぶらひつる命婦、弁」の表記も、句点を入れなければ「命婦の弁」と読め、「弁の命婦」と同一人であった可能性もある。「河内本」では二人説のためか、「命婦の君、近うさぶらふ弁」と分けて表記する。「弁」の名が見えるのはこの二回だけで、王命婦は藤壺が仏門に入ったあと、みずからも出家するなどのちの巻まで姿を見せる。密通によって生まれた冷泉帝に、密事を奏したのは王命婦ではないかと、源氏が疑いをもちもするので、「薄雲」巻まではその名をたどることができる。

「頭中将」は一般に「頭（とう）の中将」と読むように、「弁命婦」も「の」を入れて一人とするか、句点を入れて二人にするのかでさまざまな解釈が生じてくるように、古典の写本というのは一文字でもおろそかにできない。「河内本」と「青表紙本」が併用されていたため、二人なのか一人なのかと論じられたのも、室町時代中期が本文の交替時期であったためで、「青表紙本」が主流になるともはや問題にされることもない。現代では二人説で読み、源氏と藤壺との密事を知っていたのは、命婦だけだったとするのは、苦しい解釈ではあろう。

二　定家本の行方

志多良から宗祇、実隆へ

定家本の消息について、連歌師里村紹巴（じょうは）の著作した『紹巴抄』に、

> 宗祇、定家卿の御流（ながれ）をゆかしく思はれて、志多良（しだら）（奉公ノ人也）といひし人に会ひ申され、青表紙伝授して後、なほ不審を一条禅閤御所へきはめて、三条西殿（内府逍遥院）へ尋ね申されしことあり、

と、兼好が書写して以降百五十余年ぶりに「青表紙本」の存在が明らかになり、世に広めたのは宗祇であったと記す。宗祇は、兼良邸の源氏講釈にも参加していた宗砌(そうぜい)に師事して連歌と古典学を学び、東常縁(とうのじょうえん)からも教えを受けるなど、中世の文学者として大きな存在であった。当時の連歌師がそうであったように、宗祇も地方の守護たちと交流して連歌や古典の普及に努め、上洛しては兼良や実隆とかかわりをもつなど、中央と地方の文化を繋ぐ重要な役割を果たしていた。

　宗祇も定家の「青表紙本」に関心をもっていたはずで、「奉公ノ人」志多良が所蔵するのを知り、懇望して伝授を受けたという。志多良の詳細は不明だが、現在の研究では幕府に仕えた設楽(しだら)氏かとされる。宗祇は定家本を用いて『源氏物語』を学び直し、有職故実などであろうか、不審な点は兼良と実隆に聞いていたようだ。実隆は文明九年（一四七七）に七月に宗祇庵に赴き、二日間にわたって「帚木」巻の講釈を聴聞している。この年宗祇は五七歳、実隆は二三歳という若さであった。

　宗祇は文明七年一二月に「匂宮」巻以降の年立と人物の年齢関係などを考証した『種玉編次抄(しゅぎょくへんじしょう)』をまとめ、文明一七年（一四八五）七月には「帚木」巻の「雨夜の品定め」を論じた『雨夜談抄(あまよだんしょう)』を作成する。そこで引かれる本文は「青表紙本」ではないため、まだ志多良本の情報を得ていなかったのであろう。

　文明一七年閏三月二八日に、実隆は宗祇と肖柏を自邸に招いて『源氏物語』の講釈を聴聞し始め、翌一八年六月一八日には全巻が終了する。この間に宗祇は「青表紙本」の所在を知り、不明な点は実隆にも聞くなどし、志多良邸に通って「青表紙本」の書写に努めていたと思われる。『実隆公記』文明一八年（一四八六）八月四日の条に「宗祇新写源氏物語外題五十四帖、今日染筆し了んぬ」とあり、講釈を終えてほどなく宗祇は自ら「新写」した『源氏物語』を持参し、巻名の染筆を実隆に求める。一〇月八日には「肖柏所望の源氏物語外題五十四帖分、染筆」とするので、肖柏は宗祇の「青表紙本」を転写し、同じく外題の揮毫を実隆に依頼した。

宗祇本「青表紙本」の広がり

宗祇が定家の「青表紙本」を見いだし、新写したとのニュースは、実隆を通じて諸方に伝わったのか、文明一八年一一月一日に勝仁親王（後柏原天皇）から実隆に、「新写源氏物語の料紙仮閉（かりとじ）の事仰せらる」と、料紙の仮綴じ本作成の問い合わせがあった。宗祇の書写本を転写する意向が示されたのであろう。一帖ごとの料紙の枚数など、書写する前にあらかじめ列帖装用の仮綴じ本を作成しておく必要があった。

宗祇法師本を借り請（う）け、大概□（校カ）合の沙汰進上し了んぬ。堺（かい）十行、同じく沙汰の進上し了んぬ。

実隆は宗祇の「青表紙本」を借り請けて本文確認の校合をすると述べ、一面の書写行数（「堺」は「界（かい）」が正しい。料紙の天地に引く線だが、ここでは行の「罫」を意味するのであろう）は一〇行である旨も申し添える。親王としては、貴顕たちに書写を依頼するには料紙の分量も知っておかなければならないし、その後の本文の確認作業も必要であった。宗祇の新写本の話題は反響を呼び、その後の『源氏物語』の本文に大きな影響を与えていく。

翌二日に、伏見宮邦高（くにたか）親王から実隆に「夕顔」巻を書写するようにと命ぜられ、「末摘花」は滋野井教国（しげのいのりくに）、「葵」は中山宣親（なかやまのぶちか）に頼むようにとの連絡も添えられる。他の巻々は親王が直接に依頼したか、実隆と同じように誰か貴顕に手配を求めたのであろう。実隆は「夕顔」を一一月三日に書写し終えて宮へ進上する。邦高親王の書写事業の経緯や「青表紙本」との関係などの詳細はわからない。二〇年ほどの後になるが、永正四年（一五〇七）七月の邦高親王の書状には、「若紫」「紅葉賀」など数巻の校合を命じられた記述を見いだす。文明書写本とは別に入手した本なのであろうか、このように実隆は以後長く『源氏物語』の書写にかかわるようになる。とりわけ「宗祇新写本」の出現以降、実隆の周辺では『源氏物語』に関して急にあわただしさを増してくる。

勝仁親王の書写事業は、文明一八年一一月五日に「明石巻新写、御料紙親王の御方より下さる」、翌年の正月一六日には「胡蝶巻新写のこと、また仰せらる」などと作業は追加されていく。実隆は書写するだけではなく、宗祇本との校合も進めていた。五四巻を終えるまで二年二カ月かかったようで、長享二年（一四八八）一二月九日に、江南院（万里小路春房）入り来たり、親王御方の源氏御本の外題色紙、御所望の子細伝達せしむのところ、唐紙二枚これを持ち来たる。

と、春房が使いとして訪れ、外題用として唐紙二枚が届けられる。この唐紙を五四枚の短冊型に切り、巻名を書写して返したはずである。

実隆は「宗祇新写本」を用いて、勝仁親王らの求めに応じた書写と校合の作業を進めてきた。定家本「青表紙本」の現物を見たいとの思いで、宗祇に志多良から借り出してほしいと求めたのか、実隆は長享元年（一四八七）三月二〇日に、

朝の間宗祇法師来たる。古今集、いささか申し合わせのこと有り。青表紙正本帚木巻これを見せしむ。感□（ママ）ものなり。

と記す。宗祇が、「青表紙本」の正本「帚木」巻を持参する。志多良が公開を許したのは一巻だけだったのか、日を追って見ることができたのか、その後の記録はない。実隆は翌日「昼間、帚木巻校合」と、さっそく定家本を用いて校合する。勝仁親王の依頼による書写は、宗祇の新写本を用いたのであろう、ここではことさら実隆は「正本」と記す。定家自筆本であり、まさしく鎌倉時代当時の「青表紙本」だったはずである。日記には、その後「志多良本」の記録はない。

志多良の「青表紙本」原本を発見した宗祇が新写し、肖柏がすぐさま転写本を作成し、実隆も書写したはずである。勝仁親王、邦高親王の書写事業、校合には宗祇の新写本が用いられるなど、実隆を軸に定家本が急速に広がっていく。いずれも実物は今日残されていなく、それぞれの転写本が今日流布する「青表紙本」の大半を占め、〈三条西家グループ〉を形成する。

一連の作業で中心となったのは、地下の宗祇と皇族や堂上との仲介の役割を果たす実隆で、志多良本はすべて借り出すことができたのか、用いられたのは「宗祇新写本」だったのか明らかではない。

宮内庁書陵部には三条西家本五四冊が蔵され、「桐壺」巻末に、

此の物語五十四帖は青表紙証本を以て校合せしむ。銘は是当代宸翰なり。殊に珍奇と謂ふべし。秘蔵すべし、秘蔵すべし。　権大納言実隆（花押）

と、年月は不明だが、「青表紙証本」を用いたとの識語をもつ実隆の書写本が存する。外題の銘を記したとする「宸翰（しんかん）」は後柏原天皇と推測されるが（山岸徳平、日本古典文学大系『源氏物語』解説）、今のところ確認はできない。

三条西家旧蔵本（日本大学図書館蔵）『源氏物語』（夕霧欠の五三帖）は、大永五年（一五二五）から享禄四年（一五三一）にかけて実隆、子の公条（きんえだ）、公順の分担によって書写される。「花宴」

巻末には、「本肖柏筆、京極黄門定家卿自筆を以て校合し畢んぬ」とあり、肖柏の転写本を用いたと知られる。

享禄年間の実隆の日記に、しばしば「源氏校合」の文字が見えるのは、右の本の確かさを示す。また享禄二年一一月一日には、「能州源氏新写の事、帥（公条）・西室（公順）等方へこれを申す」とあり、連歌師としても知られる能登永閑から『源氏物語』の書写を求められ、同じく公条、公順に染筆を依頼する。ほかにも実隆のもとには『源氏物語』書写の依頼がなされ、それぞれ応じているが、用いたのはいずれも宗祇から伝えられた志多良の「青表紙本」なのであろう。

三条西家旧蔵日本大学本は、その後中院通村が転写し、江戸期を通じて中院本は「定家卿自筆世号青表紙」の識語を有して流布していく。「青表紙本」や定家本を書写したなどと記す伝本は各種存在するが、原本を直接見て書写したものではない。本文も共通するわけではなく、中には「河内本」や「別本」の本文も混入するなど、識語は文字通りには受け取れない。

書陵部蔵実隆筆『源氏物語』は「日本古典文学大系」の底本に用いられて広く読まれたが、「青表紙本」とは異なる本文を多くもつとされ、その後の注釈書では採用されなくなり、後述するように現在では「青表紙本」を復元する本文かとされる「大島本」が中心になっている。もっとも「青表紙本」の基準を「大島本」に据えての諸本の判断であり、「三条西家本」を標準テキストとすると、「大島本」は逆に不純な本文という評価になってしまいかねない。

三　足利義政が所持した「青表紙本」

乗阿の見た定家本

　志多良所蔵の定家「青表紙本」は、宗祇が直接目にして書写して以降、その所在記録がない。宗祇本から肖柏本が生まれ、実隆も書写し、校合の対象として継承される。中院家本からさらに広まり、江戸時代初期の野々口（雛屋(ひなや)）立圃(りゅうほ)の書写本にも「青表紙の証本これを書写す」とするなど、現物の「青表紙本」を見たわけではなくても、本文は転写を重ね、名称も利用されていく。三条西家と関係の深い連歌師の里村紹巴は、宗祇や肖柏と繋がりがあり、一門に「青表紙本」は書写されて伝えられていく。人から人へと転写されていくうちに、「青表紙本」と称された本文も、他本からの混入とか誤写、誤脱なども生じ、いつまでも純正さを保ったわけではない。

　三条西家への流れとは異なる「青表紙本」の系譜もある。慶安三年（一六五〇）七月に成立した一華堂切臨(いっかどうせつりん)の注釈書『源義弁引抄(げんぎべんいんしょう)』には、「京極中納言定家本」について次のような説明がなされる。

青表紙と号す。宗祇これを用ひ、今に流布す。一華堂云く、定家の青表紙を周防国守にて一覧せり。紙は備中の海田也。外題は青表紙に定家の打付け書き也。百四代後土御門院宸筆にて、式の外題を真ん中に押したまへり。源氏の外題を今世に正中に押すは是を例とせり。定家卿自筆は桐壺・花宴・橋姫の三冊也。余は俊成卿女などの筆也。水尾尽巻失せしを逍遥院殿(実隆)書き足し給へり。東山殿慈照院義政公の御物なりしを、若衆の宮内少輔に下されたり。其後周防国大内良隆へ、山名刑部少輔が女婚の時に乗物に入て遣せし也。

切臨の師一華堂乗阿(一五四〇—一六一九)の話によると、「青表紙本」を周防の国守(大内義隆)のもとで、「一覧」したとし、揃い本を見る機会を得たという。料紙は「海田」というやや厚手の紙、表紙は青色、各帖には定家が巻名を直接書き付け、中央には後土御門院筆による「式の外題」(色紙形の題簽か)が貼ってあった。権威ある本にするため、所持者が後土御門院の筆跡を求めたのであろう。これ以降、表紙の中央(正中)に書名や巻名の題簽を押すようになったとするが、室町時代後期の書写本では左上に貼ってある例はいくらもあり、後土御門院以降一般化したとまではいえない。

五四巻のうち定家の筆跡は桐壺・花宴・橋姫の三巻、残りは俊成女を含む「家中の小女等」(嘉禄元年本)と同じく寄合書だった。「澪標」巻は紛失していたので、所蔵していた足利義政が、実隆に補写を命じて揃い本にしていた。室町幕府第八代将軍義政は、兼良による『源氏物語』の講釈を聴聞し、和歌会を催すなど、東山文化を築いた文化人として、「青表紙本」を所蔵していたとしても不思議ではない。何かの慶事か功績によるのか、「若衆の宮内少輔」（不明）に下賜され、「山名刑部少輔」（不明）の娘の大内良隆（義隆か）への嫁入り道具の一つとなったとする。

乗阿は甲斐の禅僧で古典学者、三条西公条（実隆息）・実枝（実隆孫）に『源氏物語』などの古典を学び、古今伝授も相伝し、里村紹巴とも交流をもっていた。「周防国守にて一覧せり」とするのは、乗阿が周防へ下ったのか、義隆（本文には「良隆」とするが、いちおう大内義隆と解釈しておく）が上京した折に館で実見したのか明らかでない。

義隆は陶隆房（すえたかふさ）の謀反により、四五歳の天文二〇年（一五五一）九月に自刃しており、「青表紙本」の所持はそれ以前のはずで、婚儀によって入手したとなると、さらに時期はずれてくる。旧蔵していた足利義政は延徳二年（一四九〇）に亡くなっているため、二人に直接的な関係は存在しない。義隆が亡くなった年は、乗阿はまだ一二歳にすぎなく、所詮この記述は年代的に無理がある。義隆の死によって大内氏は滅亡したため、幼い乗阿が周防国を訪れて「青表紙本」を目にするはずはない。

大内家伝来本とは

『紹巴抄』に記されていた「奉公ノ人」とする志多良を、幕府に仕えていた設楽氏とし、実隆の日記の記述と勘案すると、宗祇が「青表紙本」を書写したのは文明一八年（一四八六）になってくる。大内氏が所蔵していた「青表紙本」は、志多良本が足利将軍家に伝わったとして、別のルートで流れ出たのであろうか。実隆は長享元年（一四八七）三月に宗祇が持参した「青表紙正本帚木巻」をたしかに目にし、翌日にはすぐさま校合もしているので、このころに中国地方に定家の「青表紙本」が存在したはずはない。

乗阿が目にした大内氏本は桐壺以下の三巻が定家筆だったと記し、実隆が「正本」とした「帚木」巻に関しては何も触れていないのは、不自然な感じもする。もっとも定家は嘉禄元年本の五四巻を「証本」と呼び、二条家に伝えられて「青表紙本」と称したのであろうが、定家本はほかにも複数存在し、新出「若紫」を含む四半本は今日五巻が伝えられ、別に切り出された自筆『奥入』の六半本も伝来する。定家本を直接書写していなくても、識語には「定家本」とか「青表紙本」を用いたとすることが多いが、乗阿が目にした本文の三帖は定家筆だったとする。

設楽氏は幕臣であるため、「青表紙本」が足利将軍の所有になったとする前提で論じていく必要がある。足利義政が「若衆の宮内少輔」に下賜したとするが、身辺で該当する人物は確認できず不詳というほかなく、そこからどのようにして大内良隆（「義隆」か）に伝えられたのか、関係もまったく明らかでない。一応大内義隆とすれば、祖父は応仁の乱でも登場する周防の守護大名政弘で、文化人としても知られていた。

文正元年（一四六六）一一月に、一条兼良が良鎮（りょうちん）僧正（兼良息、曼殊院）に、源氏一部五十四帖、新写の本たりといへども、数奇の志あるにより、良鎮大僧正に付属するものなり。（大島本『源氏物語』夢浮橋）

と与えていた本文は、その後、延徳二年（一四九〇）六月に、「右光源氏一部五十四帖、政弘朝臣に付属せしむ」と政弘に譲渡されている。兼良の新写本は「河内本」であったはずで、大内家には乗阿が見た定家本以外にも良鎮から譲られた五四巻が存在していたことになる。

現存する「大島本」五三巻（「浮舟」欠）の「関屋」巻末に、次のような識語を見いだす。

文明十三年九月十八日、大内左京兆（さきやうてう）の所望により紫毫（しごう）を染めしものなり

権中納言雅康

文明一三年（一四八一）九月に、飛鳥井雅康が左京大夫大内政弘の所望によって染筆したとする。「大島本」を発見した池田亀鑑によると、本来は「夢浮橋」巻に付されていた奥書が、都合によって切り出され、丁数の少ない「関屋」巻末に綴じられたとする。「花散里」巻のほうが少ないのだが、なぜ「関屋」巻に移されたのか、それ以上の根拠はなく、疑問といわざるをえない。池田亀鑑は、本文の筆跡も雅康ではなく、他の巻を含めて複数の人物による転写本であるとする

が、このあたりの書誌についてはこれまでも煩雑な議論が重ねられてきた。

問題は、大内政弘の所望によって書写したという記述と、一華堂乗阿が大内良隆のもとで定家本を披見したとの伝承とが重ねられ、雅康が文明一三年に書写したのは大内家所蔵の「青表紙本」であったと結びつけたことである。乗阿が目にしたのが、山名刑部少輔女が大内良隆への嫁入りに持参した定家の「青表紙本」とするからには、それ以前は山名氏が所蔵していたはずである。「周防国大内良隆」の記載も怪しく、「刑部少輔」も該当する者は存在せず、大内氏と山名氏との婚姻関係も確認できず、乗阿の記憶は何かと混同していたのではないかと思う。大内政弘は良鎮から兼良の写本『源氏物語』を譲られて所持してはいたが、それは文明一三年より九年も後の延徳二年のことであり、年代的にも整合性がない。

このあたり、わかりやすく整理すると、問題は次の四点となり、「青表紙本」の伝来過程も表にして示す。

①　足利義政→宮内少輔（不明）→山名刑部少輔（不明）→山名刑部娘の嫁入り→大内良隆（不明）

②　大内政弘（一四四六―一四九五）―義興―義隆（一五〇七―一五五一）
※『源義弁引抄』の「良隆」は、「義隆」の誤写と処理する。

③　大内政弘→飛鳥井雅康（「関屋」巻、文明一三年九月一八日、一四八一）

④　一条兼良→良鎮→大内政弘（延徳二年、一四九〇）

乗阿の記憶による「青表紙本」の伝来は①に示したとおりで、山名刑部娘との婚姻により、輿入れによって大内良隆のもとにもたらされた品であった。義政から「青表紙本」は宮内少輔、山名刑部少輔、その娘、良隆と伝来したとするが、人物も不詳で、山名氏と大内氏との婚儀に関して歴史的にも明らかでなく、史料も存在しない。良隆は政弘の孫、大内氏一六代当主の義隆の誤写としても、山名氏は安芸守護の政豊か子の常豊の時代となり、両氏の姻戚関係は当時の中国地方の政治情勢からはまず考えられない。それはともかく、山名氏の所有から大内氏に入ったのは良隆の成人後ということになる。

②は大内氏の系譜で、良隆（義隆）は政弘の孫にあたる。

③は、文明一三年に雅康が政弘の求めで書写したとする「関屋」巻の識語で、用いたのは大内氏の所蔵本であったのかどうかは明らかでない。

④は、兼良の「河内本」が政弘に譲渡されるまでの流れである。この本文は「河内本」であったと思われる。

『源義弁引抄』の記す伝来過程だと、山名刑部の娘との婚儀によって「青表紙本」が大内氏所蔵となり、それを乗阿が「一覧せり」としていた。政弘は所持した「青表紙本」を文明一三年に雅有に書写させ、その後五四巻は大内家に襲蔵され、十数年後には義隆に伝えられたとしても、乗

足利義政→若衆宮内少輔→山名刑部少輔→女

大内政弘（一四四六―九五）→義興→義隆（一五〇七―五一）←輿入れ（青表紙本）←女

文明一三年（一四八一）九月書写（「関屋」巻末）

飛鳥井雅康（一四三六―一五〇九）

乗阿（一五四〇―一六一九）→一覧→義隆

「青表紙本」伝来図

阿が目にした本ではなかった。

人物関係の異同は不問に付すとして、「青表紙本」の消息について重要な点なので、疑問点を含めてもう少し確認しておきたい。あくまでも「良隆」は「義隆」の誤りとした上での論でしかないが、義隆が山名氏の娘と婚儀を結んだのが二〇歳ごろとすれば、乗阿の誕生前となってしまう。義隆没年に見たにしても、乗阿はまだ少年にすぎなく、現実としてはありえないことになる。

政弘が「青表紙本」を所持していた証拠はなく、兼良書写本を良鎮の手を経て架蔵したのは延徳二年（一四九〇）であり、雅康に書写を求めたのは文明一三年（一四八一）なので、この本でもありえない。雅康が「関屋」巻を書写したのは確かであるにしても、五四巻書写し、それがのちに「大島本」になったとするまでには、論理的にかなり無理があるであろう。「夢浮橋」巻末の奥書を、「関屋」巻に移したとの話になると、どこまで信頼すればよいのかという問題にもなる。

一〇章　「大島本」の本文の意義

『源氏物語団扇画帖』「宿木」
(『日本古典籍データセット』国文学研究資料館蔵より)

一　「大島本」の伝来

池田亀鑑説の検証

今日の『源氏物語』の本文研究は、次項に見るように池田亀鑑（一八九六―一九五六）の長年の辛苦による成果の恩恵に浴していることはいうまでもない。諸本の論は各所で開陳しているが、基本となった『源氏物語大成』（巻七研究資料篇）の論説をたどり、大きな成果として現在提示される「大島本」の、「青表紙本」における位置づけを再検討する。まずは池田亀鑑の「大島本」に対する評価をたどっておきたい。

大内政弘の求めにより文明一三年（一四八一）に飛鳥井雅康によって書写された本は、その後大内氏の所蔵となり、大内氏滅亡後は安芸国の毛利輝元を経て石見国吉見正盛蔵となる。詳細な事情は省略するが、永禄七年（一五六四）七月に正盛は「桐壺」を道増、「夢浮橋」は道澄に書写を依頼し、新しい揃い本として作成した。道増・道澄への書写の依頼は、写本の権威を高める措置のようで、雅康が書写していた最初と最後の各巻は取り替えられたが、その後の行方は不明である。

道増によって加えられた「桐壺」巻は、定家本を臨模（りんも）した伝明融筆「桐壺」巻と本文がほとんど一致する。道増と道澄が書写に用いた「桐壺」「夢浮橋」について、池田亀鑑は「この首尾二帖も系統的に雅康自筆本と異なるものではなかったと言へよう」とし、「青表紙本」であると認定する。道増書写の「桐壺」巻が「青表紙本」とするのはまだしも、除かれた雅康本も「青表紙本」であったとする根拠はわからない。道増が雅康本を書写したのであれば、同じ本文になるのは当然だが、池田亀鑑説はそうではない。のちに書写した道増の「桐壺」巻が「青表紙本」であるため、元の雅康筆「桐壺」も系統として同じであったと論じるのは、論理が逆ではないかと思う。

雅康筆本は大内家に伝来したとすれば、孫の義隆が引き継いでいたであろう。足利将軍家から出た「青表紙本」も、いく人かの手を経て義隆の婚儀に伴い大内家本となった。一華堂乗阿が周防国で目にしたのはこのころで、池田亀鑑は次のように説明する。

> 彼（乗阿）は青表紙本の証本を周防国守で見たと言つてをり、将軍義政の所持してゐた本が転々して大内義隆の有に帰したごとく解してゐる。然らば大内家には二種類の青表紙証本が

存在したことになる。雅康の写した一揃といふものは、或ひは政弘の所望により他の一揃を以て写した複本であつたかもしれない。恐らくさうであらう。政弘は貴重すべき青表紙証本を当時の名筆たる権中納言飛鳥井雅康に依頼し、複本作成の意味で忠実に写されんことを請うたものと推定されるのである。両者とも婚礼の調度品として用ゐられたものと称してゐるが、所伝に関するその類似は、恐らくかうした事情を示唆するものであらう。一華堂の見た本即ち政弘が雅康に複本を依頼した書本(かきほん)は、大内氏滅亡の際散佚(さんいつ)し、雅康の複本は吉見氏に帰してゐたために難を免れ、今日なほその姿を残してゐると解せられるのである。

池田亀鑑は、「雅康の写した一揃といふものは、或ひは政弘の所望により他の一揃を以て写した複本であつたかもしれない。恐らくさうであらう」といい、推測した内容がすぐさま断定へと変化する。政弘は「青表紙本」の存在を知り、借り出して雅康に「他の一揃」の「複本」づくりをさせたというのであろうか。政弘が「青表紙本」を所持していたという根拠はなく、またわざわざ転写して別に一揃い保有する理由もない。雅康が書写したのは、「青表紙本」であったとの理由は明らかにされないままである。

池田亀鑑が「大内家には二種類の青表紙証本が存在した」とするのは、雅康の転写本と、将軍足利義政から流出した「青表紙本」が山名氏に伝わり、輿入れに際して義隆にもたらされた本のことを指す。ただ、乗阿が目にしたのは「外題は青表紙に定家の打付書也」とする本であり、雅康の複本については触れていない。ところが池田亀鑑は論じていくうちに、「一華堂の見た本即ち政弘が雅康に複本を依頼した書本」とし、将軍家から伝来した定家の「青表紙本」（繰り返し述べたように、人物関係は不確かなままである）の記述は欠落してしまう。乗阿が見たのは雅康の複本ではなく、「定家の青表紙本」だったはずである。

このあたり池田亀鑑の説明は不明瞭で、あらためて確認しておくが、将軍義政の「青表紙本」が大内家に入ったのは、山名氏を経由して大内良隆の婚姻においてであり、祖父大内政弘没後のことであった。将軍義政本が大内家に伝わったのを政弘時代とし、複本を作成するため飛鳥井雅康に書写の依頼をしたと考えたのであろうか。もともと乗阿説事態が不正確だが、池田亀鑑は書かれてもいない記述をつくり出し、さらに時代の前後を無視した、都合のよい説にしてしまった感じがする。

大内氏滅亡ののち、伝来していた将軍義政の「青表紙本」は散逸し、大内政弘が複本の作成をしていた雅康本だけが、毛利氏の手を経て吉見家所蔵になったと、池田亀鑑は論じていく。

吉見正頼所蔵の本はその後どのやうな運命を辿つたか、杳（よう）として知るすべはない。ところがこの本は突如昭和五・六年の交に至つて佐渡の某家から現れた。……大島家の青谿書屋（せいけいしょおく）に移り、校異源氏物語の底本となつたものである。

政弘が雅康に書写を求めたのは、根拠のないまま「青表紙証本」とし、これについての論証はなされない。足利将軍家の「青表紙本」が大内政弘に伝わり、雅康に転写させたというのが前提なのだろうが、それは『源義弁引抄』の誤読でしかない。

雅康本が転々として現在の「大島本」になったとし、さかのぼって文明一三年に大内政弘が飛鳥井雅康に書写を依頼したのは定家本だったと結び付けてくる。

池田亀鑑は、大内家に「二種類の青表紙証本」が存在したと言及しながら、乗阿が良隆（義隆）のもとで見たのは、政弘が書写の依頼をした雅康本だったとするのはなぜなのか、理解に苦しむ。乗阿の証言を信じたとしても、「一覧せり」としたのは、青い表紙に定家が巻名を「打付書」（表紙に直接の書き込み）にし、自筆本は桐壺、花宴、橋姫の三巻、残りは「俊成卿女など」の筆跡の揃い本であったはずである。池田亀鑑は「乗阿が見たのは政弘から依頼されて書写した雅康筆本」と解し、それを前提として「大島本」が「青表紙本」であるとの、重要な論拠にしていく。

上冷泉為和（三条西実隆の時代と重なる）の子の明融筆とされる『源氏物語』九巻（桐壺・帚木・花宴・花散里・若菜上・若菜下・柏木・橋姫・浮舟）は、かつて冷泉家に伝来した「青表紙本」証本を臨模したのではないかとされる。定家本の「柏木」巻と明融本は、寸法から一面の行数、配置、筆跡も同一と思われるほどなので、模写したのは確かであろう。この事実によって、残りの八巻も定家本の模写と想定するが、それが「青表紙本」だったとの確証はない。

池田亀鑑は「大島本」も基本的に形態、本文が現存する五巻の定家本、九巻の明融本と一致することから、全体を「青表紙本」と断じ、「関屋」巻に文明一三年の雅康の識語をもつため、「大島本」は政弘の所望によって書写された本文であると説いていく。

「大島本」が定家本や明融本と形態的に合致し「青表紙本」と認定したため、そこから乗阿が大内家で目にして確認した本と結びつけたのであろうか。「大島本」を「青表紙本」とするには、書写の形態だけでは不充分との思いから、乗阿が「青表紙本」を見たとの証言が必要になったと推測したくなる。しかし『源義弁引抄』では雅康本を見たことなど、ひと言も書かれていない。それに「大島本」にはどこにも「青表紙本」にかかわることばはなく、のちにも言及するように、本文は「青表紙本」といささかのへだたりがある。

どうしてこのような論理の展開になったのか、不思議でならない。文明一三年に雅康が政弘の依頼によって書写したのは事実である。「夢浮橋」の巻末に付されていた雅康の識語を、丁数の少ない「関屋」巻末に綴じ直したとするのは、「大島本」に見る現状からの推測にすぎない。雅康が五四巻を書写したとするのも明らかでなく、「関屋」巻だけの可能性もあり、なおさら雅康筆写本が大内家に襲蔵されるに至ったとする証拠はない。大内政弘が雅康に書写の依頼をした識語だけで、揃い本がその後大内家本となり、義興に伝えられたとするのはあまりにも飛躍しすぎる。

年代は無視するとして、乗阿が大内家で「一覧せり」としたのは定家自筆本だったはずなのに、池田亀鑑は雅康本を見たとし、「青表紙本」と結びつけてしまったところに根本的な誤認が生じてしまった。詳細な見直しがなされないまま、雅康本は大内氏から、毛利、吉見家に伝えられ、佐渡に渡って「大島本」となったとする経路が容認されているのが現状である。

精力的な本文調査と「大島本」の登場

吉見家に伝えられた雅康本は、三六〇年余を経たあと、突如として昭和の初めに佐渡の某家で発見され、大島雅太郎の所有に帰して「大島本」と呼ばれる。池田亀鑑は膨大な量の書写本を調査した結論から、「大島本」がもっとも「青表紙本」の姿を留めていると認定し、今日の注釈書のテキストとして普及するに至る。

室町時代中期以降には和歌における定家への崇拝から「青表紙本」が主流を占めるようになり、「河内本」は江戸時代を通じてすっかり存在の影を失い、再発見されたのは大正時代に入ってであった。一一年（一九二二）に芳賀矢一の東京大学退官に伴い、一五年（一九二六）四月に「芳賀矢一功績記念会」が発足し、池田亀鑑が事業推進の任に当たる。『源氏物語』の古注釈書の整理に取りかかったが、本文の異同が多いことから、諸本の調査に方針は変更される。「河内本」の出現に続き各地で古写本の発見もあり、世の中は『源氏物語』の本文への関心が高まっていた時期でもあった。

池田亀鑑は多くの協力者と全国に散在する伝本を調べ、『源氏物語』の本文の確立を目指し、昭和七年（一九三二）一一月には『校本源氏物語』の原稿ができあがり、古写本、注釈資料などの展示会も催された。長年の調査結果により、世に多く伝えられる古写本を「青表紙本」系統と「河内本」系統に分類し、その系統には属さない諸本（後に「別本」の呼称となる）の三つのグループに分ける。池田亀鑑としては「青表紙本」を用いての校本づくりを意図したが、質のよい伝本に遭遇しないこともあり、「河内本」を本文の中心に置き、諸本との語句の違いも一覧できるようにした。

原稿ができあがった直後に、定家本を継承する「大島本」を発見し、すぐさま全面的に原稿の書き直しをする。底本には基本的に「大島本」（「浮舟」巻を欠く）を用い、他の「青表紙本」「河内本」「別本」との違いを「校異」で示す方法である。苦労の多い改訂作業に時間がかかったようだが、成果は報われて一〇年後の昭和一七（一九四二）年に『校異源氏物語』として刊行される。戦争という苦難のときを経て、索引・研究資料篇などの補訂を加えた『源氏物語大成』全八巻が昭和三一年（一九五六）に完成する。青表紙本系二四本、河内本系二〇本、別本一六本との異同を付し、雅康筆ではない「桐壺」と「夢浮橋」、河内本とされる「初音」と欠損「浮舟」は池田亀鑑所蔵の古写本「池田本」で補い、「花散里」「柏木」「早蕨」は当時発見されていた定家本を用いる。

どのような運命のもとに流浪したのか、文明一三年に政弘の求めによって書写した雅康本が佐渡で発見され、定家の「青表紙本」の姿を伝える本文として認められて今日に至ったのは、まさに歴史的なドラマといってもよい。「大島本」で問題となるのは「初音」巻で、池田亀鑑は本文系統を「河内本」として『校異源氏物語』『源氏物語大成』の底本には採用しなかった。「大島本」は「青表紙本」を書写したにもかかわらず、なぜ「初音」巻は「河内本」なのか、この一巻だけは伝来の過程で体裁を同じくする他の本文と差し替えられたのか、その後は疑念も言及もされることなく踏襲されていく。

「大島本」の評価は定家自筆の「青表紙本」を転写したとする点に帰着するのだが、乗阿が見た写本に関して基本的な認識に誤りがあったことはすでに述べたとおりである。池田亀鑑は膨大な諸本調査の結論として「大島本」が雅康書写の「青表紙本」であるとした。その判断に従って、現在では「大島本」が注釈書のテキストとして一般に用いられる。定家の「青表紙本」への希求は、室町時代中期以降、今日も変わりなく続いている。

「青表紙本」と認定できないものの、定家本「花散里」「行幸」「柏木」「早蕨」の四巻が鎌倉時代以来伝えられ、新たに「若紫」巻の発見があった。乗阿が見た「青表紙本」は、青色の表紙に定家が巻名を「打付書」にし、室町時代後期になって表紙中央に色紙形の題簽が押され、後土御門院により巻名が記されていた。現存する定家本は保存のために新しい表紙が加えられ、内側の旧表紙（濃青地）中央上部には色紙型の題簽が押され、「若紫」「花散里」「行幸」「柏木」の巻名が記される。一代後の後柏原院筆とするのはともかく、表紙には乗阿の指摘する定家筆の巻名は存在しない。今日伝えられる五帖の定家本は、乗阿の目にした「青表紙本」ではなかったことになる。

定家本の本文を知る資料としては、少なくとも五巻〔四半本〕と、切り出した『奥入』〔六半本〕に残された巻末本文の二種が存する。いずれが『明月記』に記した〈証本〉なのか、二条家が所蔵した「青表紙本」なのか、また別種の定家本なのであろうか。「青表紙本」は平安時代の古写本を改めることなく書写したと評されてきたが、残された定家本から見る限り、「四半本」と「六半本」とで本文を異にし、後者ではしきりに改訂が加えられているだけに、本文校訂の方法は基本的に河内家と相違はなかったと考えてよいだろう。

二 「大島本」の性格

「大島本」の本文書写の姿勢

「大島本」の「関屋」巻に記された文明一三年九月の雅康の識語は、五四巻に及ぶのか、雅康筆の転写本であるのかはともかく、写本そのものは室町時代後期であるのは確かである。現在目にする状態は、全面的に本文や行間に、墨、朱筆によるミセケチ、塗抹、傍記、重ね書き、胡粉による塗抹、擢り消しなどといった、さまざまな方法によって訂正がなされる。煩雑に思われるほどの手が加えられているせいもあり、美麗な写本のイメージはなく、四半本を一回り大きくした版型の楮紙（こうぞがみ）袋綴じ本で、武家好みの感じもする。長年調査してこられた藤本孝一氏によると、「当初の姿は校訂も書込みもない綺麗な嫁入り本であった」とし、書写された室町時代末期以降、「おそらく江戸時代前期から中期（後期といってもよい）にかけての校訂作業」の結果により、今見るような大量の本文訂正がなされたとする（『大島本源氏物語』一九九六年、角川書店）。また、同氏は別稿で、「大島本は、江戸時代の注釈書類で、歴代所有者の手によって何回も校訂されて、現代に見るような定家本系の本文を持つ大島本が完成された」（『定家本源氏物語　行幸・早蕨』解説、二〇一八年、八木書店）ともし、訂正されることによって「大島本」はより「青表紙本」に変貌していったとも述べる。

池田亀鑑の解釈によると、大内政弘は「青表紙本」の複本づくりを意図して雅康に依頼したとし、嫁入り本の作成が目的ではなかったはずである。再三述べてきたように、これが「青表紙本」ではなかったことは繰り返すまでもあるまい。

吉見正頼所蔵本となった時点で嫁入り本に利用されたというのであろうが、その後数百年にわたって転々と所有者が変わり、そのつど識者によって本文の訂正が施されていった。一人が一度手を加えたという程度ではなく、墨や朱により複数の人物が、さまざまな本文を用いた、複雑といわざるをえない書き入れをした本ができあがった。なぜそれほどまでに訂正が繰り返されたのか、藤本氏の弁によると「大島本は江戸時代中期頃までに他の青表紙本で校訂された結果、より青表紙本の特色を持つことになった」と、よりすぐれた「青表紙本」にするためであった。池田亀鑑以来の踏襲なのだが、結果的に雅康が書写した当初の本文は無視され、のちの複数の人物によって訂正された本文を用いるという、テキストの作成としては異例な方法が取られる。

　このように雅康の書写本は大内氏から流転を重ね、佐渡で発見され「大島本」と称されるようになった。数百年もの間、人びとによって訂正され続け、正統な「青表紙本」へ成長したというのでは、論理的に矛盾するとしかいいようがない。雅康が書写したのは、大内政弘所持の「青表紙本」だったはずである。江戸時代を通じて、人びとはどのような本文を用いて訂正の手を加えていったのであろうか。雅康が書写したのが「青表紙本」だったのであれば、それ以上のすぐれた本文はなく、訂正する必要はなかったはずである。

　新出の定家本「若紫」巻が「青表紙本」の一部だったのか、別の定家本だったのか明らかではない。『奥入』（「六半本」）に残存する本文と定家本とが共通していない事実からも、定家は書写するたびに本文の校訂をしていたことは明らかである。些細な違いはここでは取り上げないが、「大島本」と定家本「若紫」とを比べると、両本にはさまざまな違いが存すると知られる。

　源氏は藤壺中宮との密かな出逢いののち、「さま異なる夢」を見て〈夢解き〉に夢合わせをさせると、「おぼしもかけぬ筋」とする、想像もつかない判断をする。その後に、

1　この女宮（藤壺）の御事（懐妊）聞きたまひて、もしさるやうもやとおぼしあはせたまふ

に、いと（ど）しくいみじきことのは尽くし聞こえたまへど、

と藤壺の懐妊の話を聞き、夢は御子の誕生を示唆したのではないかと源氏は想像する。真実を知りたいと、源氏はことばの限りを尽くし、藤壺に会う機会を得ようと王命婦に仲介を求める。「大島本」では傍線の部分を欠き、後人が墨筆で行間に補入する。直前の「たまひて」と、次の行の「たまふに」との目移りによって一行分脱落してしまったのであろう。雅康の書写だとすれば、杜撰な姿勢というほかはない。これだけでも、新出の定家本と、「大島本」とでは異なりを示す。なお定家本の「（ど）」は、文字を落としていたと気づき、のちに補ったのであろうか、行間に傍記する。

源氏が若紫のもとを訪れた翌日に惟光を遣わすと、乳母の少納言から「二人の関係は不似合いで、源氏がどうしてこれほどまで幼い姫君に執心するのか合点が行かない」などと訴えられる。

2　「ただ今は、かけてもいと似げなき御ことと見たてまつるを、あやしうおぼしのたまはするもいかなる御心にか、思ひよるかたなう乱れはべる」

傍線の部分が「大島本」では抜け落ち、後人が行間に細字で補入する。祖母を喪った若紫を父の兵部卿宮も心配している折だけに、不祥事でも起こせば少納言の責任になりかねない。不安な

思いでいるところに、源氏がこれほどまでに若紫に熱心に言い寄るのは怪訝なことと、惟光に事情を説明する。「いかなる御心にか」の一文はなくても意味は通じるが、「青表紙」系諸本のほか「河内本」も「別本」もすべてこの本文をもつ。「大島本」の不用意な誤写というほかはない。

定家本ではこの四行後の、

3　など言ひて、この人もことあり顔にや思はむなど、あいなければ、いたう嘆かしげにも言ひなさず。

とする傍線部も「大島本」では脱落し、同じく後人が行間に補入する。

新出の「若紫」巻と「大島本」とを比較し、脱文と思われる例を示したが、この種の例はほかの巻にいくらも見いだせる。室町末の書写当時のままであれば、とてもまともには読めず、江戸時代になっての補入によってやっと本文として利用できるようになった。

末摘花から正月の晴れ着用にと届けられたのを見ると、あまりにも古風な衣装に、源氏は返却するのも気の毒に思い、

4　「いとうれしき心ざしにこそは」とのたまひて、ことにもの言はれたまはず。（末摘花）

と黙って受け取ることにする。「大島本」では傍線部をもたなく、後人によって朱筆で補われているが、この一文がないと前後の意味も通じなくなってしまう。

源氏が宮中から自邸に帰る途次、年賀の挨拶に左大臣邸に立ち寄ると、二条院に若紫を引き取った噂を聞いていた葵上は、あいかわらずうちとけた心を見せない。

5　わざと人すゑてかしづきたまふと聞きたまひしよりは、やむごとなくおぼし定めたることにこそはと心のみおかれて、いとどうとく恥づかしくおぼさるべし、（紅葉賀）

ここでも「大島本」は傍線部をもたなく、朱筆で他の「青表紙本」を参照したのか細字で補われる。「大島本」の独自異文というのではなく、これらの一文がなければ物語が成り立たなく、不明な内容になってしまう。明らかな誤脱としかいいようがない。しかも各所で脱文を見いだすため、「大島本」の書写方法は意味内容など考えることなく、丁寧さにも欠けた態度であった。

大内政弘が「青表紙本」の複本を作るため、飛鳥井雅康に書写を依頼したとなると、できあがった書写本は脱文の多い、いわば手抜きの本文だったことになる。歌人であり、能書家としても知られた雅康の書写が、これほどまでに粗略であったとはとても考えられない。

江戸時代以降になり、代々の所蔵者たちは、世間に流布するさまざまな「青表紙本」と違いが多いのに気づき、訂正の手を加えていったとしか考えようがない。一〇〇年、二〇〇年と流伝する間に、複数の人によって校合がなされていく。結果として「大島本」は、削られた痕跡、胡粉の塗抹、行間から余白には多数の書き込みがなされるなど、美麗な写本とはほど遠くなってしまった。

もう少し室町時代に書写されていた「大島本」の本来の性質を知るため、いくつかの例を取り上げて検討する。

今日一般に使用される注釈書の代表として、以下のテキストも参考にする。原則として底本は「大島本」を採用したと注記し、巻によっては現存する定家本などを使用する。近年の「新大系」では、「河内本」と認定される「初音」巻を含め、すべて「大島本」を用いる。

「新潮日本古典集成」（新潮社）、「新潮集成」と略。
「新編日本古典文学全集」（小学館）、「新編全集」と略。
「新日本古典文学大系」（岩波書店）、「新大系」と略。

6 「これなんなにがし僧都(そうづ)のこの二年(ふたとせ)籠(こも)りはべるかたにはべるなる」（若紫）

源氏が北山で供人に「何人の住むにか」と尋ねると、某(なにがし)僧都が「この二年籠もっている僧房」と答える。「河内本」「別本」を含めた大半の諸本では「この」があり、「大島本」だけがもたない、いわば孤立した本文といえる。「大島本」を全面的に用いた「新大系」では、当然のことながら「この」をもたない解釈をする。ところが新出の定家本「若紫」巻では「このふたとせ」とあり、「大島本」に特別な意味があったのではなく、たんに誤脱したにすぎなかったと知られる。

7 「もの思ひ知るまじきほど、ひとり身をえ心にまかせぬほどこそことはりなれ、何ごとも思ひしづまりたまへらむと思ふこそ。……いとうたて心得ぬここちするを、かの御許しなくともたばかれかし」（末摘花）

源氏は末摘花から何の反応もないため、女房の命婦に手引きを求め、「親がいて、自分の思いのままにならない若い姫君であれば当然かもしれないが、今はそうではなく分別もある年ごろのはず」と責めたてる。「大島本」では「ことはりなれ」するだけだが、「青表紙本」系の諸本では「さやうにかかやかしきもことわりなれ」（そのように恥ずかしがるのも）のことばが加えられる。「大島本」を底本とした「新編全集」「新潮集成」では、不自然な表現と判断したのか、他本からこの一句を補ったテキストにする。

「いとうたて」（とてもいやな思いがする）も、「青表紙」諸本では「いとおぼつかなう」（とても気がかりな思いがする）とし、表現がまったく異なる。「新編全集」「新潮集成」では他の「青表紙本」を採用して「いとおぼつかなう」と改めるが、底本にしたはずの「大島本」を訂正したとの注記を付さない。「河内本」「別本」では「うたて」とあり、「いとうたて」とする「大島本」

は、「青表紙本」の中でも孤立した本文ということになる。

大島本の書き入れ

「大島本」には江戸時代を通じて多数の訂正が複数の手によってなされ、現代ではその最終的に修正された本文を純正な「青表紙本」のテキストとして使用する。古典文学では採用した写本の本文を忠実に再現するのが原則だが、「大島本」を用いる『源氏物語』に限っては、書写された当初の底本だけではなく、後になって訂正、書き入れられた本文を重視する方針で一貫する。その実態をもう少したどってみる。

8　文など作りかはして、けふ明日かへり・なんとするに、（桐壺）

高麗（こま）の相人が源氏の運勢を占い、詩文を作り交わして帰国する直前の場面である。「大島本」では「かへりなん」の文字の間に点を付し、行間に朱筆で「さり」の文字を書き入れる。江戸時代の校訂者が、「さり」が欠けていると気づいて書き入れたのであろう。「大成」の本文は「かへりさりなん」とするだけで、校異に「さり」が朱筆による補入との注記がない。これだと、「大島本」はもともと「かえりさりなん」と書かれていたと誤解してしまう。「新潮集成」「新編全集」「新大系」でも指摘しないまま「帰り去りなん」とするが、本来の「大島本」では「かへりなん」であった。「河内本」「別本」はいずれも「かへりなん」とあり、こちらに近い。とすれば本来の「大島本」は、「青表紙本」ではなかったことになる。

「大成本」の校異では、訂正書き入れが墨なのか朱なのかも含めて詳細に取り上げるが、右のような見落としもしばしば見いだされる。その後の『源氏物語』の注釈本は、テキストを「大島本」を底本にしたと説明するが、本文では「帰りさりなん」とし、「さり」が補入であると指摘しない。これは不誠実な方法であろう。

「女方（をんながた）も・（いと）心あはただしけれど」（賢木）でも、大島本では朱によって「いと」を補入する。「大成本」では校異に注記することなく、そのまま「いと心あはただし」とし、諸注釈書においても、もともと「大島本」に存在した表現として扱う。訂正前の「心あはただし」は、多くの「青表紙本」系諸本と共通していたものを、「いと」を加えることによって「河内本」「別本」と共通する本文になってしまった。校訂は江戸時代に流布した「青表紙本」でなされたとは限らず、「河内本」や「別本」を用いることもあった。本来の「大島本」ではなく、後人の朱墨による訂正を採用したため、かえって「青表紙本」ではなくなってしまった例である。

明石姫君が誕生して五月五日が五十日目となるため、源氏は祝いの品を明石の地に届けるにあたって、使いの者に、

9 「必ずその日違（たが）へずまかり着け」とのたまへば、五日・（にイ）行き着きぬ。（澪標）

と、命じられたとおり五日に行き着いたとする。文字の間に墨で「に」と補入し、のちに別人なのか朱で「イ」と付加する。「イ」の記号は「他本」の偏を用いたとされ、そこから「異本」(イ本)の意味に用いられるようになったようだ。一人目が「に」を補い、二人目の校訂者が「に」とするのは「イ本」だと加えたことになる。「大島本」は、複数の人物が当時流布する本文で見直していたことがわかる。

「大成本」では、訂正されて補入された文字であっても、「イ」とするのは採用しないのを原則とする。ところが「大成本」の校異では「五日に」として「に」に補入の符号を付すものの、「イ」については無視する。表現としては「五日に行き着きぬ」のほうがふさわしいため、あえて「イ」とする「に」を採用するのは、都合によって方針を変えていたことになりかねない。

10 もてなしたるうはべこそさりもありけれ、五十七八の人の、うちとけてものいひ(思ひイ)騒げるけはひ、(紅葉賀)

源氏をからかおうと、頭中将がふざけて脅しをかけると、傍らにいた源典侍があわて驚く姿だが、「大成本」では「さりもありけれ」「ものいひさはげるけはひ」とし、「新編全集」「新潮集成」では他の「青表紙本」によって「さてもありけれ」「思ひ騒げるけはひ」と修正する。「大島本」には「思ひイ」と傍記し、「思ひ騒げるけはひ」の本文が存在することを示しているが、「イ」とするので「大成本」では採用しなかった。それだけではなく、「校異」の欄には「思ひイ」の書き入れがあることも指摘していない。「河内本」は、「さても」「思ひ騒げる」とあり、「大島本」だけが孤立した独自の本文と知られる。

源氏が若紫を引き取りたいとの申し出に、尼君は、

11　いとむ(はイ)つかしき御けはひに、なにごとをかはいらへきこえむとの給へば、（若紫）

と、返答のしようもなく困惑する。「大島本」では「む」に「はイ」と傍記し、後人がそれを墨で消す。「むつかしき」とする以外に「はづかしき」とする本文もあるとの指摘だが、別人が必要ないと判断したのか消してしまう。一つの本文であっても、のちに幾人もが見直しの手を加えるなど、現在に至るまでの「大島本」には複雑な過程があった。

「大成本」「新大系」では「いとむつかしき」と「大島本」を尊重するのに対し、「新編全集」「新潮集成」では「いと恥づかしき」と変更する。「青表紙本」諸本が「はづかしき」とあるためで、「大島本」は誤写との判断により、多数派の本文に従ったことになる。「河内本」「別本」も「はづかしき」とあるため、「大島本」が孤立していた。しかも「大成本」の「校異」では、「はイ」とする傍記の指摘がなされていない。新出の定家本「若紫」には「いとむつかしき」とある

ため、「大島本」の誤写ではなかったことになる。

12　なに心なくらうたげに書きてはてに、忍びかねたる御夢語りにつけても、（明石）

源氏が明石から都の紫上に、明石君の存在をそれとなく打ち明けたのに対する返信である。源氏はいささか危惧していたが、紫上はこだわりもなくいじらしい返しをしてくる。源氏は杞憂だったかと安堵の思いでいると、「はてに」と手紙の末尾になって「ただならずかすめたまへる」と、あてこすりのような歌が添えられていた。「あなたが離れた地で、他の女性に心を寄せることはないと、すっかり信用して安心していましたのに」と、穏やかに書いていた手紙だが、末尾近くになって胸の内をつい明かし、悔しい思いをほのめかす。「大島本」では後人が「はてに」をミセケチにしたようで、「新大系」ではそれを踏襲するが、「新編全集」「新潮集成」では「果てに」のことばを採用する。「青表紙」の諸本と「別本」では「はてに」があり、河内本ではもたない。「大島本」の校訂者がミセケチにしたのは、「河内本」の諸本を見て削除の符号を付したのであろう。わずか一語の有無によって、人物相互の微妙な心理描写が反映されてくる。

「大島本」には、鋭利な刃物で表面の文字を削るとか、胡粉で塗抹して訂正の文字を記入するなどされているため、本来の姿を正確に復元することはできない。ただ、いえることは、脱文が各所に見られる点で、これだけでも真摯な書写態度だったとはいえなくなる。書写当初の「大島本」は「青表紙本」の性格をもつのは確かだが、「河内本」「別本」特有の語句ももつため、混態本だったと評すべきであろう。所持者は江戸時代に流布する本文にしようと、校訂を重ねたものの、誤って「河内本」も採用するなど、結果的に「青表紙本」諸本の中でも孤立した本文になってしまった。

江戸時代に定家の「青表紙本」がたしかに存在し、代々の所蔵者がその本文だけを用いて幾度も校訂したのであれば、素性のよくなかった「大島本」は信頼するに足る「青表紙本」に成長させることができた。「大島本」の校訂には「青表紙本」を用いたとしても、一人が方針を決めて継続したわけではなく、江戸時代を通じて複数の人物が関与し、中には「河内本」や「別本」によっても修正がなされていた。「大島本」が大きくは「青表紙本」の範疇に括られるにしても、特異な本文をもつというのは、時には他の本文が混入した結果であった。

近江の君が夕霧に詠みかけた「沖つ波」の場面は、すでに『奥入』に残された本文とともに考察した。「大島本」で確認すると、次のような本文と書き入れがなされる。

「興津ふねよるへ（定家波とあり（朱筆））なみ路に」とし、「ふね」の傍らに朱筆で「定家波とあり」と記す。校訂者が「ふね」は不審に思い、定家本には「波」とあるはずだが、との注記である。「青表紙」諸本の一部と「別本」では「波」とあるため、そのような本文を手にした者が書き入れたのであろう。世には定家本とか「青表紙本」との名をもつ本が多く流布していただけに、所持した本文を用いての書き入れなのであろう。鎌倉時代に成立した、人びとの求め続けた定家本なり「青表紙本」で校訂されたわけではなかった。

つぎつぎと書き込みの訂正がなされたことで、「より青表紙本の特色をもつことになった」と述べる藤本孝一説は、実態とはかけ離れているというほかはない。文明一三年に大内政弘の求めによって雅康が書写したのが「青表紙本」だったのであれば、複雑な後人の訂正など必要がなかったはずである。雅康筆本が流転して「大島本」になったと池田亀鑑は論じるが、多くの人びとによって脱文を補い、語句の訂正がなされるなど、すっかり性質を異にしてしまった。冊子本そのものは室町時代末から生き残ったにしても、本文はもとの姿を大きく変えてしまっている。雅康本は「青表紙本」であったと高く評価しながら、江戸時代に変化した最終版の本文も「青表紙本」であると認定する池田亀鑑の判断は、きわめて矛盾しているというほかはない。定家本を忠実に書写した雅康本であったのであれば、その後多様な形態によって手を入れる必要などなかったはずである。

三　新出定家本「若紫」巻と「大島本」

三条西家グループと「大島本」

室町時代になって「青表紙本」の本文を継承し、世に広めたのは連歌師の宗祇であった。幕府の「奉公人」志多良（設楽）本を見て写本を作成し（宗祇本）、後に肖柏もそれを書写（肖柏本）したのは確かである。そこから三条西家に受け継がれ、実隆は少なくとも四度『源氏物語』を書写し、室町時代後期以降の「青表紙本」流布に貢献する。三条西家で作られた『細流抄』『明星抄』、門流で作成された多くの注釈書の本文も「青表紙本」が用いられ、『源氏物語』は定家本で読むことが当然の流れとなってくる。とくに都における『源氏物語』の存在を地方に広めたのは、識者として迎えられた連歌師たちであった。

宗椿（そうちん）法師むなしくなりぬるよし聞き侍りし、何事にも心ありし人にて、あまた年より会ひしかば、悲しびの涙いふばかりなし、抑（そもそも）此人和歌道に深く心をいれて、源氏物語を書きけること二十部に及べり、世にたぐひなきことと覚え侍り、其の外和歌の草紙、筆をさしおくこともなかりき、にはかに患ふことにて亡くなり侍る、其きはまで彼の物語書きけるが、朝顔の巻にいたりて失せにしよし聞きしかば、思ひ続け侍る

筆に染め心にかけし契りとや折しも消えし朝顔の露（肖柏『春夢草』）

堺に身を置いた宗椿は和歌にも関心が深く、歌論書の書写も怠らず、『源氏物語』に至っては二〇部にも及び、はかない朝顔の花のように、「朝顔」巻まで書写したところで亡くなってしまった。他の説によると二三部書写し、二四部目の「朝顔」で途絶えてしまったともされる。それだけ需要も多く、地方に出かけての普及にも努めていたのであろう。宗椿が肖柏本を用いて書写した伝本（東京大学蔵他）が残されるが、『源氏物語』の流布には、間接的にも宗祇や肖柏の功績は大きかった。この背景のもとに、江戸時代における青表紙本を用いての、絵入り本を含めた『源氏物語』の多様な出版の時代が訪れる。

宗祇を始発とする室町時代中期以降の「青表紙本」は、流布するにしたがい「河内本」や「別本」の混入もあり、厳密に分別されることなく、「定家本」「青表紙本」といった名によって『源氏物語』が広がっていった。

宗祇・肖柏・実隆の書写した原本は存在しないが、いずれも「青表紙本」の系譜にあり（「三条西家グループ」）、これと対置されるのが「大島本」である。すでに述べてきたように、「大島

本」はきわめて特異な存在で、訂正によって「青表紙本」に変貌しただけに、グループを形成するような類本がない。

定家本「若紫」巻が出現したことで、「三条西家グループ」と「大島本」との三者はどのような関係となるのか、以下具体的に検討しておきたい。初めに定家本を読みやすくして示し、後に「大島本」などの本文を示す。「河内本」「別本」は、異同がある場合に示す。定家本については、複製本（八木書店）の丁数と所在場所を示す（「オ」は表、「ウ」裏）。

1　少納言の乳母とぞ人言ふめるは（定家8ウ・河・別）―少納言の乳母とこそ人言ふめるは（大島・三条西）

「大島本」と三条西本グループには「乳母とこそ」とあり、定家本はむしろ「河内本」「別本」（陽明文庫本）と一致する。

2　人の教へのままに、にはかに尋ね入りはべりつれど（定家11ウ・三条西）―人の教へのまま、にはかに尋ね入りはべりつれど（大島）

3　篝火（かがりび）ともし、灯籠（とうろ）などにもまゐりたり（定家12ウ・三条西）―篝火ともし、灯籠などもま

ゐりたり（大島）

4　聞こゆるなりと推しのたまへば（定家13ウ）―聞こゆりなりと推しあてにのたまへば（大島・三條西・別）

5　女は人にもてなされて（定家15ウ・三条西）―女人は人にもてなされて（大島・別）

僧都のことばとしては漢語の「女人」がふさわしいが、「成仏しがたい存在としての女性をいうことに多く用いる」（『角川古語大辞典』）とし、「女人のあしき身を受け、長夜の闇にまどふは」（夕霧）の用例を引く。使用例からすると、この場面は「女」のほうがふさわしいことになる。「大島本」と共通するのは「別本」であり、定家本と三条西家本は「女」とする。

6　まどろまれ給はず（定家16オ・三条西・河・別）―まどろませ給はず（大島）

7　聞こえむ方なし、御心ざしあらば（定家22ウ）―聞こえむ方なし、もし御心ざしあらば（大島・三条西・別）

8　と聞こえ給へど、けにくからずかき鳴らして（定家24オ・三条西・河・別）――と聞こえ給へど、げににくからずかき鳴らして（大島）

9　をかしううちいらへ給はばこそ（定家26ウ・三条西・河・別）――をかしういらへ給はばこそ（大島）

10　おしつつみ給へるさまも、さだ過ぎたる（定家29オ・三条西・河・別）――おしつつみ給へるさまも、またさだ過ぎたる（大島）

11　いと心うくていみじき御けしき（定家31ウ・三条西・河・別）――いとうくていみじき御けしき（大島）

12　いふかひなき御ありさまの（定家41ウ・三条西）――いふかひなき御心のありさまの（大島）

13　君は若き人びとなどあれば（定家47ウ・三条西・別）――君は若き人びとあれば（大島）

14　さだすぎ給へる人にそひ給へる（定家47ウ・三条西）――さだすぎ給へる人にそひ給へるよ

（大島）

15　さしはなれてみしよりもいみじうきよらにて（定家57オ・三条西・河・別）――さしはなれてみしよりもきよらにて（大島）

1は「こそ」、2は「に」の有無、3は「にも」と「も」といった、副詞や接続助詞の単純な語句の違いなのだが、同じ表現が三条西家グループや「河内本」「別本」にも存するというのは、「大島本の」誤写ではないのであろう。4は「推し」ではなく「押しのたまへば」だと、源氏は尼君にかなり強引に尋ねたことになるし、「大島本」のように「推しあてにのたまへば」であれば、あて推量で聞いたにすぎない意味となる。8では僧都が「琴」をもち出し、「ただ御手ひとつあそばして」との慫慂に、源氏は「乱り心ちのいと耐へがたきものを」とためらい、それでも「けにくからず」琴を弾く。無愛想でそっけない振る舞いをしないのが、また源氏の優美さでもあった。「大島本」では「げに、憎からず」と孤立した本文をもち、ややニュアンスを異にする。

一部を示したにすぎないが、他の用例も併せての判断によると、新出の定家本は三条西家グループと接近し、「大島本」とは距離を置く傾向にある。「大島本」は、江戸時代に複数の人物によってつぎつぎと校訂していったという要素も考慮する必要がある。「青表紙本」と思って校訂したところ、「河内本」や「別本」を用いてしまった例もあるなど、「大島本」は青表紙グループに属しながら、その中でも孤立した存在になってしまった。

この傾向は他の現存する定家本でも共通しており、数例だけ示すと、

16　いかてかはつくろひたてたるかほの（定家本行幸4ウ、三条西）―いかてかは女のつくろひたてたるかほの（大島・別）

17　かうて野におはし。つきて（定家本行幸5、別）―かうて野におはしましつきて（大島）

18　たれにかはかたら。むとおほし（定家本早蕨3ウ、三条西・河）―たれにかはかたらはむとおほし（大島）

と、「大島本」とは明らかに異なる。16の「大島本」の「女の」は朱筆の書き入れのため、本来は定家本や三条西家グループと同文だった。「別本」に「女」とあるため、後人が校訂して書き入れ、かえって「大島本」は孤立する結果になってしまった。17の定家本は「おはしつきて」だったが、「大島本」は「まし」を補入して「おはしましつきて」とした。「別本」に「おはしつきて」とあるため、定家本はもともと「別本」の本文であったとも考えられる。18定家本の「かたらむ」も、河内本と共通し、のちに訂正して「語らふ」にしたのであろう。

煩雑になるのでこれ以上の例示はしないが、池田亀鑑が指摘するように、定家本と「大島本」との書式形態の一致は認めるにしても、本文の重なりがとくに顕著なわけではない。しかも判断に迷うのは、室町時代末の当初の書写本文を尊重すべきか、江戸時代の校訂によって変更した本文を用いるべきなのか、「大島本」の厳密な評価は困難を伴う。比較的としか言いようがないが、新出の「若紫」巻に限らず、他の四巻の定家本は三条西グループの本文に近く、「大島本」とはいささか距離があるのは確かである。もっとも、現状の「大島本」からは、もはや書き入れ以前の姿には復元できないだけに、後人の書き入れを採用せざるをえないというジレンマもある。

現代における『源氏物語』のテキスト

『源氏物語』のような五四巻もの長編物語を、読めるように漢字かな交じりにし、濁点、句読点も付したテキストに整え、注釈をつけ現代語にするなどというのはきわめて手間のかかる作業である。源氏が六条院の邸宅を完成させた秋好中宮の秋の庭の風情について、「大島本」の本文をそのまま引くと、

　いつみの水とをくすましやり水のをとまさるへきいはほたてくはへ（少女）

と描写する。現代の注釈書では、

泉の水遠くすましやり、水の音まさるべき巌たて加へ、滝おとして、（新潮古典）

泉の水遠くすまし、遣水（やりみづ）の音まさるべき巌（いはほ）たて加へ、滝落として（新編古典・新大系）

と二つの解釈に分かれる。「泉の水を遠くまで澄ませて流し、水の流れの音がよく聞こえるように巌を加えて滝の水にした」のか、「泉の水を澄ませ、遣水の音がよく響くように巌を立て加えて水を滝のように落とした」のか、読点一つで描写が異なり、漢字の当て方も、単語にも違いが生じてくる。いずれかがよいとも、正しいとも判断できない。

個人が読む限りではそれほど気にならないとしても、人前で語る講釈の場になるといずれの表現にするか、明確な区切り方を表明しなければならない。河内家では濁音の有無や句読点のつけ方に苦慮し、俊成とも相談したとしていたように、鎌倉時代になって本文の校訂とともに問題が表面化してきた。この課題は現代も続いており、注釈書としてテキストにする場合は、必ず最終的な判断が迫られる。『源氏物語』を読むのはこれほど微妙な問題であるだけに、「大島本」のようにつぎつぎと手が加えられ、それがまた消されるなど、煩雑な状態にある写本の扱いには留意する必要がある。

『源氏物語』が成立して二〇〇〇年ばかり経たのち、写本によって異なる本文を整えて標準化しようと、諸本を校訂して生まれたのが「河内本」であり「青表紙本」であった。河内家の方針は諸本を見比べて読みやすさを指針としたのに対し、定家は情趣を重んじ、和歌的な表現を積極的に採用した。定家本が優位性をもったのは、歌人としての高い評価と、表現性に富むスタイルにあった。だからといって「青表紙本」が、「河内本」よりも古い姿の『源氏物語』を留めているとの判断はできない。

『源氏物語』を読もうと思っても、成立した当初から本文は一定していなく、時代を経るに従い異同の幅が増し、ときには「さくら人」とか「巣守」巻も混入していた。平安時代末期のころから『源氏物語』の校訂本を作る機運が生まれ、基本的に五四巻の大枠を決め、巻序を定め、ことばの区切りや読みの取り決めもしたのが光行・親行と俊成であり、そこから「青表紙本」と「河内本」の誕生となった。かつての本文の流動化はなくなり、転写による異同は生じたものの、大きくは二つの校訂本の範囲内で、時代の風潮に伴う盛衰となる。

定家が『源氏物語』の全巻を揃えたのは一度とは限らず、自分なりの本来あるべき物語の姿を求めて校訂を継続したはずである。嘉禄元年の「証本」が「青表紙本」なのか明らかではないが、後世にはほかにも所持した「定家本」と混同されてもいた。伝承が正しければ、宗祇から流れた本文が正統といえそうだが、現存する三条西家本は「河内本」の混入があると評価される。「大島本」を「青表紙本」の標準に定位しての判別だけに、まず基準の変更が必要になってくる。「大島本」の「初音」巻が「河内本」として排除され、江戸時代には人びとの訂正の手が加えられ、室町時代末書写の本来の姿も変貌した実態からは、もはや純正な「青表紙本」と認定することはできないはずである。

「大島本」の評価は繰り返す必要もないが、伝来そのものにもはや信頼が置けず、「青表紙本」とされる中にどうして「河内本」の「初音」巻が挿入されているのか、有効な解決案もないまま不問に付されてしまった。

このように言及してくると、平安時代の『源氏物語』と信じて読んでいた現代の読者は、鎌倉時代に校訂された本文を読んでいたと知り、しかも定家本ではなかったことに落胆しかねない。平安から鎌倉の新しい時代の訪れにより、河内家も定家においても本文の姿を大きく変えたことは確かである。しかしいずれも勝手に改作したのではなく、伝来した本文の枠から外れることのない校訂であり、読みやすさを求めて説明的な本文としたのか、簡潔で情趣的な本文を選んだかの違いであろう。

歴史的にも「青表紙本」への傾倒は当初から変わらないとはいえ、池田亀鑑は平安時代の古写本に手を加えることなく継承したのが定家本であり、それを復元できるのが「大島本」であると高く評価し、「河内本」は鎌倉時代の混態本であるとして退け、戦後の本文の流れを決定づけて今日に至っている。ところが自筆『奥入』の残存本文と、残された定家本五巻によって、本文の違いだけではなく、定家は絶えず校訂を継続し本文の姿を変えていた実態が知られるようになった。しかも乗阿が大内氏のもとで定家本を見たとの記述を読み誤り、それが転々として佐渡で発

御物怪など加はれる　瘧病の外に惡物などもついて居るやうですから。

斯かる旅寢も　源氏は旅寢の經驗もあまりない事故、淋しい山中だがそれでも面白く感じて、では明朝歸らうと仰しやる。

人々はかへし給ひて　人目を忍ぶ爲である。

ただこの西面に　ついすぐ前の西面の部屋に。

持佛　常住傍に安置して信仰する佛。

中の柱　中柱。室内の柱。

「暮れかかりぬれど、おこらせ給はずなりぬるにこそはあンめれ。はや歸らせ給ひなむ」とあるを、大徳、「御物怪など加はれるさまにおはしましけるを、今宵はなほ靜に加持などまゐりて、いでさせ給へ」と申す。「さもある事」と皆人申す。君も、斯かる旅寢もならひ給はねば、さすがにをかしくて、「さらば曉に」と宣ふ。

日もいと長きに、つれ〲なれば、夕暮のいたう霞みたるにまぎれて、かの小柴垣のもとに立ち出で給ふ。人々はかへし給ひて、惟光ばかり御供にて、のぞき給へば、ただ此の西面にしも、持佛すゑ奉りて、行ふ尼なりけり。簾垂すこしあげて、花奉るめり。中の柱に寄りゐて、脇息の上に經を置きて、いとなやましげに讀み居たる尼君、ただびとと見えず。四十あまりばかりにて、いと白くあてに、痩せた

『対校源氏物語新釈』より「若紫」

見され、「大島本」になったと論じていく。そこから遡及して大内政弘が雅康に書写させたのは「青表紙本」であったとするが、すでに論理的に破綻しているのはもはや繰り返すまい。

雅康本は「青表紙本」だったとしながら、江戸時代を通じて複数の人物による複雑な加筆訂正により、定家本に近づいたとする。この論理だと、もとの本文は「青表紙本」ではなかったことになる。ここまでくると、「大島本」を用いての『源氏物語』のテキストづくりは、振り出しに戻って根本的に見直す必要がある。

今のところは、定家本が全巻発見でもされない限り、いずれかの系統の転写本で読むしかない。個人的には三条西家本の再評価と、併せて「河内本」も読むべきだと考える。現代ではあまりにも「大島本」に集中し、すっかり読み慣れてしまっているが、いずれの機会に変更すべきだと思う。

かつて吉沢義則は『校対源氏物語新釈』（本文六冊、索引二冊、昭和一二年―一五年、平凡社）によって、「青表紙本」とされた『湖月抄』を底本にし、傍らには尾州家蔵「河内本」との違いを示していた。同時に二つの本文が読め、それぞれの特色も判明するという工夫である。ここでは本書の冒頭の、源氏が北山で尼君の部屋をのぞき見する場面を引いた。黒点は両本での異同の箇所で、『湖月抄』に存在しない本文は、行間に「河内本」を示す。図版で見るように、当時流布した本文は、「日もいと長きに」「持仏」とあったと知られる。今後の注釈書における、テキストづくりには参考となる方法の一つかと思う。

あとがき

定家本『源氏物語』の「若紫」巻が発見されたとのニュースは、二〇一九年後半の各新聞のトップを飾り、テレビのニュースでも報じられた。社会的な関心だけではなく、日本の古典文学研究においては、なおさら驚愕すべき一大事件でもあった。

戦前までに定家本はすでに四巻が知られていたが、戦後になって初の五冊目の出現だけに、興奮しないわけにはいかない。それというのも、現在の私たちが読んでいる『源氏物語』は、定家本を書写したとされるテキストによっているためである。もとの本文はどのようになっているのか、正しく伝えられているのか、間違って読んでいるのではないか、などと気になってくる。それに、世の中にはまだ定家本が埋もれているのではないかとのほのかな期待もある。

『紫式部日記』の寛弘五年（一〇〇八）一一月一日の条に、『源氏物語』の記述がなされているため、少なくともこの年には成立していたはずである。二〇〇八年は『源氏物語』が世に出て千年になると、「源氏物語千年紀」の行事が京都を中心に全国各地で一年間にわたって催されたことは、記憶にも新しい。その後、この日は「古典の日」として国会でも決議されることになる。

当時の人びとが『源氏物語』を読むためには、当然のことながら筆で写すしかない。書写の回数が増えれば増えるほど、誤写されていく可能性も高まり、それが一〇〇〇年、二〇〇〇年と歳月を経るに従い、古いことばの理解力の問題もあり、ますます本文は混乱してしまう。鎌倉時代になると、数多くの伝本が流布していたのであろうが、それぞれに違いがあり、どれが紫式部の原典に近い作品なのかもわからなくなってくる。このような背景のもとに、本文を正したのが河内家の「河内本」であり、藤原定家の「青表紙本」であった。

室町時代の末になると、『源氏物語』は定家本で読むのが主流となってくる。ただ、そのころには定家本の所在は不明となり、転写を繰り返した本文で読むしかなかったし、現在のテキストも同じ状況にある。紫式部時代の本文はもはや出現しないにしても、せめて定家本でも残されていればとの思いもいだく。その定家本がかろうじて四巻残され、また長い空白の時間を経て「若紫」巻が出てきたというのだから、ひとしおの喜びである。

定家本の発見を機に、紫式部の時代から今日まで、人がどのように『源氏物語』を読み伝えてきたのかをテーマにした、シンポジウムを開こうという話が朝日新聞社と中古文学会の連携のもとに発案され、二〇二〇年二月二九日に中之島会館で開催されることになった。ただ、春先からのコロナウイルスの感染者増により、およそ定員の三倍余の申し込みがあったものの、やむなく中止となった。当日は関係者だけが集まり、予定した時間配分通りに、聴衆のいないシンポジウムを開いた。朝日新聞社の塚本和人氏のほか、山本登朗・高木浩明・松本大氏らの献身的な準備にもかかわらず、開催できなかったのは残念というほかはない。内容は「朝日新聞」二〇二〇年三月一五日の全国版朝刊に大きく報じられたので、読まれた方も多いことであろう。

シンポジウム開催の趣旨とあいさつ（山本登朗）、冒頭レクチャー「源氏物語写本史」（高木浩明）ののち、「新出定家本『源氏物語』若紫帖について」（藤本孝一）、「新出若紫巻の『奥入』と本文」（新美哲彦）、「定家本の書写に関する別解と『源氏物語』伝本研究の未来」（久保木秀夫）の三人による基調報告があり、定家本や本文の意義などについて討議がなされた。なお、コーディネーター兼司会は、伊井が務めた。

これで一応の区切りがついたのだが、「人がつなぐ源氏物語」のテーマは、きわめて興味深く、このままで終わるのは惜しく思われ、あらためて定家本「若紫」巻の意義を問い直しながら、本文について考えることにした。長い星霜を経て人びとが受容してきた姿、そこからどのような新しい文化が創造されたのか、歴史の一端をたどりたくもあった。中世における『源氏物語』の読みの方法を再現することによって、現代とはまた異なった世界が広がるのではないかとの思いもあり、テキストづくりも提言してみた。

本書の出版にあたっては朝日新聞社の塚本和人氏、具体的な進行では朝日新聞出版書籍編集部の奈良ゆみ子氏の多大なお世話にあずかった。末尾ながら謝して御礼を申し上げる。

二〇二一年一月

伊井　春樹

引用文献出典一覧

引用した文献の本文は、漢字、かな遣いの一部を改変し、注記も加えた。『源氏物語』の「青表紙本」「大島本」「河内本」「別本」及び定家本等は、原本を調査した折の記録と、それぞれの影印本、複製本に依り、関連する各種の研究書、図書館・文庫所蔵の写本、版本などの諸資料の詳細は省いた。

一章

『源氏物語』（『新編日本古典文学全集』小学館）

谷崎潤一郎『源氏物語新々訳』巻一（中央公論社、一九六四年）

二章

『紫式部日記』（『新編日本古典文学全集』小学館）

『栄花物語』（『日本古典文学大系』岩波書店）
『小右記』（『大日本古記録』東京大学史料編纂所）
『枕草子』（岩波文庫）

三章
『恵慶集』（『新編私家集大成』一、角川書店、古典ライブラリー版）

四章
『更級日記』（『新編日本古典文学全集』小学館）
『幻中類林』（今井源衛『源氏物語の研究』資料編、未来社、一九六二年）
『正嘉本源氏物語古系図』（『源氏古系図　正嘉本』、『源氏物語大成』七、研究・資料編、中央公論社、一九五六年）
『風葉和歌集』（『王朝物語秀歌選』上、岩波文庫）
『源氏釈』（『源氏物語大成』七、研究・資料編、中央公論社、一九五六年）
『建礼門院右京大夫集』（『新編私家集大成』三、角川書店、古典文学ライブラリー版）
『無名草子』（『新編日本古典文学全集』、小学館）
『源氏物語注釈』（伊井春樹『源氏物語注釈史の研究』桜楓社、一九八〇年）

五章

『和泉式部集』（『新編私家集大成』二、角川書店、古典ライブラリー版）
『赤染衛門集』（『新編私家集大成』二、角川書店、古典ライブラリー版）
『六百番歌合』（『新日本古典文学大系』岩波書店、古典ライブラリー版）
『紫明抄』（玉上琢弥編『紫明抄河海抄』角川書店、一九六八年）

六章

『明月記』（国書刊行会）の訓読文
『奥入』（『源氏物語大成』七、研究・資料編、中央公論社、一九五六年・『奥入・原中最秘抄』日本古典文学会、一九八五年）
『物語二百番歌合』（『王朝物語秀歌選』上、岩波文庫）

七章

『延慶両卿訴陳状』（『歌論歌学集成』一〇、三弥井書店、一九九五年）
『岷江入楚』（中田武司編『源氏物語古注集成』一一〜一五、桜楓社）
『師説自見集』（『源氏物語及び以後の物語――研究と資料』『古代文学論叢』七、武蔵野書院　一九

七九年、伊井春樹「源氏之雑説抄物」翻刻）
『乳母のふみ』（『群書類従』二七）
『小夜のねさめ』（『群書類従』二七）
『竹馬抄』（『群書類従』二七）
『嵯峨のかよひ路』（『飛鳥井雅有日記』、『古典文庫』二五、一九四九年）
『隣女和歌集』（『新編私家集大成』四、角川書店、古典ライブラリー版）
『春の深山路』（『中世日記紀行集』、『新日本古典文学全集』小学館）
『康富記』（『史料大成』二九〜三二）

八章

『新勅撰和歌集』（『新編国家大観』一、角川書店、古典ライブラリー版）
『原中最秘抄』（『源氏物語大成』七、研究・資料編、中央公論社、一九五六年）
『源氏小鏡』（架蔵本・岩坪健編『「源氏小鏡」諸本集成』和泉書院、二〇〇五年）
『河海抄』（玉上琢弥編『紫明抄河海抄』角川書店、一九六八年）
『光源氏一部歌』（今井源衛編『源氏物語古注集成』三、桜楓社、一九七九年）
『増鏡』（『日本古典文学大系』八七、岩波書店）
『二言抄』（『日本歌学大系』」五、風間書房、一九五七年）

『松下集』（『新編私家集大成』六、角川書店、古典ライブラリー版）
『平親清四女集』（『新編国歌大観』七、古典ライブラリー版）
『将軍家歌合』文明一四年六月（『新編国歌大観』一〇、角川書店、古典ライブラリー版）
『浦のしほ貝』（古典ライブラリー版）
『貞門俳諧集』（古典ライブラリー版）
『源氏鬢鏡』（架蔵本）
『光源氏一部歌並詞』（今井源衛編『源氏物語古注集成』三、桜楓社、一九七九年）
『源氏物語提要』（稲賀敬二編『源氏物語古注集成』二、桜楓社、一九七八年）
『林下集』（『新編私家集大成』三、角川書店、古典ライブラリー版）
『万水一露』（伊井春樹編『源氏物語古注集成』二四〜二八、桜楓社、一九八八〜一九九二年）
『弄花抄』（伊井春樹編『源氏物語古注集成』八、桜楓社、一九八三年）
『仙源抄』（岩坪健編『源氏物語古注集成』二一、おうふう、一九九八年）
『千鳥抄』（『続群書類従』一八下）

九章

『花鳥余情』（伊井春樹編『源氏物語古注集成』一、桜楓社、一九七八年）
『細流抄』（伊井春樹編『源氏物語古注集成』七、桜楓社、一九八〇年）

『源氏物語玉の小櫛』(『本居宣長全集』四、筑摩書房、一九六九年)
『紹巴抄』(『修正・復刻版　永禄奥書源氏物語紹巴抄』和泉書院、二〇二〇年)
『実隆公記』(『実隆公記』続群書類従完成会)
『源義弁引抄』(『物語文学書集成』静嘉堂文庫所蔵、マイクロフィルム版、雄松堂書店)

一〇章

『春夢草』(『新編私家集大成』六、角川書店、古典ライブラリー版)

伊井春樹（いい・はるき）
1941年愛媛県生まれ。大阪大学名誉教授。広島大学大学院博士課程修了。文学博士。大阪大学大学院教授、国文学研究資料館長、阪急文化財団理事・逸翁美術館長を経て、現在は愛媛県歴史文化博物館名誉館長などをつとめる。著書に、『源氏物語注釈史の研究』（桜楓社）、『成尋の入宋とその生涯』（吉川弘文館）、『ゴードン・スミスの見た明治の日本』（角川学芸出版）、『源氏物語を読み解く100問』（NHK出版）、『小林一三は宝塚少女歌劇にどのような夢を託したのか』（ミネルヴァ書房）、『光源氏の運命物語』（笠間書院）ほか。

朝日選書 1017

人がつなぐ源氏物語
藤原定家の写本からたどる物語の千年

2021年2月25日　第1刷発行
2021年5月30日　第2刷発行

著者　伊井春樹

発行者　三宮博信

発行所　朝日新聞出版
〒104-8011　東京都中央区築地5-3-2
電話　03-5541-8832（編集）
　　　03-5540-7793（販売）

印刷所　大日本印刷株式会社

© 2021 Haruki Ii
Published in Japan by Asahi Shimbun Publications Inc.
ISBN978-4-02-263104-6
定価はカバーに表示してあります。

落丁・乱丁の場合は弊社業務部（電話 03-5540-7800）へご連絡ください。
送料弊社負担にてお取り替えいたします。

漱石と鉄道
牧村健一郎
鉄道を通じて何を語ったか。汽車旅の足跡をたどる

悪党・ヤクザ・ナショナリスト
近代日本の暴力政治
エイコ・マルコ・シナワ／藤田美菜子訳
暴力と民主主義は、絡み合いながら共存してきた

朝日新聞の慰安婦報道と裁判
北野隆一
問題の本質は何か、克明な記録をもとに徹底検証する

新・カウンセリングの話
平木典子
第一人者によるロングセラー入門書の最新改訂版

asahi sensho

海から読み解く日本古代史
太平洋の海上交通
近江俊秀
海人の足取りを復元し、古代太平洋航路の謎を解く

新危機の20年
プーチン政治史
下斗米伸夫
ファシストなのか？　ドストエフスキー的人物なのか？

日韓関係論草稿
ふたつの国の溝を埋めるために
徐正敏
三・一独立運動は、日本を責めない非暴力の訴えだった

新自由主義にゆがむ公共政策
生活者のための政治とは何か
新藤宗幸
政権主導で起きたのは、官僚制と公共政策の劣化だった